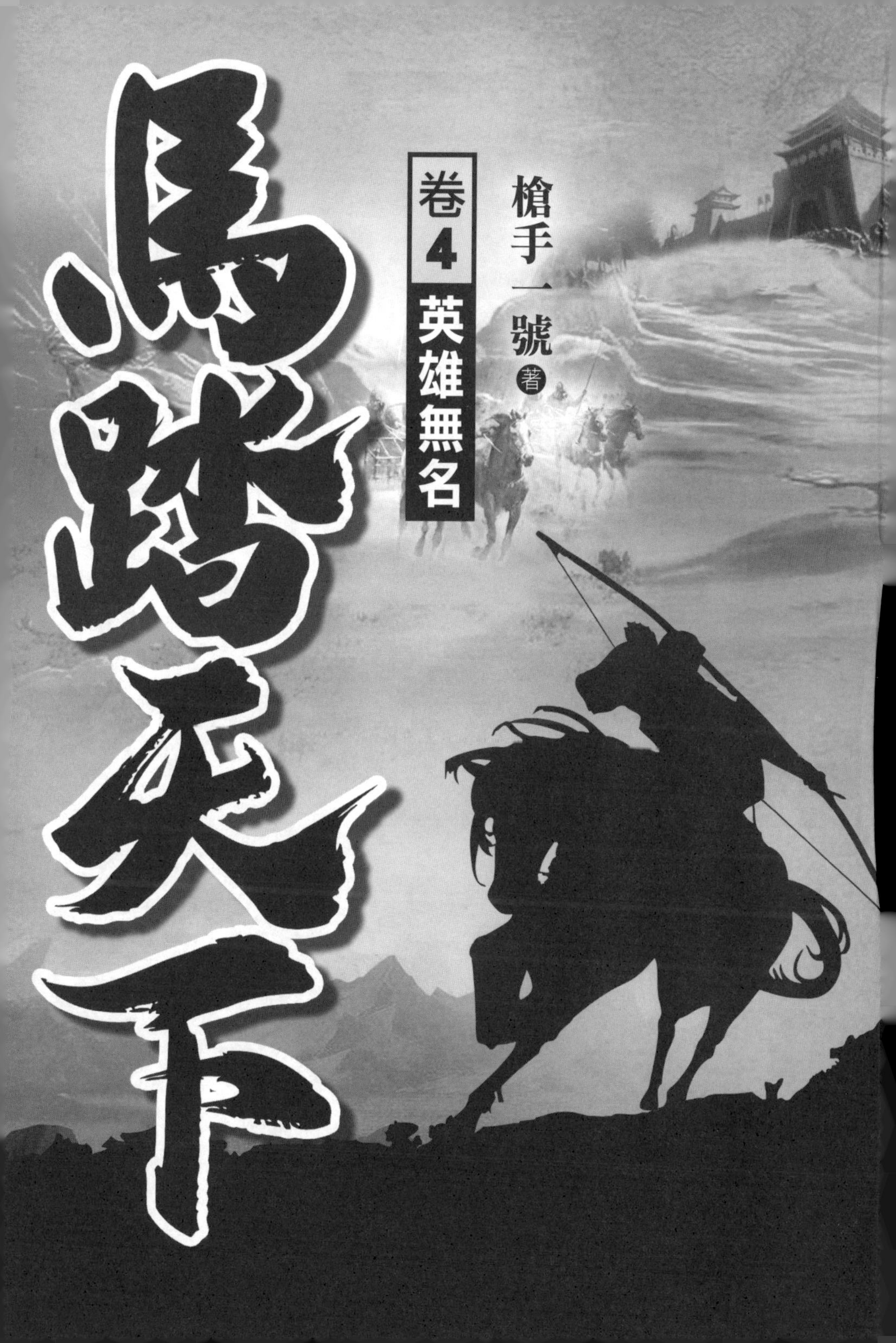
馬踏天下
卷4
英雄無名
槍手一號 著

目錄
CONTENTS

第一章
復州水師

「這就是復州水師？」李清指著碼頭上那些破爛的船隻，張口結舌地問。

碼頭上停靠著大大小小二十餘條船，最大的不過三千料上下大小，且一看便是屬於那種上了年頭的老船；擺在這些大戶身邊，顯得難看至極。

「這胖子是向大帥？」李清回頭問道。

「是！」崔義城欠身道：「我可得去接接，否則向大帥又要不高興了。」他向李清告了個罪，趕緊跑了下去。

一邊的丁鈴愈發驚異起來，這年輕人居然稱向大帥為胖子，而且極為自然流暢，和他一起的人，加上崔義城都沒有什麼特別的表示，說明這年輕人的身分不同尋常！

「這位公子是哪裡人啊？可是面生得緊！」丁鈴嬌笑著向李清走去，剛跨出一步，楊一刀已是伸手將她攔住，喝阻道：「一邊去。」

丁鈴臉色大變，還從來沒有人對她如此無禮，但看到楊一刀那雙冷峻的眼睛，只好硬生生地憋了回去，滿臉委屈地退到一邊。

樓外傳來咯吱聲，想來向顯鶴已到了門外。

房門打開，一個肉團滾了進來，卻沒有看到李清，而是先看到了一邊的丁鈴，爆笑道：「啊哈哈，老崔，今日你可是大手筆啊，連千金一笑樓的丁小姐和她的整套班子都請了來，可是花費不貲啊！丁小姐，有段日子沒見了，過得還好？改日去我府上唱一齣堂會怎麼樣？」

一邊說著，一雙肥手已是將丁鈴的小手握在手裡揉啊揉的。

丁鈴嬌笑道：「大帥要聽鈴兒唱堂會還不簡單，你一聲招呼，哪一次鈴兒不是馬上就跑了去？不過今天大帥還有客人要招呼哦！」說著眼光瞄向李清。

李清看到向顯鶴終於向自己看過來，不由鬆了口氣。

不料向顯鶴臉色一變，顯然沒有想到房間裡還有自己不認識的人，聲色俱厲地質問道：「老崔，你這是什麼意思？」

李清趕緊抱拳道：「向大帥，定州李清前來拜會，唐突之處，還望海涵啊！」

定州李清！向顯鶴肉球一般的身子陡地一僵，一旁的丁鈴更是伸手捂住自己的小嘴，**原來眼前之人，就是近來名聲傳遍大楚的定州李清**。

向大帥當然不會傻到認為李清悄無聲息地摸到淮安，是來認自己這個叔叔的，胖子論帶兵打仗不行，但勾心鬥角、爾虞我詐卻是絕對的行家高手，聽到李清自報家門，只是短短的一個愣神，腦子裡已轉了幾百個念頭。

倒是不用懷疑對面李清的真假，這份氣度和從容，身後侍衛的殺氣，讓久歷宦海的胖子立即確定是李清本人無誤，只是，他來幹什麼呢？

他立即滾到李清面前，兩隻剛剛揉捏過丁鈴纖細小手的胖手，熱情地抓起李清的雙手，讓李清立時起了一層雞皮疙瘩。

「哎呀呀，原來是世侄到了，這是怎麼說呢？一點心理準備也沒有啊，你來，我應當全副儀仗到邊境去迎接的，哎呀，老崔，你這可不對了，怎麼事先也不給我打個招呼啊，這讓我情何以堪啊？」

向顯鶴臉上堆滿歡容，肉都擠到了一起，說話時轉頭瞄了一眼崔義城，眼中陡然閃過的鋒芒，讓崔義城不由自主地打了個冷戰。

「大帥太客氣了，此事不能怪老崔，是我讓他不能告訴大帥的，要是大帥真的全副儀仗來迎接我，我可不敢來了。」李清不動聲色地抽回自己的手。

向顯鶴立時確定李清是有極為隱秘的事來見自己，回頭招呼自己的兩名親衛，「向鋒，向輝，快來見過定州李大帥，李大帥可是了不得的人物啊，翻手為雲，覆手為雨，名動九邊，聲震洛陽，年輕一輩中堪稱第一人啊！」

隨著向顯鶴的呼聲，兩個驃悍的侍衛一步跨進來，向李清抱拳深揖，「復州軍參將向鋒、向輝見過李大帥！」

李清一笑，這向顯鶴倒是不吃虧，見自己帶了兩名親衛，馬上也將自己的親衛召進房來，這兩人一看便是相當武勇之輩，身高臂長，手上指骨嶙峋，面對自己也是不卑不亢，十分從容。

他欣賞地道：「兩位將軍不必多禮，李清雖在定州，但也久聞兩位將軍大名，今日一見，果然名不虛傳。」

向鋒、向輝臉上閃過笑容，「大帥過獎了。」一揖過後，便退到向顯鶴身後，叉手而立，與李清背後的楊一刀兩人相映成趣。

兩人相讓著坐下，兩人地位相當，但向顯鶴身為主人，論起輩分來又是長輩，自是坐在上首，李清下首相陪，清風和茗煙兩人分坐李清兩邊。

看到清風與茗煙兩個美女，向顯鶴眼中發亮，問：「這兩位是……？」

「這位是清風。」李清介紹道。

向顯鶴心中一動，他早久聞定州統計調查司司長清風大名，執掌著李清的情報組織，只是很少有人見過她的真面目，想不到是如此嬌滴滴的模樣，看那吹彈可破的皮膚和宛如秋水的眼睛，她與李清一定有一腿。

「這是茗煙！」

向顯鶴再一次愣住，茗煙與丁鈴兩人皆是頭牌，李清將她帶來是什麼意思？一邊的丁鈴聞言也是大奇，一雙妙目在茗煙身上轉來轉去，所謂同行是冤家，茗煙有才女之稱，在這一行中也是鼎鼎大名。

今天出錢的老闆現在成了一邊跑腿的小廝，崔義城輕輕示意，丁鈴立即指揮著手下人開始奏樂，她朱唇輕啟，霓裳飛揚，輕歌曼舞起來。

只是在場的人，除了茗煙有興趣之外，其餘的人都心不在焉，各有心思。

雖然察覺到在座的人注意力都不在她這兒，讓丁鈴很有挫敗感，但在茗煙面前不能跌了分，因而比平時更加賣力，千萬不能讓定州頭牌小瞧了自己。

音樂聲中，一品樓的拿手好菜已是流水般地送了上來。

現在當然不是說正事的時候，李清與向顯鶴打著哈哈，聊著一些不著邊際的話，杯來盞去，倒是一副其樂融融的模樣。崔義城提著酒壺，殷勤地在一邊侍候著兩位大老。

李清終於知道向顯鶴為啥這樣胖了，他的胃口好得令人出奇，不管是葷的素的，肥的瘦的，統統一掃而空；大快朵頤的同時，還不忘往嘴裡灌酒。

一般而言，做到這個級別的官員講究的是食不厭精，膾不厭細，這位倒好，要不是李清知道他是世家出身，真會以為這位向大帥以前餓過肚子，這才養成了這副吃東西的德性。

酒過三巡，向顯鶴終於滿意地拍拍肚子，接過崔義城遞過來的毛巾，擦了擦滿臉的大汗，又揩了揩滿手的油漬，拍手道：「好了，吃飽了，你們下去吧，我和李大帥談點正經事情！」

房裡所有人立即退了出去，偌大的房間內，只剩下李清和向顯鶴。

邊剔牙，邊望著李清道：「李大帥，有什麼事找向某，請直說吧！」

「李某的確有一樁生意要與向大帥合作，不知向大帥有沒有興趣？」

「生意？」向顯鶴呵呵一笑，「定州窮山惡水，除了夷陵鐵礦還行外，有什麼生意可與我合作的？」

「向大帥向海外販鹽，每趟得利幾何？」李清並不直言，而是問到了向顯鶴最為忌諱的問題。

向顯鶴臉色大變，剔牙的手一抖，不小心戳出血來，哎喲一聲，捧著腮幫子道：「世侄，要是換作別人說這話，向某立時便將他五馬分屍，丟進河裡去，你這是什麼意思？」

「沒什麼意思，就是想問問利潤如何？」

「你也想摻一腳？向某還不知你定州何時也產鹽了？」向顯鶴道。

「販私鹽，李某沒興趣。」李清淡淡地道。

向顯鶴瞪著李清看了半晌才道：「明人面前不說暗話，這事本就是瞞上不瞞下，向某往海外販鹽，每趟下來利潤約有一萬兩。」

李清暗道：**你哪裡是瞞上不瞞下，你的事可說是舉國上下無人不知，無人不曉，只是沒人戳穿罷了。**

「我眼下有一樁生意，你出海一趟可賺這個數！」李清豎起手掌，在向顯鶴面前搖了搖。

「五萬兩？」向胖子一雙小眼立時亮了，「什麼生意？這麼賺？」

「給我送一些人去室韋人那裡！我給你這個數！」李清道。

「室韋人？」向胖子往後一靠，顯得有些為難，「這事難辦啊，室韋人那些野蠻人不熟啊！而且窮山惡水的，你送人去那裡幹什麼？」

「不要跟我說你沒有與室韋人做生意。」

向顯鶴嘿嘿一笑，直起身子，「五萬兩銀子，只為送幾人過去，你想幹什麼？送的是誰啊？這麼值錢？」

「這你就不用問了，到時自知，怎麼樣，幹不幹？」

「幹！為什麼不幹，不就送幾個人麼！有什麼問題，正好有幾條船這幾天要出海。」向顯鶴爽快答道。

「不過李某有一個條件。」李清道。

向顯鶴早知這五萬兩銀子不是那麼好賺，一聽李清這話，便知道難題要來了。

「什麼條件？」

「我要鄧鵬護送。」

向顯鶴咦了聲，「為什麼要鄧鵬護送？我手下多的是好軍官。」

李清搖頭，「我只知道你的水師中，鄧鵬最好，我要確保這幾個人的安全，你不要想著用幾條販鹽的船將我的人亂塞進去，我要鄧鵬的水師出動，確保這幾個人順利到達。不要以為我不知道，每年你在海上都要被海盜劫去好幾艘船。」

向顯鶴尷尬地說：「不是我不願意，而是鄧鵬這小子扎手得緊，對我一向是陽奉陰違，要不是還用得著他，老子老早就把他扔一邊去了，你說這事那小子肯答應麼？」

「我再加一萬兩銀子！」李清加碼道。

「成交！」向顯鶴一拍桌子，「就讓他出海給我剿匪去，順便讓他把你的人送到那邊。」

海陵縣城臨海而建，因為擁有整個復州最大的海港碼頭而特別繁榮，擁有不下於復州首府淮安的人口和城市規模，唯一不同的是，淮安聚集著整個復州的高官顯貴士紳豪族，而這裡，更多的則是海商和平民，以及靠海吃飯的水手，漁民，鹽工。

走在大街上的人遠沒有淮安人的那種悠閒和從容，而是步履匆匆，臉上大都有被海風侵蝕的痕跡，或粗布麻衣，或赤膊只穿一條短褲，露出健壯的身材。

街道遠沒有淮安那般的整齊，臨時搭建的木板屋比比皆是，隨意擺放的小攤將街道佔得只剩下一半，勉強可容一輛馬車通行，帶著地方口音的吆喝，熱氣騰騰的小吃，雞鳴狗叫，人喊馬嘶，倒呈現出一派生機勃勃的景象。

李清一行人在向鋒的陪同下到了海陵，李清堅持要見見那位鄧副將，理由是要確保自己的人的安全，為了這個目的，他又搭上了五千兩銀子。付錢之餘，不由感嘆向胖子斂錢之能，當真是雁過拔毛，任何事他都能找到要錢的理由。

到了水師駐地，卻被告知鄧副將到兵船上視察去了，一行人便又騎了馬，直奔水師碼頭。

水師碼頭與商用碼頭毗鄰而居，中間只隔著一道長堤，正當午時，日頭正烈的時候，碼頭上人不多，大都懶懶地躲在一些簡易棚屋下，喝茶聊天睡覺。因為有海風，倒不覺得特別熱，但腥味卻重，濕氣也大，覺得身上黏黏的好不難受。

李清只看了一眼，便一陣暴汗，碼頭上停靠著大大小小二十餘條船，最大的不過三千料上下大小，且一看便是屬於那種上了年頭的老船；有幾艘正駛出碼頭，很有可能是出海巡邏，張起的帆上還縫著補丁，五顏六色，也不知是用些什麼布料縫上去的。

對比旁邊商用碼頭上的大船幾乎都是五千料的，船帆雪白，船身油得晶亮，水師簡直像是個破落戶，擺在這些大戶身邊，顯得難看至極。

「這就是復州水師？」李清指著碼頭上那些破爛的船隻，張口結舌地問。

向鋒尷尬地點頭道：「水師軍資匱乏，每次出海又耗資甚巨，大帥雖然多方籌資，也難以改善，便也只能維持現狀了。」

李清心想，現在的船價，一艘五千料的大海船只需紋銀萬兩，昨日自已付給向胖子的錢已夠他買上五艘大船了。水師本是復州最大的倚仗，但現在看模樣，已是不成樣子了。

「這個，水師船是差了一點，但水師官兵還是很精銳的。」向鋒硬著頭皮道。

似乎為了驗證向鋒的話，幾名身著水師雲麾校尉服飾的低級軍官從他們身側走過，看樣子是準備回船去。不過讓向鋒臉都綠了的是，這幾名校尉居然一人摟著一個花枝招展，塗脂抹粉的女子，看走路的樣子，只怕已經喝了不少，嘴裡還說著淫穢不堪的話。

「啊美人，你說什麼，你想見識一下水師上的炮車，沒問題，我甚至可以讓你打上一炮，怎麼樣，不過今晚上你可得，啊，啊哈哈哈！」

李清忍住笑，將頭別到一邊，不去看向鋒漲紅的臉。

向鋒一陣乾咳，生怕李清見到此景，扭頭便回淮安找大帥討回六萬多兩銀子，趕忙說道：「李大帥，水師良莠不齊，總是有敗類的，回頭我一定會重重地懲治他們，不過鄧副將那裡可就不同了，那都是我們復州水師的精銳啊！」

李清故作不知地道：「向參將，鄧副將不是整個水師的統領麼，部下這麼胡鬧，他也不管？看這樣子，只怕他那裡也好不到哪裡去吧？」

向鋒又是一陣尷尬，總不能告訴李清，大帥為了走私方便，已將鄧副將手裡的權限拿得差不多了，眼下鄧副將能指揮的，便只有他直轄的一個水師營而已了。

為了挽回快要丟盡的臉面，向鋒加快了腳步，心想：也只有那裡能稍稍改變一下李大帥的看法了。

來到一艘五千料的水師船下，向鋒指著船道：「大帥，這便是鄧副將的旗艦。」

李清走近船，和先前看到的一樣，這船也有些年頭了，不過保養得很好，幾個水手身上繫著繩子，正懸垂在船身外面，用刷子用力地清洗著船側的附著物；甲板上，一個老農模樣的人手扶著船舷，正對著清洗的水手叫嚷著，似乎是在嫌他們沒有洗乾淨。

「那位就是鄧副將！」向鋒指著那老頭道。

顯然老頭也看到正在走近的李清一行人，他先是愣了一下，然後揮手大叫道：「向參將，你來了，是不是前些日子我向大帥要的維修費有著落了？還是大帥不放心，以為我弄虛作假，派你來視察？」

向鋒對李清道：「鄧副將日常最大樂事，便是向大帥要錢。」

「恐怕十回有九回要落空吧！」李清打趣道。

向鋒臉一紅，「那倒也不是。」轉身向奔來的鄧鵬道：「老鄧，我沒帶錢，倒是給你帶了幾位尊貴的客人來了！」

聽了這話，鄧鵬本來滿是笑容的臉龐立即變成了苦瓜臉。

「老鄧，別擺出這副嘴臉來，你可知道我給你帶了誰來？」

李清驚訝地發現，這位副將銜的高級武官居然打著一雙赤腳，褲腿捲到膝蓋上，兩隻袖子高高挽起，一張臉油黑發亮，滿是風吹雨打的痕跡，要不是李清知道這位副將才剛過四十，看他臉上那深深的皺紋，會以為他已年近花甲。

「鄧副將不修邊幅，一向這樣慣了，大帥不要見怪！」向鋒一邊向李清解釋著，一邊責怪鄧鵬道：「老鄧，你這像什麼樣子，哪還有一位副將的體統，竟然打著赤腳，這會讓客人笑話的。」

鄧鵬慢悠悠地道：「向參將不是水師軍官，自然不知道在船上，打赤腳可比穿上官靴牢靠多了，這幾位便是你給我帶來的客人？奇怪呀，向參將，沒來由地，你給我帶什麼客人來啊？」眼裡多了一份警惕之色。

「定州李清！」李清拱手道。

他身後的楊一刀也跟著道：「定州楊一刀！」

鄧鵬立即眼睛一亮，「久仰久仰，卑職見過李大帥！」屈膝準備行大禮。

李清上前一把拉住鄧鵬：「鄧副將，你看你我這身穿著打扮，還計較什麼上下尊卑，不必了，不必了！」

鄧鵬站直身子，「定州幾場大戰，打得蠻子鬼哭狼嚎，令人嚮往，鄧某雖在復州，也是聞之熱血沸騰啊！只可惜……」

向鋒生怕他說出什麼難聽的話來，趕緊道：「老鄧，李大帥能來你這裡，是你好大的面子，還不請李大帥到你的旗艦上去！」

「正是正是！」鄧鵬恍然大悟道：「李大帥久居定州，對這水師船隻想來的確好奇，來到我們復州，看看水師也是正理，請，請，李大帥。」

李清心裡好笑，這些破船引得起自己什麼興趣，倒是這個水師副將還有點意思，當下打頭便行。

鄧鵬的這艘旗艦，船有三層，順著弦梯爬上去便是甲板，甲板有些破舊，有的地方甚至裂開了口子，但收拾得倒也井然有序。

船舷邊，架著一些簡易的八牛弩，李清知道八牛弩操作需要較多的人，船上顯然不具備這些條件。

看到李清注意這些弩箭，鄧鵬解說道：「李大帥，這些弩箭有效射程約五百步，一艘船約有十台，大約需要五十名士兵操作，主要用來遠端攻擊敵人，經過改良後的弩弓還可以發射火箭，不過在水戰中，威力更大的是石炮，放置在三層樓臺上，待會兒大帥便可以看到了。」

李清點點頭，跟著鄧鵬向樓上爬去，到了第三層，一根高高的桅桿豎起，上面有一個極小的臺子，顯然是船上的瞭望台，船舷邊設有女牆，有來抵擋敵人的弓矢，女牆上另設垛碟，便於士兵攻擊敵人。還有鄧鵬所說的石炮，模樣像是簡易版的投石機。

鄧鵬走到女牆邊，看著港口道：「李大帥，水師戰船分為樓船，戈船，這些都是大型戰船，我們現在用的這艘便是樓船，大帥請看，那一艘叫先登，是作戰時率先攻擊敵人的戰船，那艘狹而長的戰船叫艨艟，是用來衝擊敵方的；那邊紅色的船，我們叫赤馬，它的速度極快。」

一說到水師船隻，鄧鵬便滔滔不絕。

向鋒卻有些不耐煩了，道：「鄧副將，李大帥難得來一趟，你何不讓李大帥見見你的水師健兒？」

鄧鵬走到女牆邊，吹起悠長的口哨，在李清等人的目光中，眾人忽地感到船微微有些搖晃起來，旋即隆隆的腳步聲傳來，眨眼間，甲板上便站滿了光著腳丫的水師，大約有五百人上下。連在船外清洗附著物的小兵也攀爬上來，解開腰裡的繩子，迅速到隊尾站好。

李清不由拍手叫好，**一支隊伍的戰鬥力如何，可以從他們集合的速度，隊列的整齊看出一二**，看來這鄧鵬麾下倒是不乏健兒，而且他治軍也很有能力；不過這些士兵們的穿著也太爛了些，身上的軍服大都很舊，而且基本沒有人穿甲。

「鄧副將，平時作戰，他們也都是穿成這樣嗎？」李清問道。

鄧鵬點頭道：「水師倒也沒有碰上過大股的敵人，只是一些不成氣候的海盜罷了。」

李清微微皺眉，現在的海戰，遠端武器造成的打擊有限，主要還是靠近舷作戰來解決問題，這些士兵不著甲，受傷死亡的機率會很高，培養一個合格的水兵可比培養一個陸戰士兵難多了，如此不必要的消耗讓李清感到很可惜。

看到旗艦上的隊伍如此驃悍，李清頗替鄧鵬不值，**向顯鶴為了一點蠅頭小利，居然架空一個如此有能力的水師將領**，將來一旦有事，真是死都不知是怎麼死的。

李清連夜從復州返回信陽，下榻崔義城的莊園裡，一直顯得有些心事重重，似乎有什麼事情在困擾著他。

茗煙和她打算帶去的隊伍已經進入鄧鵬的水師駐地，只等一應準備就緒，就揚帆出海，直奔室韋人控制地區。

看到躺在床上愁眉緊鎖的李清，清風安慰道：「將軍，你是在擔心茗煙這一路的安危嗎？以我看大可不必，鄧鵬是水師老將，經驗豐富，有他親自保護，茗煙不會有危險的。」

李清搖頭，「我不擔心茗煙，海上之事有鄧鵬，也不需我們操心，即便到了室韋人控制的地區後，以她不下於你的聰明才智，也不會有什麼生命危險，至多是事辦不成罷了。」

李清自顧自地想著心事，卻沒有顧到枕邊佳人的感受，任何一個女人，即便再賢慧，當著自己的面稱讚其他的女人，也總是會吃味的，特別是對自己才智頗為自負的清風聽到李清給茗煙如此高的評價，心中更是不快，嘟著嘴，板臉鑽進被窩，面朝裡，只留一個背脊給李清看。

李清這才醒悟過來，看著捂得嚴實的清風，不由笑道：「天這麼熱，你也不怕捂出痱子來。」

被子裡的清風，身體扭了幾下表示自己的不滿，李清不由又好氣又好笑，伸手在她日顯豐滿的臀上重重一拍。

啪的一聲響，清風哎呀一聲，一挺身坐了起來，滿臉潮紅地看著李清，「將軍就知道欺負我！」

她本就只穿了一件薄薄的紗衣，這一挺身，胸前之物便更形突出，半隱半現之間，格外誘惑，李清看得眼睛發直，一雙手不由自主地伸了過去。

清風伸手一拍李清的手掌，大發嬌嗔道：「你這時候心裡想著別的女人，可不許碰我。」

李清大聲叫屈：「我哪有想別的女人？你還不知道我麼，我可是死心眼的。」

清風撇嘴道：「那可未必，你那天與傾城公主比武回來後，好幾天都呆呆地，難道不是在想她麼？哼，人家是公主，又是你未來的正妻，肯定會想的。」

李清悄無聲息地挪著身體，等清風發覺不對，他已是貼了上來，低頭在清風頸間亂嗅，道：「哪是想她，傾城是一隻母老虎，一想起她我便犯愁呢！她哪有你好，又能幹又溫柔。」

清風被李清一陣揉搓，身子又癢又麻，意亂情迷，軟倒在李清懷裡，星眸半閉，喃喃地道：「別，將軍，你剛剛是在想復州的鄧鵬麼？」

李清腦中頓時浮起鄧鵬那又黑又老的面孔，熱情一下子被潑了盆冷水般縮了一半，不由氣惱道：「好端端地說他幹什麼？」

察覺到李清的變化，清風格格地笑道：「將軍真是在想他？」

李清哎聲嘆氣地道：「清風，以後你能不能挑個時候說公事啊！不錯，我的確是在想鄧鵬，想復州水師。」

清風仰頭看著李清，道：「將軍，你想把鄧鵬弄過來？」

「是啊，但談何容易，復州與我們同屬大楚，向胖子又是皇后一族，總不成公開翻臉。」李清嘆道。

「明裡當然不行，但我們可以暗地裡把他拉過來，我看鄧鵬在復州並不得意，這樣有才能的將軍豈肯甘願如此落寞，只要將軍暗送秋波，我肯定他一定非常樂意投懷送抱。」

清風只顧著說話，沒發現寬鬆的紗衣頓時開了一道大口，內裡的雪白完全暴露在李清的視線內。李清咽了口唾沫，貪婪地看著在自己眼前不斷跳動的玉兔，道：「我倒是想你投懷送抱呢！」

清風雙羞又惱，「將軍，人家在和你說正事呢！」

「咱們把正事放到明天再說吧。」李清蠢蠢欲動起來。

「不！」清風一個翻身，又將自己裹起來，「這事不議出個子丑寅卯來，我沒有別的心思。」

李清哀嘆道：「**關鍵是水師啊**，如果我有一支水師，那鄧鵬我拋一個媚眼過去，他還不巴巴地湊上來，可是定州是內陸，沒有水師，像鄧鵬這樣的人，沒有實實在在的東西，根本不可能打動他！」

「是呀，可惜復州還很穩定，我們沒有什麼空子可以鑽！」清風皺起眉頭，「管他呢，回定州後我就開始安排，總得先與鄧鵬悄悄地接觸一下，也許事情沒有我們想像的那麼困難。將軍，你又走神了！」清風嘟著嘴，不滿地道。

李清身體一震，「清風，你剛剛說什麼？」

「我說將軍又走神了！」清風嬌嗔道。

「不是，是你剛剛開頭的那一句。」李清急切地問道。

清風回想道：「將軍，我說復州還很穩定，我們沒有空子可以鑽！」

李清興奮地道：「對，復州是很穩定，但有極大的隱患，清風，你能想到這個隱患是什麼嗎？」

清風凝神片刻，眼中忽地有了一些明悟，「將軍是說鹽工？」

「不錯！」李清一拍床板，「還記得崔義城說的嗎，鹽丁們吃不飽，但也餓不死，這說明了鹽工們肯定積聚了不少的怨氣，他們辛苦地曬出鹽，僅能維持溫飽，有的甚至連肚子也填不飽，這就像一大捆乾柴，這時候如果有一點火星濺上去，你說會怎麼樣？」

「會燃起來！」清風也興奮起來，「如果我們再澆一點油，就會燃成沖天大火。」

「不錯！」李清得意地道。

「問題是，這火星怎麼來呢？」清風為難地道。

「復州沒有火星，我們來製造一個。」李清咧嘴一笑。

「將軍有主意了？」清風大喜。

「當然，回定州，我便來辦此事！在此之前，你先安排人手與鄧鵬接觸，告訴他，如果我能掌控海陵，我會給他一支強大的水師，給他清一色的五千料大船，給他的士兵們換甲，讓他在海上縱橫無敵。」

「將軍，你還沒說怎麼給復州製造一點火星呢？」

「你想知道？」李清笑道。

「當然想知道啦！將軍吊起我的胃口卻又不說了，這不是存心讓我睡不著嗎？」清風嘟著嘴道。

李清勾勾手指，「想知道的話，就過來啊！」

「將軍耍賴！」清風別過頭。

「這可是你自已不想知道的啊！」李清故意翻身躺倒，閉上了眼睛。

清風想了半晌，也沒有理出頭緒，看李清一動不動地躺在床上，只好依偎在他身邊，撒嬌道：「將軍，我想知道嘛！」

李清一手將她拉到自已身上，軟玉溫香擁了一個滿懷，無賴地道：「想知道我怎麼給復州點火，你就得先給我滅了火啊！」

說完，迫不及待地張開嘴蓋住清風的朱脣，清風只來得及發出唔的一聲，便被李清的火熱給完全融化了。

定州官紳在尚海波、路一鳴的帶領下，出城十里迎接李清的歸來。

戍守邊地，不敢輕離的呂大臨也特意派了自己的弟弟呂大兵，各縣的縣令更不用說，齊聚於此，此時此刻，定州正式屬於李清的了。

李清微笑著接受了眾人的祝賀，一行人浩浩蕩蕩地向定州城出發，在那裡，還有一個更隆重的入城儀式在等待著李清。

隔著定州城還有老遠，便聽到定州城方向歡慶的鑼鼓和高昂的銅號，早已有人先行去報信了，李清不由瞠目結舌，自城門往外近百米，居然鋪就了上好的紅毯，城牆也都披上了紅綢，人群沿著紅毯兩邊，站得密密麻麻。

「有這個必要嘛，這得花多少錢啊？」剛剛在復州撒了大把銀子的李清頗為心痛，有這些錢，還不如為士兵們添點甲冑，打造更好一點的兵器呢！

「這是該花的錢！」尚海波強調，「大帥，這是向天下人宣告定州的歸屬，即便定州再窮，這點錢也是要拿出來的。」

李清對尚海波這種說法雖不苟同，但也不好駁了他的面子。

「還沒有恭喜大帥呢！」尚海波笑道。

「哦？」李清不解地望著他。

「大帥此行不虛，不但成了名正言順的大帥，還成了大楚的駙馬，而且是名動天下的傾城公主，這對我們定州大大有利啊！」尚海波眉飛色舞地說。

「你高興啦？」李清諷刺地道。

尚海波看著李清的臉色，心裡暗道大帥好像不太爽啊，於是乾咳幾聲，打住了話頭。

尚海波詫異地想道：大帥怎麼這口氣，莫非這傾城公主不美？不對呀，傾城公主名動天下，怎麼說也應當長得不差啊，再說。大帥身邊的清風已是個美人胎子，傾城醜一點也無妨，家有醜妻是一寶，即便傾城長得跟無鹽一般，那又有什麼關係呢？人家的身分擺在哪裡呢！大帥身邊的美人少一點更好，溫柔鄉可是英雄塚哩！

「大帥，請！」走到紅毯前面，尚海波拉住馬頭，伸手作勢道。

李清看到腥紅的地毯，心裡卻生起一股傷感，回頭對楊一刀道：「請那些犧牲的勇士們先行！」

楊一刀一怔，「大帥？」

「快去！」李清板臉厲聲道。

楊一刀躍下馬，走到一輛馬車前，伸手拉開車簾，尚海波一看，裡面一字擺開放著十二個木盒，上面蓋著白紗。

「將軍，出什麼事了？」尚海波駭然問道。

李清搖搖頭，「以後再說吧！」他跳下馬來，束手立於一側。其餘人見狀，雖然不明所以，但也紛紛下馬。

楊一刀、唐虎與十名親衛上前，一人捧起一個木盒，腳步沉重地走向紅毯，城上城下，鑼鼓銅號都停了下來，大家的目光都看向這十二個木盒。

李清兩手抱拳，對著十二個木盒深深一揖，高聲唱道：「魂兮歸來，魂兮歸來！」

隨著李清的叫聲，楊一刀等人將十二個木盒高高舉過頭頂，一步一步前行。城上銅號驀地響起，卻變成了悲愴激奮之音，緊跟著大鼓擂響，殺伐激昂之聲陡起。

「魂兮歸來！」尚海波、路一鳴一揖到地，城外城內，所有人齊聲高呼，為勇士招魂的聲音響徹定州城。

「百年來，我定州抗擊蠻寇，前赴後繼，父死子承，從不曾在蠻子的鐵蹄之下屈服。」李清大聲吼道。

城上城下一片寂靜，唯有風聲揚起城頭大旗，呼啦啦的聲音似乎在為李清的話作注。

「無數英雄們戰死，他們的鮮血浸透了定州的每一分土地，他們的英靈從沒有離我們而去，他們仍然在定州每一個堡壘前，看著我們繼承他們的遺志，看著我們仍然在奮鬥。」

「我們的腳下，是我們的土地；我們的家園有我們辛苦創造的財富，有我們的父母親人，但草原上的蠻子卻想搶走我們的土地，奪走我們的財富，劫掠我們的親人，我們答應麼？」

「不答應，殺死蠻子！」城上城下響起山呼海嘯般的回聲。

李清滿意地點點頭，「我們大楚雖是禮儀之邦，卻從不畏懼野蠻；我們盼望和平，但並不害怕戰爭，為了子孫後代，我們不得不戰鬥！有戰鬥，就有死亡。告訴我，你們害怕死亡麼？」

「不害怕！」

「是的，我們不害怕死亡，因為我們在為我們的子孫後代而戰，為我們的永世和平而戰，為了這個目的，我們就得一次次地踏上沙場，直到打敗蠻子，征服他們。」李清鏗鏘有聲地說：「為了這個目的，我們還會有很多人死去；為了這個目的，我們還會有很多人失去丈夫，失去父親，失去兒子，但這是值得的，讓我們這一代人把仗打完吧！」

「萬勝，萬勝！」

「定州將建起一座紀念碑，紀念那些為了定州而犧牲的人們，它會坐落在定州最中心處，供所有人瞻仰，它會比城裡任何一座建築都高。」李清大聲宣布道：「定州還會建立一座英烈堂，凡是在戰爭中犧牲的戰士，都能將靈位放在裡面，供子孫後代瞻仰，讓人們永遠記得，他們的幸福是這些英靈們用生命和鮮血換來的。」

尚海波看著慷慨激昂的李清，眼中忽地一陣迷濛，多少年了，自己終於遇到一個明主，一個真正有王者氣象的人！

今天本來是李清耀武揚威的好日子，但他卻把光環讓給了那些死難的勇士，正因為這一讓，卻讓他的聲望在這一刻攀到頂峰，尚海波可以想到，當紀念碑和英烈堂屹立於定州城時，一定會成為整個定州的黏合劑，軍人會為了他不惜一死，百姓會為了他，將家中的男人送上戰場！

李清作了一場完美的全州總動員，對草原的征服，自這一刻開始。

而這，僅僅是一個開始！尚海波緊緊地捏起了拳頭。

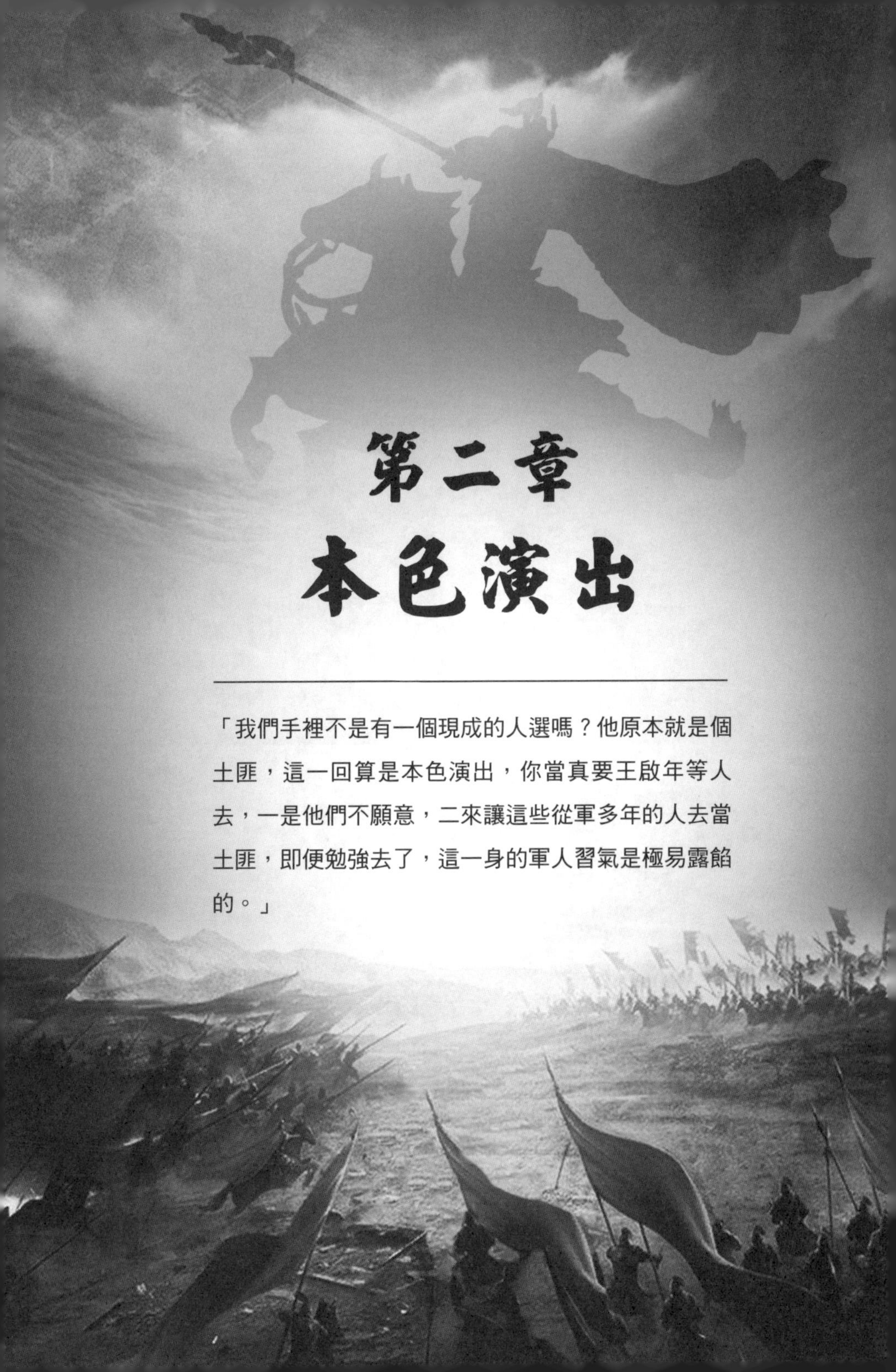

第二章

本色演出

「我們手裡不是有一個現成的人選嗎？他原本就是個土匪，這一回算是本色演出，你當真要王啟年等人去，一是他們不願意，二來讓這些從軍多年的人去當土匪，即便勉強去了，這一身的軍人習氣是極易露餡的。」

「此計大妙啊！」尚海波一拍大腿，興奮地道：「復州產鹽，富庶之極，人口眾多，又有我們定州不具備的出海口，如能拿下，如虎添翼；到那時，以定州兵之驃悍，以復州之富庶，大帥實力與現在將不可同日而語。向胖子昏聵之極，貪財鄙薄，此乃天授予我，不取有罪。

「一旦我們握有海陵縣的出海口，即可組建一支強大的水師，舟師橫渡，運送強兵，在蔥嶺關外登陸，再和室韋人聯合，內外夾攻，蠻子猝不及防之下必定手忙腳亂，平定草原指日可待。」

「我正是此意，復州其他地方還好說，只有海陵，我一定要拿下。」李清握拳說道。

「只是這人選？」尚海波遲疑地說：「眼下與蠻族大戰在即，將軍們都巴巴地望著這塊，這時間要調一人去冒充土匪，搞亂復州，可有些難了，只怕無人願去。」

與蠻族作戰，軍功是實打實的，但去冒充土匪，搞亂復州，卻是見不得光的，軍功再大，也不能攤開來說，可說是吃力不討好的活，不過李清心中已有了理想人選。

「我們手裡不是有一個現成的人選嗎？他原本就是個土匪，這一回算是**本色**

演出，你當真要王啟年等人去，一是他們不願意，二來讓這些從軍多年的人去當土匪，即便勉強去了，這一身的軍人習氣是極易露餡的。」

「大帥是說過山風？」尚海波恍然大悟，「但是將軍，過山風好不容易洗白自己，他這種人一旦從良，要他重操舊業，去打家劫舍，恐怕會有難度，如果他勉力為之，只怕到時壞了大事。」

李清沉吟片刻，「你說得有道理，不過他仍是我心目中的最佳人選，這樣吧，我先和他談談，力爭讓他甘心情願地去，否則只能另想他法了。」

「如此甚好，只要過山風想明白，他的確是不二人選。」尚海波贊同。

過山風如今是志得意滿，從過街老鼠般的山匪搖身一變，不僅成了正規的官兵，更是定州軍振武校尉之職，也算是一名高級武官了，雖與王啟年等人比，還是略有不足，但王啟年姜奎等人是將軍的老班底，被他們壓過一頭，過山風也不覺得有什麼委屈。

想當初率著百多個手下，四處流竄，朝不保夕，腦袋別在褲腰帶上，說不定哪天就被官府捉了去，哪想過如今走到哪裡都有人恭敬地叫上一聲將軍。

一心想在功名前程上奮鬥一番的過山風將自己埋在軍營裡，沒日沒夜地操練手下三千兒郎，他的斥候營本就是定州軍的精銳組成，加上他將自己所知所能傾囊相授，在他的領導下，三千斥候的戰鬥力是與日俱增，放在整個定州軍中，除了李清的親衛營，過山風真還沒把其他的營頭放在心上。

今天，過山風興沖沖地從城外軍營策馬奔向大帥府，真是人逢喜事精神爽啊，將軍自洛陽回到定州後，第一個召見的將領便是他，說明在大帥的心中，自己的位置不在王啟年等人之下，是深得將軍信任和器重的。

李清平心靜氣地與過山風談起準備交付給他的任務，過山風沒有想到李清召見他是為這樣的事，臉色由紅轉白，由白轉紫，驚疑地道：「大帥，我……」

「先不要急著拒絕。」李清擺擺手。「這兩年來，你的表現我都看在眼裡，不論是隨軍作戰，還是訓練士卒，你在定州軍中都是最用心最努力的。這一次任務的重要性我已經講了，不但關係著我們與蠻族作戰的輸贏問題，更關係到定州以後的發展。」

李清走到牆上掛著的地圖前，在圖上畫了一個圈，道：「過校尉，我考慮再三，沒有比你更合適的人選了，我需要一個作戰勇猛但又心思細膩的大將，王啟年等人不合適，他們只適合在沙場上對壘衝鋒，而這次更需要動腦子。你諳熟土匪的伎倆，所以只有你能達到目的，搞亂復州，更趁此機會給我再拉起一支精兵來。」

李清進一步說明，「我要復州大亂，為定州軍乘機介入創造條件，但又不能讓復州元氣大傷。你不用馬上答覆我，去考慮幾天。我可以承諾你，你在復州拉起多少精兵，這些兵事後都交給你來統領，總之，我不會讓你因為錯過與蠻族的戰爭而吃虧的。而且，拿下復州後，我將派一支勁旅遠渡重洋，在蠻子的後方登陸，你就是那支勁旅的統帥，這也是對你的補償。」

過山風垂頭喪氣地從大帥府出來，按照大帥所說，自己此去，一手所訓練出來的斥候營最多只能帶走一千人，其餘的全都要留在定州。他長嘆一口氣，有誰能讓大帥改變主意呢？

尚先生？這事說不定尚海波就參與其中，再說，自己也有些怕這個白面書生，他的心機城府太深。找他等於與虎謀皮。

除了尚先生，在定州高層，還有誰可以幫自己呢？

過山風牽著馬，垂頭喪氣地往回走，驀然抬頭，看見統計調查司的匾額，突然眼睛一亮，自己怎麼沒有想到清風呢？她不是比尚海波更能讓大帥改變心意嗎？枕頭風啊！

過山風大喜，抬腳便想跨進統計調查司的大門，想了想，又停下來，從懷裡掏出一把銀票，對跟在身後的親兵道：「到街上的首飾店去給我買幾件最好的首飾來，你看著我幹什麼，趕緊去，什麼貴你就買什麼，快點！」

看著親兵仍在發愣，他沒好氣地便是一腳踢蹬過去，在親兵的屁股上印上了一個大大的腳印，吃痛的親兵如飛般地打馬奔去。

等親兵買好禮品，過山風也懶得看包裝精緻的木盒裡到底裝的是什麼，便直奔統計調查司而去。

「校尉，你這是要幹什麼啊？」親兵奇怪地問道。

「幹什麼？我去給清風司長送禮物，你就待在這裡。」過山風沒好氣地道。

親兵一聽，不由腦子一縮，校尉不是想打清風司長的主意吧？這可真是壽星公上吊，嫌命長啊！這一下也不拴馬了，將韁繩牽在手中，等自家校尉被一頓亂棍打出來時，救了將軍上馬便逃。

清風看著面前精美的盒子，一雙妙目盯著過山風，上上下下地打量著他，直看得過山風心裡發毛，坐立不安，這才笑道：「過校尉，你這是什麼意思啊？」

過山風期期艾艾了半晌，卻不知要如何開口了。

看到過山風神色局促不安的樣子，清風心裡有些好笑，派過山風去復州的事，她是第一個知道的，於是問道：

「過校尉是為了被派去復州一事才來找我的？」

過山風心裡一涼，完了，清風也知道，看來這事是沒救了。

「咳，是的，司長，我是真的不想去，不知司長能不能在大帥面前為我美言幾句？讓我留在定州。」過山風硬著頭皮將憋在心裡的話說了出來。

「將軍拿定主意的事，只怕誰敢也改變不了啊！」清風搖頭。

「別人不能，但司長你一定能啊！」過山風想也沒想，脫口而出，話一說出來，心裡便大叫一聲壞了。

果然，清風臉色大變，又羞又惱，連著做了幾個深呼吸，這才恢復正常。

過山風提心吊膽地看著清風，直看到對方臉上重新掛上笑容，這才將一顆心放到肚子裡去。

「過校尉，在統計調查司初創之際，你給了我很大的幫助，這一點清風一直牢記在心，不敢或忘。」清風笑吟吟地道。

「不敢，些許小事不足掛齒，倒是清風司長短短時間裡讓統計調查司威名赫赫，讓過某佩服不已。」過山風欠了欠身子道。

「清風知道過校尉是極聰明的人，較之王啟年等人不可同日而語，但在這件事情上，怎麼就犯起糊塗了呢？」清風搖頭道。

「王將軍深受大帥器重，過某不敢與之相比，只是這件事，過某哪裡犯了糊塗呢？」過山風不解地道。

清風莫測高深地一笑，卻不作聲，低頭翻閱起卷宗。

過山風想了一會兒，仍舊不得要領，只好對著清風深深一揖，「還請清風司長為過某解惑！」

清風啪地一聲合上卷宗，道：「過校尉，這是將軍要重用你的意思啊，你居然還推辭，要是我是你，可是巴不得馬上答應。」

「我知道大帥器重我，可是我還是想在戰場上真刀實槍的拼出功勞來，這才爽快。」過山風道。

「過校尉，你說如果我們與蠻族硬碰硬的話，能有幾分把握取得最終勝利？」清風問。

過山風思索片刻，「蠻族兵強馬壯，但我們定州也不差，加上大帥運籌帷幄，勝負當在四六之間，我六他四。」

「如果過校尉這麼想的話，那可就太小瞧蠻子了！蠻兵鐵騎天下無雙，如果真有誰能在騎兵上和他們一較短長的話，我看也只有室韋人而已，我們定州還不行。」清風正色說道：「以我之見，雙方實力應是伯仲之間，不分上下。」

「所以，將軍急於開闢第二戰場，西聯室韋，兩路夾攻。」清風侃侃說道：「而西聯室韋，唯一的陸上通道卻為蠻族所把持，蔥嶺關蠻子駐紮有重兵，我們根本無法過去，剩下的便只有水路，遠渡重洋，繞過蠻子控制區。但水路偏偏我們也沒有，便只能另打主意，謀取復州海陵，打通出海口，從海上過去。可以說，如果不能打開這條通道，我們與蠻族的作戰勝算並不高。你說，將軍把如此重要的任務交於你，將來論功行賞的話，難道你的功勞會比王啟年他們低嗎?!」

「可是，這是見不得光的，還要我扮作土匪。」過山風囁嚅道。

清風不由哈哈大笑，「過校尉，我們奪復州，難不成要明火執仗地去搶嗎？不要忘了，復州也是大楚領地，而且復州統帥向顯鶴是當今皇后的宗親，我們真明搶，不說皇后的反應，便是其他世家也斷不能容，畢竟現在世家之間還勉強維繫著那點平衡，我們這樣做，馬上便會成為眾矢之的，所以啊，**要復州亂，亂得向胖子無法收拾，亂到他只能向他的鄰居，擁有大楚強兵的我們來求助，請我們定州兵過去幫他平定叛亂。**」

「我想將軍已經跟你說了，控制海陵為第一要務，你真要做到了這一點，便是將來定州滅蠻的第一功臣，任誰也不能和你搶。」

「這個……」過山風沉吟不語。

「過校尉，恕我直言，你為將軍做的見不得光的事越多，你的前程愈光明。」清風提點道。

過山風不由大為意動，對啊，這一點自己怎麼沒有想到呢！通常這種事都是由心腹去幹的，這麼看來，大帥是將自己視作心腹了。想到此處，心中不由一喜。

「這只是就目前這場戰事而言，就長遠來看，將軍此舉還有更深的含義啊！」清風意味深長地看著過山風。

「更深的含義？」過山風不解地看著清風。「司長請明言！」

「過校尉，我現在對你說的話，出了這個門我可是不認帳的，將軍如果曉得我對你講這些，肯定會不高興，不但你要倒楣，連我也要受池魚之殃的。」清風嚴肅地道。

過山風不由一凜，心知清風接下來的話定是石破天驚，想不聽，但事情關乎到自己，於是正襟危坐，靜待清風的話。

「過校尉，你覺得我們定州內部現在怎麼樣？」

「在大帥的帶領下非常團結。」過山風如實地道。

「是啊，在大帥的帶領下！可是下面呢，下面也非常團結，不分彼此嗎？」

過山風明白了清風的意思，想了想道：「那倒也不是，就目前而言，彼此之間還是分成了幾個很明顯的山頭。」

清風一拍手掌，「對啊！過校尉，你想明白啦，在我們定州，**軍事才是重點**，但目前軍隊有明顯的兩個板塊，一個是以呂大臨為首的前定州軍將領，另一個，則是以尚海波為首的原常勝營將領，他們都是手握重兵，舉足輕重。現在他們還保持著一定的實力平衡，能互相牽制，但定州軍系畢竟不是大帥的心腹，大帥對他們還是有些疑慮，蠻族事畢之後，原定州軍的將領肯定會受到一定程度的抑制，而**常勝營將領們則會走向更重要的位置**，如此一來，**本來兩個勢均力敵的情形就不再平衡了**，常勝營將領勢力必定大漲，定州軍則會日漸萎縮，變成失衡的狀態。」

「那打破這個不平衡不就行了麼？」過山風發出疑問。

清風狠不得一掌扇倒這個看起來很聰明的漢子，怎麼在政治上如此白癡呢？

「你傻了嗎？呂大臨在定州威望極高，此次與蠻族作戰，他又是主力之一，他還是定州本地人，打敗蠻族，他的威望會更高，直逼大帥，這是一件好事嗎？戰後削他的權柄是意料之中的事，否則將軍何以自處？呂將軍又何以能安之若素？」

過山風恍然大悟，打敗蠻子後，呂大臨的威望必然上升，在政治上會對李清形成威脅，這種情況下，**兩人想要和平共處，只有一方退讓**；而呂大臨肯定會是退讓的一方，但如此一來，**原來常勝營系的將領必會隨著呂大臨的退讓權力大漲，從而形成新的尾大不掉之勢**。

「你既不屬於原定州軍系，也不屬於原常勝營系，但與他們兩方交情都不錯，對吧？」清風眉毛一挑，「你是一個很特殊的存在，而且經過長時間的考驗，你的忠心已得到了認證，你的能力也得到了將軍的認可，這就是將軍挑中你的原因。

「如果讓你在草原上作戰，那只不過是附人尾翼，按部就班地升上來，這樣如何能讓你起到平衡兩系的作用？所以，將軍**另闢蹊徑**，讓你獨立去**開闢第二戰場**，可以預料，如果你掌控海陵，近而控制復州之後，將來定州軍橫渡大海，在蔥嶺關外登陸的大軍統帥非你莫屬。掃平草原之後，將軍便能以此為據，對你大加提拔，讓你的地位飛速上升，從而與定州軍系、常勝營系鼎足而立，這樣，定州軍的三角穩定便告形成。」

過山風深吸了口氣，他以前不過是一介山匪，對政治上這些複雜的門道，他完全屬於門外漢，他從來沒有想過，在定州軍內部，還存有如此複雜的問題，今天，清風算是給他上了一節啟蒙課。

這讓過山風不由心裡戰慄不已，同時卻又興奮無比，**這是他的機會**，如果把握得好，將來必會更加輝煌。自己也會如同呂大臨、尚海波他們一樣，成為大帥的**三駕馬車之一**。

他站起來，對著清風深深一揖，「多謝司長為我解惑，今日過某算是來對了，過某將來必有厚報。」

清風抿嘴一笑，「過校尉，復州一事，我們統計調查司奉命與你配合，力爭讓你早日達到目的，調查司已經在進行策反、收買的行動，現已初步取得了成效，你進入復州後，我會給你一分名單，名單上的人，便是你打劫時不能動的人。」

此時的過山風已大徹大悟，原來在自己看來一件很簡單的事，裡面卻藏著如此多的細節，如果不是清風為他分析解說，自己失去的不僅僅是一次崛起機會，大帥失望之餘，定會遷怒於自己，想到此節，背後不禁冒出一層冷汗。

一念及此，過山風對清風感激不盡，更慶幸自己來了這裡，否則將來他知道直相後，一定會終生遺恨。

兩人說到這裡時，過山風忙掏出禮物，遞到清風面前，恭敬地道：「這是小小心意，不成敬意，請司長笑納。過某這便告辭，回軍營去準備相應事宜，不打擾司長了，司長的大恩，過某一定會放在心上。」

接著便轉身離去，來時他步履沉重，走時可是疾步如飛，輕快無比。

送走過山風，清風打開包裝精緻的盒子，從裡面取出一個通體碧綠的玉鐲，拿在手上把玩著。

「過山風！」清風默默念叨了幾句，她相信這傢伙一定會成為定州軍中非常重要的一環，**自己現在在他身上小小的投資一點，未來說不定會有大收穫**。

過山風滿心歡喜地走出統計調查司大門，一直焦急守候在外面的親衛趕緊迎了上來，「校尉，您沒事吧？」

過山風把嘴湊到他耳邊，神秘地道：「告訴你，我們又要去當土匪了！」

這個親衛是他當山匪時就跟著自己的，兩人的關係非同一般。

親衛嚇了一跳，「校尉，你真的在打清風司長的主意？您該不會動手了吧，這不是找死嗎！回去後我們趕緊收拾東西開溜吧！」

過山風一愣，半晌才反應過來親衛說的是什麼意思，不由大怒，一個爆栗敲在他頭上，「溜你個大頭鬼！你這個不成器的東西，腦子裡都裝的是些什麼玩意兒啊?!」

親衛捂著頭上鼓起的大包，不滿地低聲道：「那幹什麼要回去做土匪，現在多好啊！」

進入九月，定州與草原之間仍是一片平靜，巴雅爾除了讓青紅兩部到距離上林里百里外的落鳳坡築營寨外，再沒有一點其他的動作，似乎巴雅爾在失去上林里後，真沒有東寇的打算了。進駐落鳳坡，也只是為了防止定州騎兵更深地突入草原腹地而已。

但李清隱隱感到有些不安，巴雅爾如果是那種甘於認輸的性子，也就不會有今天的成就，**一代梟雄總會在別人意想不到的地方出手，而且一出手絕對便是致命的打擊**，李清相信，巴雅爾平靜的表面下，**一定在醞釀著什麼詭計**，至於這詭計已發酵到了什麼程度，就不為人所知了。

往年這個時候，幾乎可以聞到戰爭的氣味，雙方早就劍拔弩張了，今年卻是詭異的平靜，定州百姓自是樂得其所，認為李大帥的軍隊奪取上林里後，已成功地震懾住那些草原蠻子，今年總算可以安生過日子了。

李清來到上林里，在呂大臨的陪同下視察了整個上林里的城防。

上林里主城已經築好，衛堡的地表工程也已完工，四周一個個的圍屋連接在一起，屯民們開始燒荒，翻地，準備在這裡種上麥子，到來年，這裡將變成麥浪滾滾的良田，為上林里提供源源不絕的糧食。

站在上林里的城頭，李清問：「呂將軍，這幾個月來，一直是這樣平靜麼？」

「不錯，上林里初築城時我著實擔心，日夜提防蠻子的鐵騎忽然來襲，但隨著城防體系的日益成熟，我便慢慢放下心來，看來上林里的失守對巴雅爾的打擊極大，今年他的確是偃旗息鼓了。」

聽到經驗豐富的呂大臨也作如此判斷，李清提起的心稍稍放下了些。

「對落鳳坡的哨探一直在持續嗎？」

「雙方的哨探一直在這方圓百多里裡相互絞殺，小規模的交鋒時有存在，對於落鳳坡，青紅兩部極為小心，我們的哨探根本無法靠近，一靠近便會遭到對方剿殺，這幾個月，我已損失上百人手了。」

李清臉色微變，「也就是說，你一直沒有搞清楚青紅兩部到底在落鳳坡做什麼？」

「不清楚，但我以不變應萬變，不管青紅兩部想做什麼，我只要將他們盯在落鳳坡就可以了。」呂大臨道：「他們想要進攻定州，那上林里就必須拿下，我們守住這裡，就扼住了對方的咽喉，不怕他們耍什麼花招。」

「假如青紅兩部在落鳳坡什麼也沒有做呢？」

「啊？」呂大臨一時沒有反應過來，看著李清發愣。

「我是說青紅兩部十數萬人口，七八萬精兵駐紮在落鳳坡，建起了偌大的營塞，但一沒有貯存糧食，二沒有蓄集攻城器械，就這樣毫無目的的駐紮在那裡呢？」

呂大臨驚訝地道：「這不可能，以我看來，巴雅爾是想把落鳳坡經營成第二個上林里，但落鳳坡不論是在地理位置還是其他方面，都不足以擔此重任，所以那裡只能是一個暫時的臨時基地，對方一定會貯存糧食，打造攻城器械，以備進攻所用。」

李清想了想，做出決定：「不行，呂將軍，派出一營人馬突襲落鳳坡，打他個措手不及，我不要求他們佔領落鳳坡，也不要他們對敵人造成多大的傷害，**我只想知道對方在落鳳坡到底在做什麼？巴雅爾絕不會做此無用功**，如果青紅兩部一直對你有攻打的意圖，甚至曾付諸行動的話，那我反而放心，但眼下這種情況，著實令人感到詭異。」

呂大臨稍稍遲疑之後，立即答道：「是，我馬上派一支騎兵，爭取打到落鳳坡附近一探虛實。」轉身對身邊的親兵道：「速傳呂大兵參將來。」

日落時分，呂大兵率領三千定州鐵騎奔出上林里，風馳電掣般地奔襲落鳳坡；同一時間，呂大臨的官廳內，李清與呂大臨相對而坐，默默地等待著呂大兵的歸來。

午夜，城外響起隆隆的馬蹄聲，城頭上傳來陣陣歡呼，兩人對視一眼，片刻之後，呂大兵一身血跡闖了進來，向兩人行了個禮，道：「大帥，大哥，我回來了！」

「怎麼樣？」呂大臨急急問道。

「我衝進紅部的營寨，兜了一個圈子後殺了出來，大概殺了對方百多人，自己也損失了差不多的人手，這些蠻子，一直在我後面死死纏著，直到看到接應我們的騎兵後才返回。」

「我不是問你這個，是問你在紅部營寨裡看到了什麼？」

呂大兵想了想，「還真是奇怪呢，紅部裡的確沒有攻城器械，而且以他們反擊的強度來講，也沒有當初哨探的那麼多人。以我看，紅部營寨裡包括老弱在內，最多不超過兩萬人，頂多組成五千到一萬的騎兵。」

「你衝擊紅部營寨，青部那邊作何反應？」

「青部的營盤離紅部大約十里地，兩部呈一字形排列，我衝出來的時候，生怕他們出營截擊，但出乎我的意料之外，對方雖然戒備，但並沒有加入對我的追擊。」

砰的一聲，呂大臨一拳砸在案桌上，震得案上的東西跳起老高，「上當了！」他恨恨地道，青紅兩部主力只怕早已退走了。

「大兵辛苦了，你先去休息吧！」李清平靜地對呂大兵道。

李清轉身看著牆上懸掛的地圖，心中不禁思索道：「**巴雅爾，你究竟在打什麼主意呢？**」驀地轉身對呂大臨道：「不管他打什麼主意，但這兩部人眾，看來巴雅爾是打算送給我了，呂將軍，全軍開拔，給我拔了這兩顆釘子。」

「是，大帥！」呂大臨大聲回道，心裡又羞又惱，自己居然被這幫蠻子騙了如此之久，看來當初青紅兩部大擺陣仗進駐落鳳坡之後，便悄悄地一小部分一小部分地撤走了主力，留下一個空殼子在落鳳坡迷惑自己。

難怪對方如此不遺餘力地剿殺自己的斥候，原來是怕自己發現其中的秘密。要不是大帥看出端倪，還不知自己會被騙到什麼時候。

李清在廳裡踱來踱去，腦中用力思考著：為什麼巴雅爾要這麼做？他手指摁在地圖上，在邊境線上一寸寸地移動著，驀地，手指停住，指尖所按的地方，一個地名出現在他的眼中，「**定遠堡**！」李清大叫起來。

白族王庭的路途距定遠只有數百里距離，假如虎赫的狼奔軍從關外歸來，根本就沒有回轉王庭，而是直奔定遠？

李清身子一震，難怪調查司在白族王庭一直沒有看到狼奔軍的出現！算算日子，他們應當就是在這個時間回來的。

「楊一刀！」他大叫道。

「大帥，什麼事？」

「八百里加急，速速傳回定州，命令王啟年天雷營、姜奎旋風營火速馳援定遠堡。」

「啊！」楊一刀吃了一驚，定遠堡出事了？

「快去！」李清大聲道。

「呂將軍走了麼？」李清召來一名親衛。

親衛指著城外幾條火龍道：「大帥，呂副將已出發了，呂大兵參將留守上林里。」

「叫呂大兵過來！」

李清心煩意亂，巴雅爾果然不出手則已，一出手便厲害非常，沒想到他居然不顧狼奔軍長途跋涉，直接讓他們攻擊定遠！而自己在定遠堡的駐軍極少，根本不可能擋得住狼奔軍，哪怕對方已是人困馬乏。

失算了，**自己還是低估了巴雅爾啊！**

快馬趕回定州的李清在第二天便接到了噩耗，姜奎的旋風營傳回消息，定遠失守，突襲者正是自蔥嶺關外回來的虎赫狼奔軍。

「情況怎麼樣？說詳細點！」看著信使，李清滿是懊惱。

「蠻子佔據定遠之後，沒有再繼續前進，就地駐紮在定遠，姜參將估計，狼奔軍長途跋涉，肯定也是疲乏至極，雖然成功佔據了定遠，但也無力再行深入。姜參將已與王參將合兵一處，駐紮在距定遠二十里處的沙河鎮，而定遠兩邊的威遠、震遠都已下達了作戰動員令，接下來如何行事，還需要大帥的命令。」

李清長出一口氣，心中有些奇怪為什麼**一向信奉閃電戰的草原蠻子，這次為什麼打下定遠就停下了腳步？**

需知自己最怕的就是狼奔軍長驅直入，對定遠等地造成無可彌補的傷害，自己的大量騎兵都在上林里，機動的只有姜奎一部的五千餘騎，實在不足以對狼奔軍形成威脅，而王啟年的步卒雖然戰力強，但兩條腿是萬萬趕不上四條腿的。

「我們在定遠的部隊和百姓怎麼樣？」李清接著問道。

信使臉色沉重下來，「大帥，我們收攏了一部分潰兵，從他們那裡得來的消息，是定遠守將王文豐參將苦戰力竭，已壯烈殉國了；三千定遠駐軍千餘人戰死，千餘人被俘，還有幾百人潰散，現大都被王參將收攏進了天雷營。」

砰的一聲，李清一腳踢翻了椅子，王文豐是他執掌兵權以來戰死的第一個參將級別的高級將領，還有那千多名戰士，如果自己對巴雅爾保持足夠的警惕的話，這些犧牲本來是可以避免的。

「大帥！」尚海波向前一步，抱拳道：「戰場勝負本是常事，王將軍求仁得仁，也算死得其所，這一次讓巴雅爾占了便宜，下一次我們加倍地找回來，這件事我也有責任，我沒有想到巴雅爾居然敢驅疲憊之師進攻定遠。」

清風也自責道：「統計調查司應該負主要責任，我們沒有確實追查狼奔軍的下落，情報失靈是我們這次失敗的主因，我願意接受將軍的處罰。」

李清一揮手，眼圈有些發紅，「眼下還不是追究責任的時候，要搞清楚這次對方的真實意圖，他們究竟想幹什麼？」

李清納悶的是，巴雅爾此舉的確是占了便宜，但對整個戰略局勢並不能造成太大的影響，虎赫不可能長期佔據定遠，如果狼奔軍趁勢劫掠一把便退走，以報復上林里被定州奔走，還可以想得通；但此時**打又不打，走又不走，究竟是什麼道理？**

難道巴雅爾還想佔據定遠不成？以虎赫的狼奔軍來固守定遠？不可能，自己在定州短時間便可集聚大批部隊，對方根本不可能守得住。

他到底想幹什麼？李清喃喃地道。

「傳令姜王兩參將，在沙河鎮就地駐紮，小心戒備，命震遠威遠集結部隊，等候出擊命令。」

「尚先生，傳令定州，做好戰爭準備！下達動員令，所有預備役集合。」

「清風，統計調查司全力以赴，搞清楚虎赫的目的是什麼！」

李清下達了一連串的命令後，定州立時便忙碌地運轉起來，定州對於戰爭習以為常，短短一天功夫，定州便變成了一架戰爭機器，一應作戰部隊、預備役全都進入備戰狀態，定州城全面戒嚴。

然而一天後，李清發現自己做的這一切都是白費，虎赫根本就沒有與他作戰的打算，居然派來了使者。

當李清看到這個滿頭紮著辮子的使者出現在眼前時，終於明白了虎赫想要的是什麼。

「虎赫將軍麾下豪格見過李大帥！」小辮子左手撫胸，微微鞠躬。

高踞虎案之上的李清冷冷地凝視著豪格，大堂之上，無不是與蠻子有深仇大恨之人，紛紛怒目相視，殺意瀰漫，就在十數雙眼睛的逼視之下，豪格面不改色，依然面帶微笑直視李清。

「果然強將手下無弱兵，你膽子很大，難道就不怕我殺了你麼？」李清冷冷地道。

「怕，當然怕，李大帥心狠手辣，當年突襲安骨部，數萬部眾殺得是一乾二淨，端地是一個殺人魔王，豪格也是爹生娘養，怎麼能不怕呢？」

豪格的答話出乎眾人的意料，李清吁了一口氣，虎赫帶出來的人果然不凡啊！

「那你還敢來？」

「怎麼不敢來？」豪格笑道：「定遠被我軍俘虜的貴軍多達千人，另有數萬百姓，我若死了，他們就得給我陪葬，想想能有這麼多人為我陪葬，便是死了也值啊！大帥，在我們草原，能有如此多的陪葬，那可是了不得的榮譽。真要如此，我豪格還真得感謝大帥呢！」

李清大怒，活人陪葬，果然是一群野蠻人！看著面有得色的豪格，李清的怒意慢慢平復，盯著豪格，忽地放聲大笑起來。

豪格臉色一變，「大帥何故發笑，以為我說的不可能麼？大帥大可以試試。」

李清雙手扶著虎案，半個身子探出來盯著豪格，揶揄道：「豪格，你把自己想的太重要了，我殺了你，我敢說虎赫連個屁也不會放，他會立即再派一個人來與我聯繫。這等色厲內荏之事，你最好不要在我面前耍，小心我一時性起便殺了你，讓人提著你的腦袋去見虎赫，看看虎赫敢不敢動我定遠軍民？」

豪格臉色一陣紅一細白，喘著粗氣，卻說不出話來。

「說吧，說說虎赫的條件，如果有可能，我們不是沒有談的空間。」李清坐了回去。

豪格的氣焰完全被壓了下去，想想臨來之前虎赫統帥所講的話，終是讓一口氣硬生生地憋了回去。

「虎大人說，我們用定州數萬人的性命跟大帥換兩個人，只要大人放了這兩個人，我們狼奔軍立即撤出定遠，並釋放所有俘虜。」

眾人不由動容，這兩個人，在座的每個人都清楚，就是**白族公主納芙和大將諾其阿**，他們兩人對定州的價值不言而喻，**想不到巴雅爾驅動狼奔軍，疲軍遠襲，目的竟是要救回這兩人**，大帥會答應嗎？眾人一齊看向李清。

尚海波站了起來，向李清一揖道：「大帥，納芙與諾其阿兩人身分貴重……」

李清猛一抬手，打斷了尚海波的話。他清楚尚海波的意思，是想用這兩人討回更大的籌碼，自從虎赫打下定遠便按兵不動之後，李清與尚海波不約而同地想到了這個問題。

尚海波的看法是，既然這兩人對巴雅爾如此重要，那麼便可以奇貨自居，完全可以向對方索取更高的回報；而定遠的千餘士兵和百姓，即使不換，虎赫也不會殺他們，只會將他們擄回草原，以後還有救他們回來的機會。

但李清卻覺得太划算了，他從不覺得一兩個人可以影響到整個大局，諾其阿是一員猛將，也是一員智將，納芙固然身分高貴，但與數萬百姓和千餘名士兵比起來，又算得了什麼呢？更何況自己若是用兩人把這些人換回來，得到的又豈止是這些人的信任和感激?!

「可以換！」李清大聲道，「但你們怎麼能保證我放了這兩人後，虎赫會放回我的人和撤出定遠呢？」

「虎赫大人以人格擔保！」豪格大聲道。

「不要和我說什麼人格保證之類的屁話，我從來不相信你們有人格可言！」

李清毫不客氣地道。

豪格大怒：「虎大人一諾千金，說出的話什麼時候不算數？倒是你們這些大楚人，生性狡詐，反覆無常。虎大人草原雄獅，焉會與你們這些人一般？」

話一出口，大堂上的武將都是怒形於色，拔出了腰刀，只待李清一個眼色，便欲將這個出言不遜的混帳砍成肉泥。

李清冷哼道：「說這些都沒用，豪格，回去告訴你家大帥，他願不願意先放人？撤兵？我也用我的人格擔保如何？他相信嗎？你我兩家仇深似海，誰也不會信任誰。你回去對虎赫說，我先放諾其阿，他撤出定遠，放回我方百姓，我再放回納芙公主；他若食言，應該知道後果。」

豪格無奈而去。

「大帥，真的要換人？」豪格離去，眾人紛紛圍了上來。

「放！為什麼不放？區區兩個人，怎能與我定遠數萬百姓、千餘將士的性命相比！這樁生意我們是大賺！」李清笑道：「一刀，去崇縣將這兩個人給我帶回來。」

月光皎潔，清風送爽，牆角處的蛐蛐發出響亮的叫聲，似在招朋喚友，偶有夜鳶飛過，在園中投下一個暗影，一起一落之間，呼啦啦撲動翅膀的聲音清晰可聞，不時從園外傳來狗吠聲，其間還夾雜著遠處兵營悠長的號角，讓閒靜的夏夜蒙上了一層兵戈之息。

樹上燈籠散發的光芒映照在一張長桌上，一盤盤定州特色的菜肴正流水般地送上來，香氣四溢，長桌的右邊，坐著尚海波與定州同知路一鳴，而左邊，赫然是被俘的納芙公主與諾其阿。

尚海波眼睛微閉，如老僧入定，路一鳴則是滿臉笑容，但眼中的神色卻是居高臨下，審視著對面的兩人。

諾其阿坐得筆挺，兩手按在膝上，直視著路一鳴；納芙卻有些忐忑，看看對面兩人，又偷眼瞧瞧遠處那一個個挎刀巡視、虎背熊腰的衛士，伸手扯扯諾其阿的衣袖，小聲道：

「諾其阿，這是不是就是他們中原傳說中的斷頭飯啊，先好好地讓我們吃上一頓，然後便送我們去見長生天？」

聲音雖低，對面兩人卻聽得清楚，閉目的尚海波嘴角上翹，牽出一個大大的弧度，路一鳴則將頭別向一邊咳嗽起來，顯然是在掩飾笑聲。

諾其阿回道：「公主放心，依末將看來，咱們肯定是要回草原啦！」

「真的嗎？」納芙大喜，「諾其阿，你不是騙我吧？」

「公主等會兒便知！」

對面的尚海波聽到諾其阿的話，眼睛霍地睜開，掃了一眼諾其阿，旋即又閉上，這個諾其阿當真不可小覷，居然從蛛絲馬跡便判斷出他們目前的處境，如此便放了回去，以後當是勁敵啊，特別是他在定州軍手裡多次吃虧，日後相遇，定然會打起十二萬分的小心，再想輕易占他的便宜，可就不是那麼容易了。

將軍此舉，可謂得失各半！千軍易得，一將難求，若依自己，諾其阿這種人便當一刀兩斷，不留後患。

「大帥到！」隨著親衛的呼喝，李清與清風出現在園子裡。

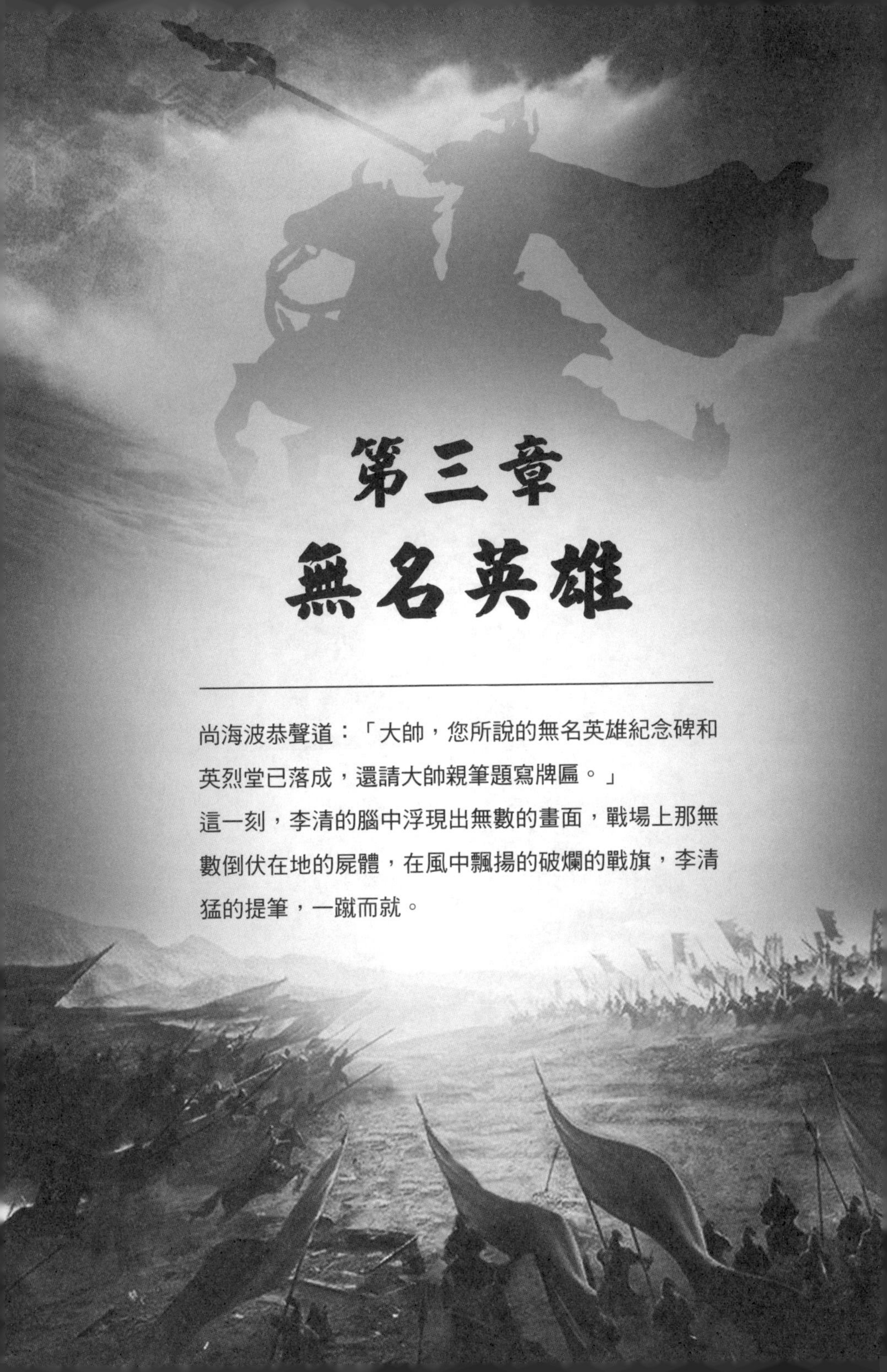

第三章
無名英雄

尚海波恭聲道：「大帥，您所說的無名英雄紀念碑和英烈堂已落成，還請大帥親筆題寫牌匾。」

這一刻，李清的腦中浮現出無數的畫面，戰場上那無數倒伏在地的屍體，在風中飄揚的破爛的戰旗，李清猛的提筆，一蹴而就。

眾人頓時眼睛一亮，李清穿了件月白色的長衫，頭上束著一頂儒巾，寬袍長袖，如果不是眾人都對他熟悉得不得了，會以為他是一介書生。清風則似剛剛出浴，長髮濕漉漉地披散在肩頭，臉龐紅潤，杏目含春，粉色的紗裙穿在她身上豔而不俗。

好一對璧人！納芙心裡暗讚一句。看看清風，再想想自己，她沮喪地發現自己的確不能在外貌上與李清身邊這個人相比較。再看看李清，把諾其阿拿來一比，兩者英武之氣倒頗為相似，但李清身上那股儒雅之氣，諾其阿是怎麼也不可能擁有的。

「見過大帥！」尚海波、路一鳴兩人站起，向李清欠身為禮。

納芙也站了起來，「李將軍，又見面了！」

本擬穩坐不動的諾其阿見納芙站了起來，只得無奈地跟著站起，向李清一抱拳，卻不說話。

清風見眾人向李清行禮，立即後退一步，隱到李清一側，抬眼看眾人時，卻見尚海波正皺著眉看著自己，一雙妙目毫不示弱地盯了過去，兩人目光在空中一碰，同時收回。

「坐吧！」李清走過去，坐在上首，兩手虛按，示意眾人坐下，「納芙公主，諾將軍，久違了！」

「兩位來我定州已有數月，李清一直沒有盡地主之誼，實是抱歉，今天月朗風清，是宴客的好日子，特地為兩位準備了一些特色菜肴，兩位以前雖也常常光顧定州，但這些菜式肯定是吃不到的。」

諾其阿冷笑一聲：「這倒未必，我草原上也有不少定州名廚，這些菜雖然少見，我等卻也不稀罕。」

尚海波提起酒壺，先為李清滿上，再給對面兩人倒滿，皮笑肉不笑地道：「二位還是請多吃一點吧，那些還在草原上盤桓的定州名廚，用不了多久就要回來了，以後你們想再吃這些，就要看我們樂不樂意了！」

坐在下首的清風從尚海波手中接過酒壺，替他倒上，再給路一鳴斟時，路一鳴站了起來，連道不敢，尚海波不滿地瞅了一眼路一鳴，鼻子裡微微發出哼聲。清風微笑著，臉上絲毫看不出異樣，為自己也倒上酒，輕輕將酒壺放在自己手側。

李清看了兩人一眼，心裡卻有些犯愁，從京城回來後，清風與尚海波就好像槓上了，怎麼處理他們二人之間的關係，很是讓他撓頭。**一個是自己喜歡的女人，一個是自己最看重的謀士，如何取捨？誰也捨不得，**自己也只能在他們中間玩平衡了。

諾其阿重重地哼了一聲，納芙此時倒鎮定了下來，笑道：「李將軍，他日有機會定然請將軍品嘗一下草原的佳餚，想必將軍還沒有吃過正宗的草原菜，雖然沒有定州菜這麼精緻，卻更大氣一些。」

李清哈哈大笑：「納芙公主說得不錯，我想用不了多久，我就會去草原吃吃你們的手抓羊肉，烤乳牛，喝喝馬奶酒。」

「那我一定會找草原上最好的廚師來為將軍製作，以報將軍今日的款待！」

「不必！」李清擺擺手，「我更喜歡由巴雅爾大單于親手烤來，那樣吃起來才別有滋味！」

納芙臉上變色，俏臉一板，諾其阿冷笑道：「空口白牙，也不怕人笑話。李將軍，直說吧，什麼時候讓我們走？」

李清端起酒杯道：「諾將軍，酒還沒有喝，便這麼急著走嗎？既然將軍已猜到了，那我也就直說，兩位的確就要走了，來，諾將軍，我們先喝一杯。」舉起酒杯示意。

諾其阿骨碌一聲吞下一杯酒，心中明白，肯定是大單于在什麼地方取得勝利，拿住了李清什麼把柄，這才能換得自己與納芙的自由。

「諾將軍，你與我定州軍數度交鋒，我對將軍的勇武甚是佩服，明日便將與將軍作別，我敬將軍一杯，來日沙場再見吧！」

諾其阿端起酒杯，亦道：「來日疆場相見，再決生死。李將軍，雖然數度交手，諾某都失敗了，但我並不服氣，總有一天，我會與你真刀真槍較量一場！且慢，你這話是什麼意思？」

諾其阿酒杯舉到脣邊，忽地又放了下來。

李清笑著放下酒杯，「明天將軍就要走了，怎麼，我還能有什麼別的意思？」

「公主呢？」諾其阿瞪起眼睛。

「公主還要再盤桓數日了！如果虎赫將軍有誠意，那麼公主將很快回去；否則，諾將軍，你可就再見不著納芙公主了。」

李清聲音溫柔，吐出的話語卻帶著殺意。

「虎赫大人！」

「虎赫叔叔！」

兩人同聲驚呼起來，諾其阿霍地站起：「虎赫大人在哪裡？」

「虎赫在定遠，他千里歸來，卻以疲軍一舉襲破我定無堡，大大出乎我的預料，現在他手裡扣著我定遠百姓，用來交換你們二人！」李清毫不隱瞞，直言相告。

諾其阿放聲大笑：「李清，如何？不要以為你打敗了完顏不魯，便認為我草原無人，虎赫大人略施拳腳，便讓你大敗虧輸。」

納芙也是雙眼放光，「李將軍，我曾告訴過你，你是打不過我們的。」

李清喝下酒，淡淡地道：「諾將軍，你是大將，納芙公主不懂，你也不懂麼？虎赫雖然占我定遠，但他終要退走，現在他所依仗的，便是手裡扣了我數萬百姓而已，你們失去上林里，便失去了戰略上的主動，些許局部小勝，又能改變什麼？」

諾其阿默然，他當然知道上林里失守意味著什麼，「你先放公主回去，我在這裡。」他道。

李清搖搖頭，「我倒真想將你扣在這裡，但誰讓納芙公主身分貴重，更能讓虎赫投鼠忌器呢。諾將軍安心回吧，只要虎赫守信，我焉會為難一介女流？但你告訴虎赫，他若為難我定遠百姓，那便不好說了，李清可不是什麼君子！」

清風笑著站起來，「好啦，將軍，你就不用嚇納芙公主了，你看咱們的公主小臉都嚇白了，吃菜吧，菜都要涼了！」

納芙不滿地道：「你的臉才白了，誰說我怕了?!草原雄鷹的女兒，向來不知道怕是什麼！」

戰車如壁，長槍似林，定州天雷營如同鋼鐵壁壘，緩緩推進到定遠城一里開外，紮住陣腳。

旋即，姜奎的旋風營在天雷營兩翼展開，前哨騎兵縱馬奔馳，一直奔到定州城下數百步處，一個漂亮的迴旋，繞城而走，排著嚴密的陣形，成兩路縱隊整齊地從城下馳過。

而在稍遠一點的地方，輜重營正在向這邊靠攏。

輜重營裡，密如樹林的大型投石機，高達數丈的攻城車，蒙著鐵板，分為上下兩層的蒙衝車，滑動式雲梯等大型攻城器械，讓定遠城頭的狼奔軍無不失色。

在這些戰爭武器的製造方面，草原人永遠瞠乎其後，有草原第一將之稱的虎赫皺著眉頭，站在定遠城樓之上，看著遠處源源不斷向這裡彙集的定州軍。

豪格擔心地看著城下越來越多的定州軍，「虎帥，李清會不會毀諾攻城？」

虎赫搖搖頭，「不知道。」他指了指正被手下士兵驅趕著向城上搬運守城器械的定遠百姓道：「我們必須做好準備，迎接他強行攻城。」

豪格倒吸一口涼氣，原來虎帥也根本沒有把握李清會怎麼做。

「虎帥，我軍擅野戰，不擅守城，如果對方強攻，我們倒不如出城作戰！把握更大一些！」

虎赫微微一笑，「豪格，狼奔軍千里返回，人困馬乏，強行奪取定遠，已是強弩之末，此時出城與如此勁旅做戰，勝負若何？對方的騎兵雖然人數不多，但觀其陣容，實是強敵，如果我軍齊整滿員，養精蓄銳之後，我有信心正面潰之，但現在，我們孤軍作戰，又是疲師，勝負不由我定，這仗我怎麼會和他打！」

「但虎帥，如果李清強行要打呢？」

「**我在賭，賭李清不會強攻**，他會為了這數萬百姓而不與我開戰。否則，」虎赫用力地握緊拳頭，「**那定遠必將血流成河！**」

這一瞬間，虎赫立時便顯出了殘酷的一面，「他若敢打，就將這些人押上城頭，抵擋定州軍。」

豪格聞言，獰笑道：「虎帥說得是！說實話，我倒是很期待他攻城呢？如此一來，他便算能奪回定遠，在定州也會失盡人心。」

虎赫笑道：「觀李清其人，實在擅於收攏人心，以我看來，他是不會這麼做的，我狼奔軍雖是疲師，但仍有三萬兒郎，而此時李清集於城下的軍隊都是他嫡系中的嫡系，沒有十足的把握，他豈會與我硬碰？如果我們兩敗俱傷，他在定州還坐得穩大帥之位嗎？而且，此時我也不想和他打呀，豪格，大單于將我們召回來，可不是為了與李清拼得兩敗俱傷的，我們還有重要的事情要做，與李清的決戰還早著呢。」

「既然兩方都不想打，當然便打不起來。等著吧，諾其阿回來後，我們撤出定遠，放了這些百姓，但扣住定遠士兵，等他們交還公主後，我們再放這些士卒回去。」

城下，戰鼓忽地擂響，定州士卒高聲吶喊，聲震雲霄，虎赫吃了一驚，忙轉頭看時，卻見城下塵土飛揚，一彪勁騎護著一人風馳電掣而來，李字大旗在風中獵獵作響，卻是李清親臨陣前了。

「常勝軍，萬勝，萬勝！」士兵們高舉長矛大刀，齊聲大吼。

李清勒馬，抬頭，眼光與虎赫隔著千步距離，狠狠碰撞在一起。

不用提示，不用介紹，李清只一眼便看到了立於城樓上那個手抱頭盔，身後大毫飄揚的削瘦身影，胸中戰意驀地騰起，胯下戰馬也似乎感受到了李清的心意，長嘶人立而起。

「殺！」

「殺！」

士兵揮戈狂呼，地動山搖。

看到定州軍戰意如此之強，城樓上一直不動聲色的虎赫終於色變，「如此強軍，當為我草原健兒勁敵！」

李清催馬，在戰士隊列前緩緩馳過，所過之處，歡聲雷動，李清雙手虛按，近萬人的隊伍立馬鴉雀無聲。

「將士們！」李清高聲喊道。手指著遠處的定遠。「我比你們更想殺進去，將那些該死的蠻子斬盡殺絕！」

「斬盡殺絕！」士兵們立時群起呼應。

「但是！」李清提高音調，「此刻在城裡，還有我們的父老鄉親，還有我們的同袍手足，如果我們攻城，那些野蠻人便會斬殺我們的親人，將我們的親人推上城頭來抵擋我們，所以，雖然我很想殺了他們，但我不能！」

「怎麼辦？放任我們的父老鄉親、同袍手足落在這些野蠻人手裡嗎？不，我當然要將他們救出來。士兵們，我們俘獲了這些蠻族人的公主和他們的大將，這一次，我便**用這兩個人換回我們的親人**。來人，請納芙公主與諾其阿將軍！」

楊一刀與唐虎率著親衛，將騎在馬上的納芙和諾其阿牽了過來，與先前不同，這時候諾其阿雙手卻被反綁在身後。

數萬雙噴火的眼睛盯著納芙與諾其阿，其中蘊含的憤怒和仇恨，便連身經百戰的諾其阿也不由身體微顫，納芙更是臉色慘白。

「諾其阿將軍，我們便要就此告別了，回去告訴虎赫將軍，此仇我李清記下了，我會來找他的。」一揮手，楊一刀刷地一刀劈下，納芙一聲驚叫，卻見楊一刀揮刀斬斷的是綁著諾其阿的繩索。

諾其阿揉了揉手腕，「李將軍，這個仇，我諾其阿也記下了，我會在疆場上找你討還的。」

李清冷冷一笑，「恭候大駕，如果你第二次落在我手裡，可就沒有這麼好的待遇了！」

諾其阿向納芙一揖，「公主，末將先去了。」

「嗯！」納芙強撐著點點頭，「你去吧，不用擔心我，李將軍不會為難我的。很快我就會回去的，告訴虎叔，我很想他！」

諾其阿掉轉馬頭，一騎絕塵而去。

「虎帥，諾其阿來了！」豪格驚喜地指著正單騎而來的一人。虎赫長出了一口氣。

諾其阿奔到城門，翻身下馬，跪伏在地，以額觸地，久久不願起身。

「大帥，用繩子將諾將軍綁上來吧！」豪格道。

虎赫搖搖頭，「開城門，我草原勇士哪能像野狗一般地如此倉惶。」

「可虎帥，諾其阿只不過是被對方俘虜的傢伙，這是我草原勇士的恥辱！」

虎赫嚴厲地瞪了一眼豪格，教訓道：「豪格，你記著，如果不是為了納芙，諾其阿就是戰死也不會落到對方手中！諾其阿回來後，有誰要是以這個來為難他，小心我的鞭子！」

「是，虎帥！」豪格低下頭。

城門大開，諾其阿淚眼濛濛，連連叩了幾個頭，「多謝虎帥！」翻身上馬，奔馳進城。

看到虎赫大開城門迎接諾其阿，李清、尚海波等人都是齊齊動容。草原第一名將果然氣度不凡，虎赫如此，那沒見過面的巴雅爾也可略見一斑了。

「定遠百姓出城了，這個虎赫總算還講信用。」王啟年興奮地喊道。

「大帥，趁此時突襲城門，會有很大機會奪下城門來！」尚海波在馬上偏過身子，低聲對李清道。

「尚先生，虎赫鼎鼎大名，焉會不防我這一招？更何況，眼下我們天雷營、旋風營、親衛營再加上輜重營，合計兵員也不到兩萬人，狼奔軍全員三萬，真打起來，勝算不高；更何況，一旦交戰，這麼多的百姓必將死於亂軍之中，我心何忍？與蠻族的戰爭，不必爭一時之氣，不必爭一地得失，我要慢慢地收緊套在他們身上的絞索，一點點的勒緊，等他們驚覺之時，已是大勢已去。尚先生，聽過**溫水煮青蛙**的故事嗎？當青蛙發現大事不妙時，卻已無力跳出鍋來了。」

狼奔軍在諾其阿回城後，便開始撤出定遠城，於定遠城外約三十里地駐紮。

李清在進城後，留下王啟年天雷營與輜重營在定遠，自己則率領著旋風、親衛兩營，攜著納芙公主一路尾隨狼奔軍而至。

定遠守軍被繩索串成一串，牽出來陳列於陣前，狼奔軍的大隊開始轉身向後奔向草原深處，連虎赫的中軍旗也已撤去，只餘下千餘騎後衛警覺地瞪視著定州軍這邊。

「納芙公主，請吧！」李清作了個請的手勢，「希望我們下一次見面能更愉快一些！」

納芙深深地看了眼李清，緊緊地抿著嘴，一夾馬腹，馬兒長嘶一聲，直竄了出去。

看到納芙單騎而出，對面的狼奔軍騷動起來，立時便有幾騎奔出隊列，迎了上來。

「姜奎，作好準備，如果對方有什麼異動，立即滅了他們。」

「是，大帥！」姜奎召來左右翼校尉，低聲吩咐兩句，那兩人領命而去，旋即旋風營左右兩翼微微向外散開，整個定州軍慢慢地擴張成了一個半圓。

「公主！」奔來的諾其阿在馬上一伸手，撈住納芙坐騎的馬韁，將馬牽在手裡，回頭看一眼對面李字大旗下凝立的李清，心中不由百感交集。

這一次的被俘，對諾其阿來講，其實是一個難得的歷練，也讓他成熟不少，先前那一點對中原的輕視已不翼而飛，大單于說得不錯，**大楚的確是一隻睡著的獅子**，只要有人醒來，對草原來說就是災難性的。

納芙奔回狼奔軍中，一眼便看到含笑而立的虎赫，又驚又喜又委屈，淚水立時便湧了出來，逕自從馬上跳躍到虎赫的馬上，雙手摟住虎赫的脖子，放聲大哭，「叔叔！」

虎赫拍著她的後背，安撫道：「好了好了，納芙，沒事了，權當這次出去遊歷一番，想必也長了不少見識。」

「叔叔，一定要殺了李清，否則他必將成為我草原大患！」納芙指著對面的李字大旗，道。

虎赫瞇起眼，看了一眼遠處的定州軍，笑道：「這是自然，不過現在，我們快跑吧！」一把將納芙抱起，道：「諾其阿，護住公主，全軍急退！」

對面，李清兩眼圓睜，看到納芙居然飛身投到一個男子的懷裡，那是誰？一定是虎赫！

「姜奎，出擊，給我將虎赫留下來！」李清揮手下令。

旋風營左右兩翼立即如同兩隻鐵鉗左右開弓，奔騰而去。李清率親衛營緊隨而後。

虎赫大笑著如飛而去，此時，得到自由的定遠守軍紛紛站起來，奔向對面的友軍，無形中擋住了李清中軍的前進。

旋風營左右兩翼緊追了十數里地，視線中突地出現狼奔軍大部人馬，看到對面嚴陣以待的陣形，姜奎識趣地停下了追擊的腳步，遺憾地看著虎赫一群人乳燕入林般投入到那隊人馬中去，隨即大軍轉身，一波一波地向遠處湧去。

「撤！」姜奎撥轉馬頭。

「虎赫！」李清輕輕念叨了兩句，果然非同常人啊，居然如此膽大，很可惜，如果自己早算到這一點，拼著折損了那千餘被俘士兵，也要將此人留下。

「**草原第一將果然名不虛傳！**」尚海波嘆道：「大帥，此人不僅擅長正面對陣，更膽大心細，每出奇兵，今後對此人，我們一定要小心啊！」

李清點頭，「**虎赫當是我們謀奪草原第一大敵。**」

說話間，被俘的千餘名殘軍已到了李清的面前，黑壓壓的跪了一地，李清擺擺手，「都起來吧，此戰非你等之罪，爾後奮勇殺敵，一洗今日之辱。」

「多謝大帥！」千多名士兵感激莫名，被俘之後，本以為不是死路一條，便是要給捉到草原上去當奴隸，但萬萬想不到李大帥居然願意以草原公主來換回他們。草原公主何等尊貴的身分，而他們只不過是些小兵而已，亂世之中，人命如草芥，他們算得了什麼？看著李清打馬而去的背影，千餘俘虜激動難抑，心道除了以死相報大帥外，自己還能做些什麼呢。

定州，大帥府。

尚海波恭聲道：「大帥，您所說的無名英雄紀念碑和英烈堂已落成，還請大帥親筆題寫牌匾。」

要論起書法，李清的顏體在大楚也算是獨樹一幟，清風早早便準備好了筆墨紙硯，眾人屏息靜氣，看著李清提字。

這一刻，李清的腦中浮現出無數的畫面，戰場上那無數倒伏在地的屍體，在風中飄揚的破爛的戰旗，李清猛的提筆，一蹴而就。

「無名英雄紀念碑！」七個大字躍然紙上，力透紙背，入木三分，蒼勁之餘又難以掩飾一股殺伐之意。

寫完這七個字，李清又提筆寫下一行小字，「謹以此碑紀念無數年來為抗擊蠻族護我百姓而犧牲的無名英雄們！」

「好！」堂內眾人齊聲喝彩。

清風小心地將紙移開，又重新鋪就一張新的宣紙。李清在上面寫上「英烈堂！」三字，以及一副對聯：「**一代精忠起山嶽，千秋生氣鎮湖山。**」

尚海波讚不絕口，小心地吹乾上面的墨漬，對路一鳴道：「老路，找最好的工匠將大帥的墨寶拓印好，對了，這原本可得留給我收藏。」

路一鳴嘿嘿一笑：「當然要找最好的匠師，不過嘛，大帥的親筆真跡可就歸我了。」說完，捧著兩張大紙，急如星火般地離開。

「那可不行，老路，你不能貪心，至少也得分我一張！」尚海波急急追了出去。

大堂上，其餘人不由大笑起來。

定州無名英雄紀念碑和英烈堂就建在定州城的中心，大帥府的正對面，為此，定州遷移了數百戶民居，眼下這裡形成了一個極大的廣場。

廣場正中，高達二十米的紀念碑昂然挺立，整座石碑完全用漢白玉砌成，底座是由黑色的大理石築成，黑白對比，給人的視覺衝擊極為強烈。

碑頂是一個躍馬揮刀衝殺的雕像，正面是李清寫的幾個龍飛鳳舞的大字，其他的空處，則由能工巧匠雕刻著一幅幅栩栩如生的戰鬥場面。

一根根雕著獅頭的欄杆將紀念碑圈了起來，十數名士兵身著嶄新的盔甲，矗立如山，立於紀念碑的四面。雖然還沒有舉行正式的落成大典，但碑座下已有人送來束束鮮花。

紀念碑的正對面，一條漢白玉鋪就的通道連接著英烈堂，英烈堂與紀念碑相比，則顯得樸實許多，但更為厚重，英烈堂內，一級級的石階上，已擺上許多靈牌，堂內燭火常明，香煙不滅。

「將軍，明天你要準備主持紀念碑與英烈堂的落成大典，以及王文豐參將和定遠犧牲將士們的入堂儀式，之後還要接見過山風，他已做好一切準備，只等開拔。還有，茗煙已傳回了第一道消息。」清風道。

「茗煙這麼快就傳回了消息？」李清詫異地問。

清風點點頭：「茗煙已安全到達室韋人控制區，那裡有李氏暗影早年布的一枚閒棋，在他們的接應下，茗煙現在已暫時安置下來，以待時機。」

復州海陵灣口鹽場。

這座鹽場是海陵最大，在整個復州也是排在前三的大型曬鹽場，有鹽工上萬人，加上家屬，足足有五六萬人口，在灣口形成了一個集鎮。

但路過此地的外人只需一眼，便能看出這裡的窮困，除了幾座官衙是紅磚青瓦，頗為講究外，大都是一些簡易的茅草棚子，**櫛比鱗次**，密密麻麻地擠在一起，屋與屋之間只留出了一條寬不過兩米的狹長通道。

整個聚居區內，汙水橫流，其臭無比，生存環境極其惡劣。光著屁股的娃娃們赤著腳，在狹窄的巷子裡快活地奔跑，少年不識愁滋味，這些娃娃們不知道，即便是被汙水弄髒了的吃食，他們的父母也捨不得丟棄。

除了年關，一般人家誰也吃不起豬肉，更別說牛羊之類了，白麵饃饃偶爾有之，但那也是為在鹽田裡掙命的男人們準備的，婦女老人小孩們得忍饑挨餓，以便省下一點吃食，讓在外面拼命的男人能吃得更多一點。

以前日子還勉強能過，但月前的一場颱風讓這裡的人陷入了絕境，狂風暴雨摧毀了他們賴以生存的家園，原本的棲息之地變成了廢墟，他們只能搭起簡易的窩棚，苦苦地等待官府的救濟。

但已過去了一月有餘，還是沒有盼到官府的救濟，這裡的人形容枯槁，目光空洞裡看著遠處那一塊塊整齊的鹽田，那裡的出產能日進斗金，卻沒有一文是屬於他們的。

今天鹽田裡沒有一個男人出去上工，大家都默默地坐在自己家的窩棚，似乎在盼望著發生一點什麼。

孔慶東非常生氣，非常憤怒，作為灣口鹽場的總管，他的任務就是要為向大帥出產足夠的鹽，但一個月前該死的一場颱風，讓他本月應生產的分額已是大大不足。

這已夠讓他愁腸百結了，偏生今天手下來報告，鹽工們罷工了，沒有一個人去鹽場曬鹽，這更讓他怒髮衝冠，這些該死的窮鬼，看來是不想活了。

他帶上鹽場的數十名兵丁逕自奔向這裡，他要用刀槍教會這些窮鬼們該怎麼做事。

往日見到他誠惶誠恐，恭恭敬敬地叫聲老爺的窮鬼們，今天彷彿中邪了，沒有誰理會他，偶爾有人看他一眼，那冷冷的目光讓人身上發疹。

孫慶東被他們的怠慢徹底地激怒了，他躍下馬，小心地尋找著略微乾爽一些的地方踩著，免得讓腳下那雙剛剛從淮安訂製的官靴被弄髒，一手提著官服的前襟，另一隻手緊緊地捏著馬鞭，虎視眈眈地從人群中穿過。

「熊德武，為什麼不去幹活？」孔慶東用馬鞭戳著一個漢子的胸膛，那漢子赤著胳膊，身上都是縱橫交錯的傷痕。他是灣口鹽場一塊鹽田的工頭。

熊德武眼中閃過一絲畏懼的光，但一低下頭，看見身後衣衫襤褸的妻子和瘦得和一根竹竿一樣的兒子，胸膛便又挺了起來：

「大人，不是我們不想幹活，而是餓得實在沒力氣啊，幾天前我家就斷糧了，這附近的野菜都挖光了，大人，要是再不賑濟，我們這裡就要餓死人了。」

有人起了頭，場地裡立時熱鬧起來，其他人七嘴八舌地嚷了起來：「是啊，都快要餓死了，還怎麼幹活？」

「我們漢子還能挺幾天，這老婆娃兒老人們怎麼辦，總不能眼睜睜地看著餓死吧，大人，請先發一點糧食吧！」

看著一張張餓得發綠的臉湊上來，孔慶東有些畏懼地後退一步，一不小心踩到一團汙泥裡，噗的一聲，簇新的鞋子立時便不成了樣子，孔慶東大怒，揚手一鞭便抽了下去：

「作死麼！知不知道大帥的規定，月底要是交不出足額的食鹽，你們就不是餓肚子，而是永遠也吃不了飯了，想掉腦袋麼？」

一鞭子下去，熊德武赤裸的身上頓時又多了一條血痕，熊德武疼得身子一陣抽搐，身後的婆娘娃兒也嚇得哇的一聲大哭起來。

「不准打人！」人群中不知是誰吼了一嗓子，頓時群起呼應，一陣陣的吼聲夾雜著婦女幼兒的哭叫聲，現場亂成一團。

孫慶東冷冷著看著站在他面前的熊德武，掄開手臂，鞭子帶著呼呼的風聲如雨點般落下，男人身上立時佈滿血痕。

熊德武握著拳，緊咬牙關，倔強地挺立著，一動不動。

「不許打我爹！」熊德武身後的男孩大叫起來，忽地從身後竄出來，一頭撞在孔慶東的小腹上，將沒有防備的孫慶東撞跌倒，一屁股坐在地上的汙水中，簇新的袍子濺滿了汙泥，帽子也撞歪了，兩手按在地上，卻是抓到兩把糞便，奇臭無比。

看到平日高高在上的官老爺一副狼狽樣，眾人哄然大笑起來。

孔慶東臉色發綠，叫道：「你們敢襲官！」一把奪過扶他的一名士兵手中的長槍，想也沒想，便向面前這個光著屁股，拖著兩條鼻涕的男孩刺去。

「不要！」熊德武的婆娘尖叫著，以常人難以想像的速度撲了出來，一把推開兒子，長槍噗哧一聲，從她的小腹扎了進去，男孩摔倒在地上，母親身上噴湧而出的鮮血濺滿了他全身。

坐在地上的孔慶東臉上也濺滿了血液，似乎有些發呆，長槍插在女人身上，卻沒有抽回，女人艱難地回過頭，留戀地看了一眼身後男人，頭一歪，聲息全無。

孔慶東這才反應過來，慌慌地一抽槍，女人立時便歪倒在地上。

「素素！」熊德武慘叫一聲，摟住倒下的女人，男孩爬了起來，抓住女人垂在地上的手，嘶聲哭道：「娘，你怎麼啦！」

「死人了，官府殺人啦！」人群中響起尖叫聲，這個石破天驚的消息迅速瀰漫開去，越來越多的人湧向這邊。

「孔大人，快走吧！」一名士兵見勢不妙，圍過來的人群隨時有爆發的可能。

孔慶東站了起來，撣撣袍子，又抹了一把臉，揚起馬鞭，指點著眾人道：「看到了吧，這就是襲官的下場，本官告訴你們，今天要是不下田幹活，明天你們都得是這個下場。」

鞭子在空中虛甩幾下，轉身便向外走。

說實話，他現在心裡也慌得很，但卻不能在這群賤民面前失去威風，一旦失去了官員的威風，這裡的人說不定馬上便會將他撕成碎片。

孔慶東卻沒有想到他的身後，熊德武已慢慢地站了起來，發紅的眼睛恨恨地盯著他的背影。

「狗娘養的官府，你不讓我活，我就讓你先死！」這個念頭一旦興起，便無法遏止，熊德武一步步向孔慶東走去。

四周的鹽工們看到熊德武的動作，都屏息靜氣，本來吵嚷的現場陡然間安靜下來。

孔慶東似乎察覺到不對，在回頭的一剎那，就看到一團巨大的黑影迎面撲向自己，緊跟著自己的頭被鐵鉗鉗住，耳中只聽喀的一聲響，便失去了知覺。

熊德武擰斷了孔慶東的脖子，把高貴的官老爺像一條死狗般踩在了腳下。此時，無論是兵丁還是鹽工們，都張大了嘴，失去了言語的功能。只有熊德武仰天長嗥，如同一匹受傷的孤狼。

「他殺了孔老爺，抓住他！」半晌，一名護衛才反應過來，大叫道。幾名士兵立時便挺槍撲了上來。

「都給我去死！」熊德武嗥叫著，劈手奪下最前面一名士兵手中的佩刀，狂揮著撲了上去。

可憐這些士兵們平日裡養尊處優，作威作福，真不要命地廝殺起來，哪裡是這個如瘋似癲的大漢的對手，十幾個人居然被熊德武一人殺得四處躲藏，一不小心便又被熊德武劈翻了一人。

「殺了他們！」人群中有人喊了起來，「孔慶東死在這裡，我們誰也討不了好去，將這些狗日的都殺了！」

瞬息間，場面便失去了控制，無數鹽工衝出來，不到盞茶時間，來時鮮衣怒馬、氣宇軒昂的孔慶東與幾十名護衛士兵，便成了爛泥中毫無生氣的屍體，而殺了人的鹽工你望著我，我望著你，面面相覷，此時恐懼才浮上他們的心頭。

只有熊德武抱著妻子的屍體，嚎啕大哭。

怎麼辦？激情過後，人群重歸冷靜，**剛剛的狂熱此刻化為恐懼**，人群中傳來嚶嚶的哭泣聲，更讓人的情緒低落。

熊德武站了起來，抱拳向四周一一作揖，「熊某人多謝鄉親們，但一人做事一人當，我會去投案自首，這裡的事都是我一個人幹的，與大家無關。只是我家這個小子還要拜託各位代為照料了。」

此去當然是有死無生，熊德武不能不為自己的兒子安排一下。

「熊大哥，你當官府是傻瓜？還是真以為自己有萬夫不擋之勇啊，這裡躺著幾十個官兵呢，你說是你一個人幹的，誰信啊！你這一去簡直就是自投羅網，大家照樣還是脫不了干係！」一個聲音在人群裡響起。

「是呀，說得不錯！」

「說得有理，熊頭，此事要再思量啊！」

人群七嘴八舌地說著。

「要不，咱們逃走吧！讓官兵找不著我們不就行了！」一人提議。

「這怎麼可能？」馬上有人反駁，「我們這裡都是拖家帶口，扶老攜幼，能逃到哪裡去？而且每縣都在路口設有卡子，就是為了防止我們這樣的鹽工逃亡。」

「那你說怎麼辦？」有人憤憤地道：「跑也不行，難道等在這裡，讓官兵來捉我們嗎？」

「辦法倒是有，不知大家敢不敢？」先前反駁熊德武的那個聲音又響了起來。

「這位大哥，請出來說話，有什麼辦法請告訴大家吧，現在我已是沒了方寸了！」熊德武抱拳道。

一個漢子從人群中跳了出來，穿著與鹽工沒什麼兩樣，卻要強壯得多，臉上也潤滑一些，顯然來這裡還沒有多久。

「是他呀！」

「原來是他！」

「羅玉剛，他不是才來沒多久嗎？他能有什麼辦法？」

人群中響起一陣議論聲。

「各位父老鄉親！我羅某人來這裡還不到兩個月，但這裡的一切已讓我看不下去了，平常吃不飽穿不暖不說，大災過後，官府連問都不問一聲，不僅任由我們自生自滅，還要我們餓著肚子去曬鹽，去給他們掙錢。再這樣下去，大家不是餓死就是累死，自己不保不說，還要連累一家老小。」羅玉剛道。

「別廢話了，你就說怎麼辦吧！」有人不耐煩地道。

「怎麼辦？」羅玉剛哈哈一笑：「官府既然把咱們不當人，咱們就反了他娘的，以後咱們給自己幹！」

羅玉剛此話一出，四周一片死寂，**造反，這可是要掉腦袋，誅九族的罪**。

「羅玉剛，你想把大夥往死路上送麼？」

羅玉剛指指躺在地上的孔慶東與一干兵丁，「諸位，咱們殺了這些狗官，就已經是造反了，難不成大家以為官府會明鏡高懸嗎？現在我們是幹也得幹，不幹也得幹了。要不然，大家回家去洗乾淨脖子，等著官府來砍吧！我羅玉剛可不是任人宰割之輩。」

伸手從地上撿起一把長槍，高高舉起，大聲喊道：「反了興許還有一條活路，不反就是死路一條，大家看著辦吧！」

熊德武低頭沉思片刻，走到羅玉剛身邊，撿起一支長槍，吼道：「他媽的，老子反了！」他那骨瘦如柴的兒子跟了過來，兩手舉起比他長得多的長槍。

人群中一陣騷動，漸漸越來越多的人走了出來，「鄉親們，走，去鹽場殺了剩下的那些狗官。」羅玉剛一聲吆喝，數千青壯咆哮著衝向灣口鹽場的官署。

是日，灣口鹽場大亂。

灣口鹽場官署，幾個鹽工頭目彙集在一起。他們殺了官府，就已經走上了不歸路，但以後要怎麼辦，大家都茫然不知。他們手裡只有幾百條槍矛和佩刀，出路在哪裡？眾人都把目光看向羅玉剛。

「各位大哥！」羅玉剛站了起來，「我們想跑是跑不了的，別說是沒有糧食，便是大夥的家人，也沒法跟著我們跑，我們只能守在這裡，和官兵拼個你死我活。」

「你說得輕鬆！」一名頭目叫了起來，「從這裡到海陵，騎上馬最多半天路程，這裡的狗官雖然被我們殺光了，但還有不少的鹽商跑了，想必用不了幾天，海陵就知道這裡的事了，到時官兵殺來，我們拿什麼抵擋？」

「不錯，我們不能坐以待斃，我們趁著海陵沒準備，殺過去抄了海陵，就有了兵器，糧食！」熊武德大聲道。

「各位少安勿躁！」羅玉剛道：「大夥聽我說，海陵是縣城，我們這些人去了，如果能一鼓而下，攻下縣城還好說，一旦打不下來，海陵那裡可是有一營官兵的，還有水師駐防，那樣我們就要遭滅頂之災了。我們死不足惜，可是我們的家人怎麼辦？」

眾人都沉默了。

「你說怎麼辦？」熊德武問道：「困在這裡也是死，去攻縣城也是死，難道我們只能死，就沒有一條活路嗎？」

羅玉剛大聲道：「各位兄弟，你們相信我嗎？」

「這個時候還說什麼相信不相信，羅兄弟，我們已經是一條線上的螞蚱啦，你有什麼主意就快說，這可是數萬條人命啊！」

羅玉剛點點頭，「不瞞各位兄弟，羅某人以前是幹沒本錢買賣的，只是討了婆娘，才洗手不幹的。」

眾人不由恍然，看羅玉剛下手殺官兵時的那個俐落勁，直叫一個乾脆。平時聽說了這類人都心裡發顫，但現在自家比起土匪可更是不如，已經是反賊了。

「羅某人以前的大哥義薄雲天，也是泥腿子窮鬼出身，最喜的就是劫富濟貧，手下有上千精兵，人強馬壯，大家給我一到兩天時間，我去找我大哥，請他帶人來，領著我們幹。」

「你大哥是誰啊？」

「我大哥**江湖號稱半天雲**。」羅玉剛驕傲地昂起頭。「大夥只要給我最多兩天時間，我就能找來我大哥。」

「行！」熊德武道：「反正現在已是這個模樣了，不幹就是死路一條，我們幹了！兩天，你真能找來援兵麼？」

「當然能！」羅玉剛拍著胸脯道，「只是這兩天大家夥兒也別閒著，這狗日的孔慶東家裡有大批的糧食，大夥先將它分下去，各人吃得飽飽的，然後削竹為槍，壘土為牆，作好打仗的準備，想必兩到三天，那些狗官兵們也會來了，我們得做好準備。」

「行，這些事我們來辦，你放心去找援兵吧！」

灣口鹽場數天來終於冒起了炊煙，但無論老少，雖然吃飽了飯，臉上卻沒有一絲歡愉之色，不確定的未來讓他們忐忑不安。

在熊德武幾人的安排下，無論老少一齊上陣，削竹為槍，壘土為牆，不分晝夜地拼命幹著。

一天一夜過去後，在灣口，一座簡易版的城牆奇蹟般地豎了起來。

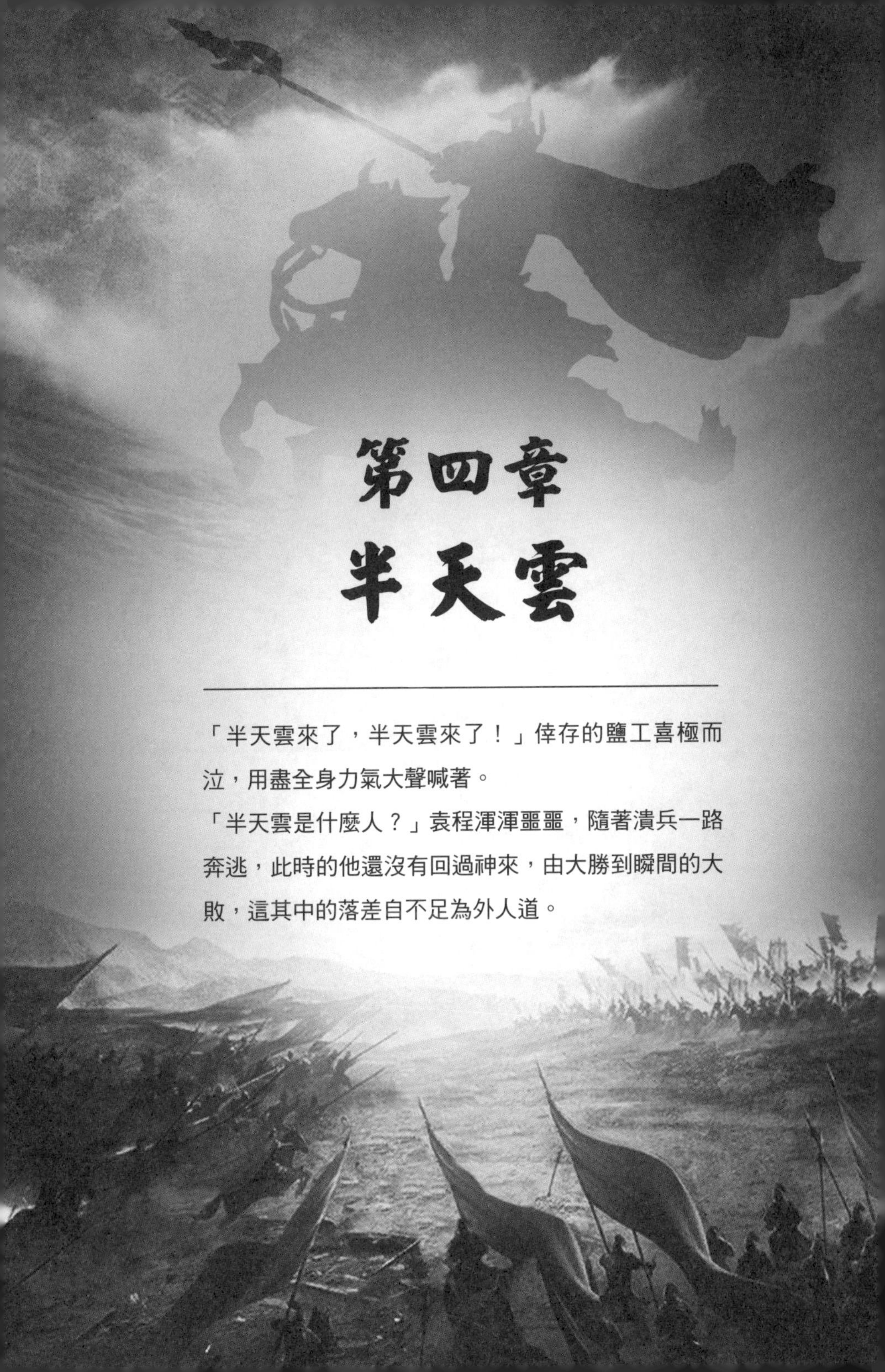

第四章
半天雲

「半天雲來了，半天雲來了！」倖存的鹽工喜極而泣，用盡全身力氣大聲喊著。

「半天雲是什麼人？」袁程渾渾噩噩，隨著潰兵一路奔逃，此時的他還沒有回過神來，由大勝到瞬間的大敗，這其中的落差自不足為外人道。

海陵，知縣衙門。

秦祖海看著面前衣衫破亂，渾身血跡的幾個鹽商，頭皮都快要炸了。

「你們說什麼？灣口鹽工造反了？怎麼可能？孔慶東呢？那裡守衛的士兵呢？」

「大人，孔大人被那些泥腿子殺了，士兵也被殺光了。」鹽商哭訴道。

秦祖海眼前陣陣發黑，灣口，那是復州三大鹽場之一，那裡出了問題，向大帥會砍了自己的腦袋當球踢的。

該死的，鹽工為什麼要造反，秦祖海也猜出了一二，千不該萬不該，不該貪撫恤鹽工的那一點銀子和糧食，這一下禍事來了，倘若讓上頭知道這些鹽工是為了什麼造反，自己的下場就是閉著眼睛也能想到了。

「快，去請袁程袁參將，對了，還有鄧副將，都請來，全都請到縣衙來！」秦祖海大喊道。

趁著事情還沒有鬧大，趕快將這些泥腿子撲滅了，封鎖所有的消息才是上策！想到又不知要破費多少銀子才能堵住一些人的嘴，秦祖海只覺得胸口火辣辣地痛，完全是入不敷出，**這一次鐵定是要虧大本了。**

海陵，距離灣口鹽場不遠的一座山林裡，過山風正百無聊賴地躺在地上，嘴裡嚼著草根，腦子裡卻回味著當初做土匪時的一些滋味。

「過校尉，過校尉！」一名士兵喘著粗氣跑來。

「什麼校尉，叫我大當家的！」過山風坐了起來，「再叫錯，我讓人割了你的卵子去餵狗。」

「是，是，大當家的，羅校尉回來了！」

過山風一下子跳了起來，「真的麼，快帶他過來！奶奶的，這一回讓我等得屁股眼裡都冒煙了，告訴大家夥兒，準備傢伙，我們要出發了。」

駐防海陵的復州軍參將袁程，並沒有將灣口鹽工叛亂放在眼裡，一群沒有經過任何訓練的泥腿子而已，即使他們殺了灣口的官兵又能有多少兵器，頂多幾百支長槍加上幾百把刀，箭他們沒有，弩他們沒有，戰陣？笑話，這些泥腿子懂嗎？一鼓而下而已。

心裡這麼想，但嘴上卻不是這麼說，在秦祖海面前，他面露難色，告訴對方，灣口可是有數萬鹽工，光是精壯就有上萬人，自己手裡這三千士兵兵力有所不足啊。而且長期以來，軍隊也沒有換器械，士兵的刀都上鏽了，矛桿都是一用力就折啊，弩弦鬆軟無力，戰馬都又老又弱，總之一句話，要去剿滅這夥反賊是心有餘而力不足啊，還是請縣令大人趕快上報州裡，請大帥發援兵吧！

秦祖海心裡滴血，這事要是敢告訴向大帥，還用請你這個丘八來麼？三千兵？你袁程手裡有二千兵就不錯了，不要以為本縣不知道你吃空額，撥下來的軍費十有四五落入了你的腰包，那些嶄新的兵器，恐怕都被你倒賣給了那些豪紳武裝吧？

心裡發恨，臉上卻還得帶著笑，好話說了一籮筐，終於以五萬兩銀子的開拔費換得了袁程的出兵，看到袁程滿意的笑容，秦祖海恨得牙癢癢，這五萬兩銀子大半得他自己掏腰包啊。

鄧鵬冷眼旁觀，這事輪不到他水師出頭，而且現在他手裡的實力還不如袁程呢，雖然他的品級比袁程要高得多，但在海陵，他的發言權實際上還不如袁程。

看到袁程一臉輕鬆的模樣，鄧鵬忍不住提醒了一句：「袁參將，不要大意，雖說只是一些鹽工暴動，但也要小心啊，南方三州的叛亂也是由一些農民掀起的，至今已是尾大不掉。成了朝廷大患了。」

袁程呵呵一笑，向鄧鵬拱手道：「鄧副將放心，些許小賊焉能亂我海陵，您就等著看吧，今天我就作好準備，明天一早出兵，後天就可凱旋歸來，將那些亂賊和腦袋掛在縣城的城牆上，看看還有沒有人敢作亂！」

鄧鵬看著袁程一臉的寫意，無奈地搖搖頭，站起來向秦祖海微微示意，大步走了出去，他也要做一些必要的準備，萬一袁程失手，暴亂的鹽工必然會乘機攻打海陵，自己的水師可不能受了池魚之殃，在水上，自己是一條蛟龍，但在陸上，自己這一點人馬可不夠給人啃的。

隱隱的，鄧鵬總覺得有什麼事情不對頭。但又摸不著半點頭緒。

次日午時，袁程和部隊到了灣口，看著那憑空多出來的一道簡易的矮牆，瞠目結舌之餘，也不禁搖頭哂笑，從他這裡看過去，那道城牆之後，只有極少數的人拿著長矛大刀，身上披著鎧甲，想必是從殺死的士兵身上奪過來的。

袁程笑道：「如此土賊，虧鄧副將還高看了他們。」

身邊的親衛諂笑道：「大人說得是，以大人神威，此等毛賊還不是一舉拿下！大人，是不是要發動進攻了？」

袁程抬頭看看日頭，「狗日的這天，當真熱得邪乎，告訴弟兄們，衝進去後隨他們意，反正這些土賊也都是該死的。」

「好耶！」親衛興奮地跑去傳令，將軍這句話便是告訴他們不必在意什麼軍紀，想怎麼幹就怎麼幹！這些泥腿子，錢固然是沒有，但娘們必定少不了。

果然，聽到袁程的命令，被日頭曬得懶懶的士兵們立即兩眼放光，盯著對面的那道矮牆，眼中閃動著貪婪的光芒。

「進攻！」袁程揮了揮馬鞭，自己卻下了馬，走到一處樹蔭下，早有親兵擺好凳子，伺候著他坐下，一邊殷勤地給他打著扇子，一邊講著笑話逗他開心。

熊德武緊張地看著對面蜂湧而來的軍官，手裡的矛桿微微抖動，滲出的汗水讓矛桿滑膩膩的極不好握，他撕下一截衣服，纏在手上，將矛桿緊緊地綁在手上，對身邊的幾個人道：「告訴鄉親們，守住城牆就能活，退一步，不但我們要死，全家都會死。跟狗官兵拼了吧！」

「拼了！拼了！」青壯們握著木棍竹槍湧上城牆，憤怒地盯著奔來的官兵。

空中嗖嗖地傳來羽箭破空聲，復州軍雖然糜亂，但也不會忘了怎麼攻擊城牆，雖然他們沒有什麼攻城的器械，但這樣簡易的城牆實在不需要那些大型攻城器具，幾個人合力一撞，便能將城牆撞開一個口子。

在弓箭手和弩手的掩護下，一排排的步卒貓著腰，吶喊著衝了上來。

鹽工們沒有受過任何的軍事訓練，憑著一腔熱血衝上城頭，毫無遮掩的他們立時便遭到了箭雨的洗禮，嗖嗖的羽箭落下，城牆上不時有人慘叫著倒下。但旋即有更多的衝了上去。

熊德武伏在城牆上，看著越來越近的官兵臉孔扭曲，「素素，看我為你報仇了！」他在心裡念叨著，直到對面的官兵已清晰可見，看到對方正向城牆上攀爬，他虎吼一聲，用盡全力將手裡的長矛刺了出去，哧的一聲，面前的那名官兵瞬大了眼睛，向下摔落，矛收回，帶起一蓬血花，濺到了熊德武身上。

「殺官兵啊！」他斷聲大叫，又刺出了長矛。

「殺狗官兵啊！」身邊傳來山呼海嘯般的回應。一排排攀爬的士兵被刺倒在城牆下，身上插著他們先前完全沒有看在眼裡的竹槍，更有的被劈面砸下的木棍敲得腦漿迸裂。

晴天霹靂般的吼聲讓正在樹下納涼的袁程嚇了一跳，站起來看著不遠處的戰場，臉頓時黑了下來，城牆下，已躺倒了一批自己的士兵。

「混帳！」袁程怒道，「去告訴黃小銘，下一波進攻還沒有打進去的話，把他自己的腦袋提來給我！」

灣口的攻防隨著時間的推移而越來越激烈，此時，距離灣口不到一里的地方，過山風率領著他的一千騎卒正隱蔽在那裡。

「大當家的，該動手了！」羅玉剛焦急地道：「復州軍一個營三千兵馬，打了盞茶時分，老熊他們一定要守不住了，萬一讓他們攻破壁壘，那裡面完全是手無縛雞之力的老弱啊！」

過山風搖搖頭，「小羅子，你太小瞧這些鹽工了，**一個人在絕望之下迸發出來的戰力是不可想像的**，而且這個時候，袁程也沒有盡全力，他還有預備隊沒有動呢！**我們畢竟只有一千騎，只有在最關鍵的時候上去**！現在那小子還有整整一個翼沒有動，讓騎兵去衝擊布好陣的步卒，我們的損失會很大的。」

「可是老熊他們……」

羅玉剛還想說什麼，過山風一抬手，阻止了他，「小羅子，你是統計調查司派來配合我行動的，清風司長沒有告訴你，一切行動要聽我的指揮麼？而且在軍隊的指揮上，你沒有發言權。我知道什麼時候才能行動，我們要以最小的代價取得最大的勝利，我只有這一千人，損失不起，你明白嗎？」

羅玉剛垂下了頭，不再言語。

袁程終於忍耐不住了，他的士兵數度攻上了城牆，但又數次被趕了下來，那群泥腿子簡直是群瘋子，他黑著臉跨上戰馬，對一直沒有發動的預備隊，向中翼下達了命令，「衝鋒！」

復州軍不同於定州軍，沒有那麼多的戰馬，袁程一個營，也只有他的中翼才有兩百名騎兵，那是他的命根子，也是他一直花重金打造的精銳。這些騎兵得到命令，發出一聲吆喝，一叩馬腹，風馳電掣般地衝入了戰場。

有了這股生力軍的投入，熊德武等人立時抵擋不住，低矮的城牆根本擋不住戰馬的衝擊，只是輕輕一躍，戰馬便躍過障礙，落到城牆裡面，緊跟而上的步卒緊跟著衝了上去，城牆被破。

「就是現在！」過山風一聲令下，千餘騎兵立時翻身上馬。「出擊！」

袁程騎在馬上，揮動手裡的大刀，輕而易舉地斬掉擋在他面前的鹽工，一路直進。此時，鹽工們的抵抗已完全崩散，陷入了一團混戰，毫無防護的鹽工們立時便成了被屠殺的對象，被全身著甲的士兵輕而易舉地砍翻刺倒。

「果然不堪一擊！」正想著時，突然響起隆隆的聲音，袁程心裡一跳，這是大隊騎兵衝擊時出現的徵兆，難道復州大帥知道了消息，派出了親衛營？

他回頭望去，不由心膽俱喪，整個人完全僵在了馬上。

從哪裡來的這樣一支騎兵？衣甲雜亂，完全看不出是何方神聖，看著他們像切豆腐一般切入自己的隊伍中，好整以暇地砍殺著自己的士兵，袁程完全傻了。

「半天雲來了，小羅子回來了！」熊德武全身浴血，身上已多處負傷，仍奮力揮動著手裡的長矛，抵擋著敵人的進攻。

隆隆的馬蹄，震天的喊殺，只用了短短的一個衝刺，過山風便將袁程的部卒殺破了膽，這些與蠻子生死搏殺過的軍漢哪裡將如此孱弱的復州軍看在眼裡，刀起刀落，每一次都帶走一條性命，頃刻之間便將復州軍殺得七零八落。

「半天雲來了，半天雲來了！」倖存的鹽工喜極而泣，用盡全身力氣大聲喊著。

「半天雲是什麼人？」袁程渾渾噩噩，隨著潰兵一路奔逃，此時的他還沒有回過神來，由大勝到瞬間的大敗，這其中的落差之味自不足為外人道。

身後馬蹄騾響，親兵們回頭看時，不由魂飛魄散，一個兇神惡煞般的大漢揮舞著一根狼牙棒，正領著幾人風一般地趕過來。

「將軍快跑啊！」親兵們喊道。但他們胯下久不見陣仗的戰馬，如何能與過山風等人精選出來的草原戰馬相比，片刻間便被趕上，過山風狼牙棒揮處，像砸西瓜一般將他們一一砸下馬來。

可憐的袁程，被過山風一擊之下，整個頭都陷到了脖腔裡，哼也沒哼一聲，倒栽下馬。

「星星之火！」李清看到清風遞來的一張剛剛送達的情報，不由開心地大笑起來，這是復州成功的信號。過山風一切順利，已經按照計畫開始了行動。

「星星之火可以燎原！」李清揮舞著手臂，道：「讓過山風將這場火燒得再大一些，再猛一些，讓我們的鄰居再頭痛一些吧！」

清風嫣然一笑，頓時滿屋生輝，「將軍說得是，讓復州向胖子減減肥也是好的。」

李清眨巴著眼睛道：「如果我真讓向胖子減了肥的話，恐怕他還得感謝我呢！清風，告訴過山風，鹽場不能破壞，要讓鹽工們恢復生產，讓崔義城去收購，我們定州還是要鹽的！另外，海陵碼頭不能碰，那裡很快我們就會有大用的。」

「是，將軍，我也準備去復州一趟了。」清風領命道：「正好過去將一些事情的細節說與過山風聽，免得他好心辦了壞事。」

李清嘿嘿一笑，「我手下幾員悍將中，最有頭腦的便要算過山風了，我倒不擔心他。咦，你這時候去復州幹什麼？」

清風做了一個迎風破浪的姿勢，「將軍，我去找鄧鵬啊，前些日子派了人去，鄧鵬支支唔唔，不肯給個痛快話，這一次我親自去，一是表現誠意，二是也跟他說清形勢，讓他儘快做出抉擇。」

李清沉吟道：「嗯，不過要小心，沒有十足把握，不要透我們的底，特別是過山風的事，暫時不要跟他講。」

「我明白！」清風笑道。

「多帶些衛士！」李清叮囑道：「眼下復州亂了，真土匪假土匪混雜在一起，更有官兵趁火打劫，你不能公開身分，又手無縛雞之力，多帶幾個人以策安全，要不要我派幾名親衛給你？」

清風笑道：「將軍放心吧，要說起單打獨鬥的好手，我那裡只怕比將軍身邊還要多呢，這一次我化裝前往，帶上一些江湖好手便行了，將軍的親衛軍伍習氣太濃，帶在身邊反倒容易暴露身分。」

「這倒也是，你這次要去多少天啊？」

清風思索道：「我也說不準，如果一切順利，三五天即回；如果不順利，十天半月也是要的。」

李清嘴巴往下一拉，「那豈不是要我獨守空閨麼？」伸手拉過清風，在她額頭親了一口，「早去早回！」

清風紅了臉，心裡卻如同吃了蜜一般，回親了李清一口，道：「將軍放心，我會快去快回的。」隨即轉身飄然而去，獨留李清看著佳人的纖影發呆。

「大帥，大帥！」

門外傳來一連聲的呼喚，尚海波一頭撞了進來，看李清一臉呆樣，乾咳了幾聲，將一疊案卷遞給李清：「大帥，今天您還有很多行程呢。」

李清回過神來，翻了翻案卷，「嗯，我們先去匠作營，看看那裡新式武器打造得怎麼樣了，然後去新兵營，再去老路那裡商量定州商稅問題，咦？軍制問題？尚先生，這是什麼意思？」李清看著最後一條事項問道。

尚海波道：「大帥，我左思右想，現在我們的軍制有一些問題啊，我們一營已超過五千人，原有的軍官編制在指揮上已有些不大靈活了，在演習中我已發現了這個問題，所以想找個時間與您聊一聊，所以就排在行程上面了！」

「這的確是個問題，這樣吧，我們先把前幾件事辦了，晚上我們兩人促膝而談，好好地說說這事。走吧！」

尚海波卻沒有走，反而坐了下來，看著李清道：「大帥，我有一件很重要的事要先和您說一說。」

看到尚海波鄭重的樣子，李清也慎重起來：「先生有什麼事？」

「是您和清風的事！」尚海波直言道。

李清臉色頓時難看起來，「尚先生，這還有什麼好說的，我已經和傾城公主有了婚約，以前想娶清風為正妻的想法早已丟開了，還有什麼可說的。」

尚海波不管李清的臉色有多難看，仍是正色直言道：「可是大帥，你不覺得您太寵清風了麼？先不說你對她太過於親暱，這大白天的也不避諱一下！」伸手指著李清的臉，沒好氣地道：「這要是讓外人看見，會怎麼說您這個大帥？」

李清一愣，對著銅鏡一照，頓時鬧了個大紅臉，臉上還印著一個鮮紅的唇印，該死，居然讓尚海波抓了個現行。

「好了，尚先生，我知道錯了，以後一定注意。」李清不好意思地道。

「大帥，這不是個小問題。」尚海波沒有為李清的道歉而放過他，繼續說道：「大帥，現在定州愈來愈強，你麾下的人也越來越多，您對清風的縱容會讓很多人看在眼裡，記在心裡，以後大婦進門，您就不怕後院起火嗎？」

「統計調查司不但把持著情報機關，現在的手已經伸到了商業領域，而且她的行動署在不久前建起了特種大隊，您知道嗎？這可不是行動署那些偷雞摸狗，刺探暗殺的烏合之眾，而是一支實力強勁的軍隊。有一些將軍已經向我抱怨，手下最能戰的勇士都被清風司長調走了，您知道，要不是有您撐腰，那些將軍們會放走手裡最強的戰士嗎？」

李清慢慢坐了下來，特種大隊的事他是知道的，而且他也支持，但萬萬沒有想到在軍隊裡居然引起了如此大的反彈。

「特種大隊是我想建立的，主要是用來執行一些特別危險的任務，所以要抽調最精悍的士兵，將軍們有怨言嗎？」李清緩緩問道。

尚海波搖搖頭：「將軍們不是對建立特種大隊有怨言，而是對您將這支軍隊的指揮權交到清風司長手裡不滿。大帥，特種大隊現在滿編一千人，配備最好的盔甲，最新式的武器，最強壯的戰馬，集合了全軍最驍勇的戰士，將軍，您知道這意味著什麼嗎？呂大臨曾說過，這樣的一千人的特種大隊，正面作戰足以擊潰一個五千人的滿編營。」

李清點點頭，特種大隊成立之後，他特地為此編寫了特種兵訓練手冊，這些士兵的單兵作戰能力，團隊配合能力，的確不是其他部隊能比，兵員素質極高，待遇也是普通士兵的數倍。

「大帥，傾城公主也是一個精明強幹的女子啊，執掌大楚最強大的宮衛軍，能力可見一斑，如果以後進了門，**兩個同樣能幹的女人碰在一起，您認為她們誰會讓步？後院不寧，如何靖天下？**」尚海波憂心道：「到時只怕自己**窩裡先鬥起來了**，所以大帥，海波在這裡要請您疏遠清風，削減她手中的權力，方是我定州長治久安之計啊！」

李清撇嘴道：「傾城還沒進門，你怎麼知道她們會水火不容啊！」看到李清明明在心裡認同自己的說法，嘴上卻死不承認，尚海波不由惱火地道：「大帥，凡事豫則立，不豫則廢，難道真等到那一天，火燒眉毛了才來解決嗎？恐怕到時付出的代價會讓定州承受不起的。」

看到尚海波如此激動，李清不得不重新考慮一些問題了，讓步說：「你說得也有些道理，特種大隊的指揮權我會收回來的，這支部隊我將親自指揮。至於其他的，過段時間我們再說吧，好嗎？」

看到李清作出了讓步，尚海波便也適可而止，不能逼李清太緊，否則以李清的性格，必然適得其反，今天拿掉了清風的特種大隊的指揮權，已經讓他很滿意了。

自從京城回來之後，細心的尚海波便發現了清風有了微妙的改變，似乎對權力的擴張更加熱心，尚海波最擔心的便是清風將勢力的觸角伸到軍隊去，如果清風手中掌控了一部分軍力，對於定州以後的發展有百害而無一利。

一個情報頭目，手上再有了軍權，這對一個勢力集團來講，將會無法遏止，當初自己不就是因為這個原因，才回避了統計調查司嗎，早知有今日，當初自己就應該將其拿在手中。

但如果自己真拿到手中，同時在軍隊中又有如此大的影響力，叫大帥如何自處？自己又如何安身呢！尚海波暗嘆，凡事有利必有弊，在這件事情上，只能做水磨功夫，慢慢地影響大帥，削減清風手中的權力，無論如何也不能讓牝雞司晨。

「大帥英明！」尚海波恭維了李清一句，站起來，「大帥，我們先去哪裡？」

「去匠作營吧！」李清轉身欲走。

「大帥！」尚海波指了指李清的臉，提醒道。

設在撫遠的匠作營已是今非昔比，一排排建設得整整齊齊的房屋延伸開去，一眼幾乎看不到盡頭。

自從來自京城的萬餘匠師到達之後，這裡便陡然興旺起來，屢經擴建後，終於形成了現在的規模，一個數萬人的集鎮出現在原先的荒野上。

整個匠作營分作了生活區和工作區兩個區域，兩個區域之間被一堵圍牆隔開，兩區不禁往來，但要進入工作區，不是那麼容易，每一個在工作區內的匠師或是學徒，都有一個特製的腰牌，只有擁有這些腰牌的人才能出入廠區。而廠區內一些重要部門，更是門禁森嚴，一般人無法靠近。

匠作營是李清極為看重的一個部門，萬萬容不得出什麼岔子。

今天匠作營更是非比往常，定州大帥李清要巡視這裡，早早的這裡便開始戒嚴，街道上佈滿了荷槍佩刀的士兵，統計調查司的探子也早已撒下，警覺地掃視著可疑人員。

匠作營匠作大監任如雲春風滿面，身著簇新的六品武官袍子，在匠作大監的衙門裡一迭聲地吩咐著手下，查看哪裡還有什麼可能疏漏的地方。

現在的他已經不需要自己親自動手去打製器械，只要組織好手下的各個不同的工廠，按時生產出所需的器械物資，督促新產品的研發，讓一切井然有序地運轉，就算是圓滿地完成了任務。

回想起以前那些艱苦的歲月，人的際遇，當真是從何說起啊！正在感慨之餘，有下屬飛奔而來，「大人，大帥的車駕已到了匠作營外了！」

任如雲霍地站了起來：「走，隨我去迎接大帥！」

李清很滿意匠作營的現狀，一切都那麼的井井有條，這幾個月，匠作營的生產效率大大提高，每日出產的軍械出乎李清的預料，而且品質上也大有提高，許小刀的精鐵生產工藝已日趨成熟，預計明年部隊的大規模換裝就可以開始了。

任如雲陪在李清的身邊，一邊陪著李清觀看，一邊替李清作著解說。

「大人，這裡是八牛弩和強弩的製作坊，八牛弩體型巨大，操作不便，我們一直在摸索能不能在不減威力的情況下，減小它的體積和操作步驟，經過一段時間的反覆試驗，現在我們製造的八牛弩較之以前已大有改善，將操作的人員降低到以前的三分之二，體型也減小不少。」任如雲指著一架已安裝好的八牛弩，驕傲地道。

「很好！」看著新型的八牛弩，李清很是滿意，能減低操作人員，就可以騰出更多的人來守城，這是一項大的改進。

「強弩主要的問題是上弦緩慢，而且對士兵的手指傷害巨大，所以我們現在的強弩主要針對這兩項來作改進。」任如雲接過隨從遞來的一把強弩，李清好奇地看到這把強弩模樣已是大變。

任如雲伸手招來一名學徒，那名學徒接過改進版的強弩，將弦往腰上一個裝置上一掛，伸腳一撐，強弩已是張開，伸手拿過一根弩箭，將其放在溝槽之內，扣上搭扣，然後平端在手中，恭敬地遞給李清。

李清拿起弩，瞄準對面的牆壁，輕勾扳機，一聲輕響，弩箭電射而出，插在牆上，餘勢未衰，箭尾兀自嗡嗡作響。

「好！」李清脫口讚道。

如果是以前的強弩的話，只有極少臂力極其出眾的士兵才能辦到，看剛剛那學徒上弦所用的時間極短，花同樣的時間能讓士兵多射出兩到三支箭，這對於打擊敵人將是很大的戰力提升。

連接看到兩件軍國利器，李清不由興趣大漲，對任如雲道：「你也別藏著掖著了，還有什麼好東西，一併拿出來吧！」

任如雲不好意思地撓撓頭，「大帥，是還有幾件好東西，都是剛剛研製出來的，只有樣品，正要等大帥品評，看能不能大規模生產呢。」

「走，去看看！」李清大踏步地當先便行，邊走邊對尚海波道：「尚先生，看來咱們的匠作大臨真給咱們弄了不少好東西呢！」

尚海波笑道：「不錯大帥，任如雲的確很用心，能有如此成就，當屬能吏，而且近幾個月匠作營的效率大為提高，我正準備奏請大帥獎賞他呢！」

李清大笑，「當賞，當賞，不過還是先去看看他的新玩意吧！」

眾人隨著任如雲走進一座側門，雖然這道門在龐大的廠房內，門前仍然站了四名帶刀護衛，看到李清過來，四名護衛躬身行禮，側身讓在一邊，眾人走進門內，卻意外的發現房內沒有窗戶，黑洞洞的，此時房門雖然打開了，但仍然光線不足。

任如雲指揮人點亮火把，眾人這才看清這間房面積不小，靠近他們的這一端安置著一個鐵櫃，不由大奇，「任大人，你這是什麼好東西啊，居然在守衛這麼森嚴的地方還放在鐵櫃中。」楊一刀奇怪地問。

唐虎伸拳擂在鐵櫃上，發出一聲悶響，不由得抽了一口涼氣，「這麼厚的鐵板，老任，究竟是什麼啊？」

任如雲笑道：「兩位大人，好東西就是這鐵櫃子啊！」

鐵櫃子？眾人都是不解，李清繞著鐵櫃看了看，看著鐵櫃子正面那一排排整齊的黑洞，恍然大悟道：「任如雲，這是連弩？」

任如雲點頭道：「大人，你以前跟職下說過能連續發射的一種武器，屬下回來後苦思冥想，一些關鍵一直想不出來，但後來許小刀弄出了精鐵，接著又用這種精鐵拉出了鋼絲，這些問題便迎刃而解了，各位大人退後，職下來為大人們操演一番。」

他伸手打開鐵櫃，眾人便看到櫃內一排排繞得整整齊齊的鋼簧，早有學徒抱著一個個的弩箭大小長短的鐵盒，任如雲將其一個個放到鐵櫃內，關好櫃門，由兩個學徒拿著一個Z字形的鐵棍，從一邊伸進鐵櫃裡，兩人合力用力轉動鐵棍，除了李清，眾人都好奇地看著任如雲等人的舉動。

看到兩個學徒抽出鐵棍，任如雲滿臉得意地走到鐵櫃前，不知在哪裡扳動了一下，在眾人驚駭的目光中，從鐵櫃的前方不斷地射出弩箭，一支支地插到前方的牆壁上，震得屋頂灰塵簌簌而落。

半晌，眾人才從麻木的狀態中清醒過來。

「好東西！」唐虎一聲大喝。

李清點頭走到鐵櫃前，「的確是好東西，任如雲，這東西一次可發射多少支箭？」

「一百支！」任如雲自豪地道。

「是不錯，可惜太笨重了些，只能用來作堅守用啊！」李清遺憾地道：「而且這是個燒錢的玩意兒，任如雲，這東西發射的箭支全身都必須用鐵來製作吧？」

任如雲道：「是的，大帥，木製或竹製的箭桿不行，一搖就全折斷了。」

「一次發射便是百支箭，如果有十個百個這樣的東西，一次發射便是成千上萬支前，這要多少鐵？需要多少錢？我們定州現在玩不起啊！」李清搖頭。

聽到李清如是說，眾人不由也冷靜下來，大帥說得不錯，這些鐵可以用來打造多少箭頭啊？用它，太燒錢，而且也只能在守城時用，太不划算了。

聽到李清的評語，任如雲頗為沮喪，李清鼓勵道：「任大人不用灰心，這東西很不錯，可以少量打製，但暫時不要拿出來，你繼續想想辦法，如何讓它更輕便，讓它更省錢，讓我們更用得起。嗯，我給你個思路吧，你可以試著將它與步卒的戰車結合起來，也可以將這種原理應用到騎兵的手弩上去，總之，用這種辦法應當可以衍生出很多武器的。」

「大帥放心，我一定很快研究出來。大帥，接下來您還要看我們打造的一品弓麼？」

「看，怎麼不看！給我說說這一品弓有什麼特別的吧。」

「大帥，我們主要改進了兩個方面，一是把傳統的皮弦改成了鋼絲弦，大帥知道，傳統的皮弦極難保養，一旦陰雨雪天，皮弦極易鬆軟壞掉，而鋼絲弦就不存在這個問題了；另外，我們為一品弓安置了滑輪，不需要很大的臂力便可以拉開弓弦，射擊時射程反而增加了約五十步。」

任如雲邊說著邊呈上一品弓，李清試著開了幾弓，滿意地道：「這弓好，實用，嗯，可以大規模生產。」

在匠作營原本半天的行程足足進行了一天，讓李清更為驚喜的不是任如雲不斷改進的武器裝備，而是他在匠作營首創使用的**合作製器法**。

李清當然很清楚，這就是後世的**流水線式作業**，古人的智慧當真不可小覷，任如雲一個沒有讀過多少書的匠師，居然摸索出了這麼一個提高生產效率的法子，所有的學徒不用再學習整套的工藝，只要學習製作其中的一個環節，然後在最後的組裝車間組裝成型即可。

為了讓這個方法有效，任如雲又在匠作營中製作了統一的度量衡，以統一的尺規來度量尺寸，有了這些規模一致的零件，以後在戰場上器械損壞時，修理將更加容易，即使有不能修理的損壞器具，將那些可用的零件拿下來，湊足後便可組裝一台新的，不會有絲毫的浪費。

要走出匠作營時，李清對任如雲道：「任大人，從今天起，你就是五品的匠作大監了！」

「多謝大帥！」任如雲大喜。

「還有，我這次從京師回來，帶來了不少南方的錦緞，一刀，回頭給任大人的夫人送兩匹來！」

任如雲感激涕零，要不是顧著儀容，差點就要痛哭失聲了，士為知士者死啊，自己雖然不是士，只是一個匠師，但也能為了大帥去死。他心裡暗道。

從匠作營出來，已是夜幕降臨，原定會見路一鳴的計畫自然泡了湯。

一行人來到撫遠要塞，得到通報的王啟年早已恭候在要塞外，看見李清過來，趕緊迎上來，替李清挽住馬韁，「大帥小心！」伸手扶李清下馬。

李清斜睨了他一眼，笑道：「鬍子，你當我是七老八十，還是弱不禁風呢，下個馬還要你扶？」

王啟年嘿嘿一笑，雖然被李清取笑，但臉上沒有絲毫尷尬，道：「大帥於我恩重如山，鬍子能有今日，全靠大帥栽培，為大帥牽馬置鞍，那是鬍子的本分。」

李清大笑，「鬍子，士別三日，刮目相看，想不到你現在也跩起文來了，聽說你現在手下也招攬了好幾個謀士，跟他們學的吧？」

「是的，大帥，鬍子以一介小兵，跟著大帥和尚先生學了一些兵法，但總是戰戰兢兢，如履薄兵，想起大帥說過主將無力，累死三軍，更是小心謹慎，畢竟以前的鬍子光棍一條，死了也便死了，但現在手下五千兒郎，更被大帥託以重任，不敢不小心，所以招了一些謀士，為我出謀劃策，這也正是大帥所說的兼聽則明嘛！」

「想法不錯，活到老，學到老，但學習的過程中也不要失了本心，那就非我所意了！」

鬍子顯得懂事了，但李清卻覺得他有些遠了。

李清倒不疑有他，只是地位的變化總是導致以前的朋友與自己不斷疏遠，想到跟王啟年等人再也不可能回到當初一起笑罵天下，一起打鬧的日子，不由有些感傷。

王啟年一直是他手下第一大將，天雷營也是他手下戰力最強的步卒，將其放在撫遠，自有李清的深意，相信王啟年也能領會。

眼下的撫遠，已失去了以前作為抗擊蠻寇的最前沿的地位，這裡現在更可以說是一個大倉庫，整個上林里所需物資幾乎全都從這裡起運，而上林里則成為李清進攻草原的橋頭堡，如果撫遠有失，上林里斷然不保。

在撫遠這裡紮下強軍，一是保證這座物資倉庫的安全，另一方面卻是隨時可以馳援上林里，私底下李清未嘗沒有防備呂大臨的意思。

走進王啟年的參將府，府裡早已備好了酒菜，王啟年笑道：「大帥，好些日子沒有陪大帥一起喝酒了，今日趁機倒是要與大帥喝個痛快。」

李清笑道：「好啊，不過論起喝酒，我可不是你對手，待會兒我用杯，你用碗，咱們才能比上一比！」

王啟年大笑，「大帥，這可不行，當年在城隍廟裡，我就是上了您的大當，被灌得大醉，足足睡了一天一夜才醒，這次我可不上當了。」

回想起當年，兩人心裡都是浮上一層暖意，那時囊中羞澀，喝的是最便宜的劣質酒，想的是明天該如何活下去，與眼下當真是不能比了。

幾碗酒下肚，王啟年的那一點拘束也拋到了九霄雲外，拉開了衣襟，笑道：「大帥，還記得當年我們一邊喝酒，一邊商量著如何去綁架恆熙恆神醫麼？可巧那恆神醫居然答應來給大帥的兵治傷，否則我們當真將他綁來，還不知怎麼收場呢！」

「這事可別說了，恆神醫前些天還跑到我府上，質問我把茗煙姑娘藏到哪裡去了，弄得我是無話可說，唉，恆神醫倒真是憐香惜玉，聲稱不見到茗煙姑娘就不走，害我解釋了老半天，又不能跟他明說，真是難煞人啊！」李清搖頭道。

尚海波啜了一口酒，「大帥，恆神醫不簡單啊，當初便能一眼相中大帥，將恆秋派到大帥軍中，如今恆秋已是大帥手下的五品醫官了，證明他眼光之獨到，他到您府上鬧上一場，倒也不是為了茗煙，更是為了交好大帥，也讓一些人看到他與大帥的交情啊！」

李清不由莞爾，尚海波總是把人往複雜裡想。

「尚先生，先前你說要和我聊一聊軍制的問題，騆子也不是外人，正好他在，我們可以聽聽一線將領的想法，做個參考。」

尚海波放下酒杯：「大帥，定州軍制我考慮了很久，認為已到了不得不變的時候了。定州軍現在計有呂大臨部兩萬人，鬍子的天雷營、馮國的磐石營和姜奎的旋風營共一萬五千人，定遠、威遠、震遠三營一萬五千人，您的親衛營三千人，特種大隊一千人，整個軍隊規模已超越了蕭遠山時期，但基層軍官卻還是只有那麼一些，這將造成在戰時指揮上的問題，這是其一。

「其二，為了掃平蠻族，定州擴軍勢在必行，正如大帥您所說的，要掃平蠻族，起碼要有十萬大軍，不改變軍制，還是以營為單位的話，以後在指揮上將是大問題，您不可能有那麼多的精力指揮到每一個營身上。

「其三，不改變軍制，則軍隊裡的位置便只有那麼一些，這對低級軍官的升遷會造成極大的阻礙，進而打消他們的進取心。您的親衛營選拔的便是這些一時無法升遷的低級軍官，總不能一直讓他們在親衛營裡擔任普通的士兵，而且，這些在您身邊待過的人，一旦放到部隊裡，立即便是一個合格的中層軍官，這也能有效地幫助您控制軍隊，說句不該說的話，這些親衛們下到部隊之後，即便是鬍子想學呂大臨反蕭遠山的舉動，只怕也是不靈光的。」

王啟年本來一直連連點頭表示贊同，聽到這裡，不由又驚又怒，身上立時起了一層細汗，站起來道：「尚先生，你這是何意，我從一個小兵就跟著大帥，豈會對大帥有二心，你……」

李清擺擺手，「鬍子，你這麼激動幹什麼，尚先生只是打個比方而已。」

「哪有這麼打比方的，尚先生，我一直很尊敬你，你卻如此說我，我跟你沒完！」王啟年鬍子根根翹起，怒不可遏。

「好了，王將軍，對不起，是尚某口不擇言，並沒有懷疑你的意思，不過這事，你認為如何？」尚海波笑道。

「好自然是好的，我沒有什麼意見！」王啟年氣咻咻地道，他自居李清的鐵桿心腹，對李清加強軍隊控制的做法，自是沒有什麼意見。

「只是這事恐怕還得與呂將軍商量，取得他的同意才行。」李清有些遲疑。

「呂將軍會同意的，將軍開門見山的與他談，會讓他更爽快的同意，同時，您可以將呂大兵調到親衛營任主將，同時將楊一刀放出去，一是表明您對呂將軍仍是信任有加，將自己的安全都交託給他的弟弟；同時，也讓楊一刀出去歷練一番，一刀沉穩好學，這些年跟在將軍身邊進步極大，相信會是一個很好的將領，稍加歷練便能獨當一面。」

「這是一個好辦法！」李清表示贊同。

「對於軍制，大帥想必早有腹案吧？」尚海波問。

李清點點頭，「設師吧，我們定州軍下設三師，一師五營。」

「師」這個編制，尚海波從來沒有聽說過，也不知道大楚哪支軍隊有這個稱呼，大楚都是以一州為一軍，一軍設三翼，翼下立三營，前一次蕭遠山為了集中軍隊，廢除了協，但現在定州營頭太多，定州中樞已不能有效率地指揮到每個營，而且對前方主將的臨場決斷也大大不利。

李清不同於蕭遠山，對麾下軍隊控制力要強得多，尚海波不在乎李清稱之為師也好，還是協也罷，總之他相信，用不了多長時間，這些師便會變成軍了。

「那麼其中一個師的主將肯定是呂大臨了，另外兩個師的主將，大帥有考量了麼？」尚海波又問。

王啟年也緊張了起來，呂大臨擔任一個師的主將，這是毫無疑問的，但剩下的兩位師長可就難說了，很多人有資格啊，其中當然也包括自己，而且王啟年也認為自己是最有資格的一位。

李清沉吟片刻，王啟年，姜奎，馮國三人在腦子裡打了一個轉，「我傾向於讓鬍子擔任，但鬍子擔任一師主將之後，顯然就不能待在撫遠了，要另外開闢一條戰線，不可能讓兩個師彙集到一條戰線上，尚先生，你認為鬍子走後，誰能來撫遠挑大梁呢？」

王啟年一聽此話，如聞天音，嘴頓時大大地咧開，開心的不知說什麼好，定州軍一共才設三個師啊，自己就是三大將之一了。

李清瞄了他一眼，王啟年立刻正襟危坐，一副側耳傾聽的模樣，其實心早就飛了。

「馮國駐守定州，這是大本營，不能動，姜奎適合帶騎兵也不好動，看來只能從您的親衛營中挑人，我看就讓楊一刀來吧。」

李清一聽，倒是與自己的想法不謀而合，「既然如此，就這麼決定了。鬍子，想笑就笑，升官嘛，誰都高興，不用這麼憋著，我看著都難受。」

王啟年立馬喜形於色，只差放聲大笑了。

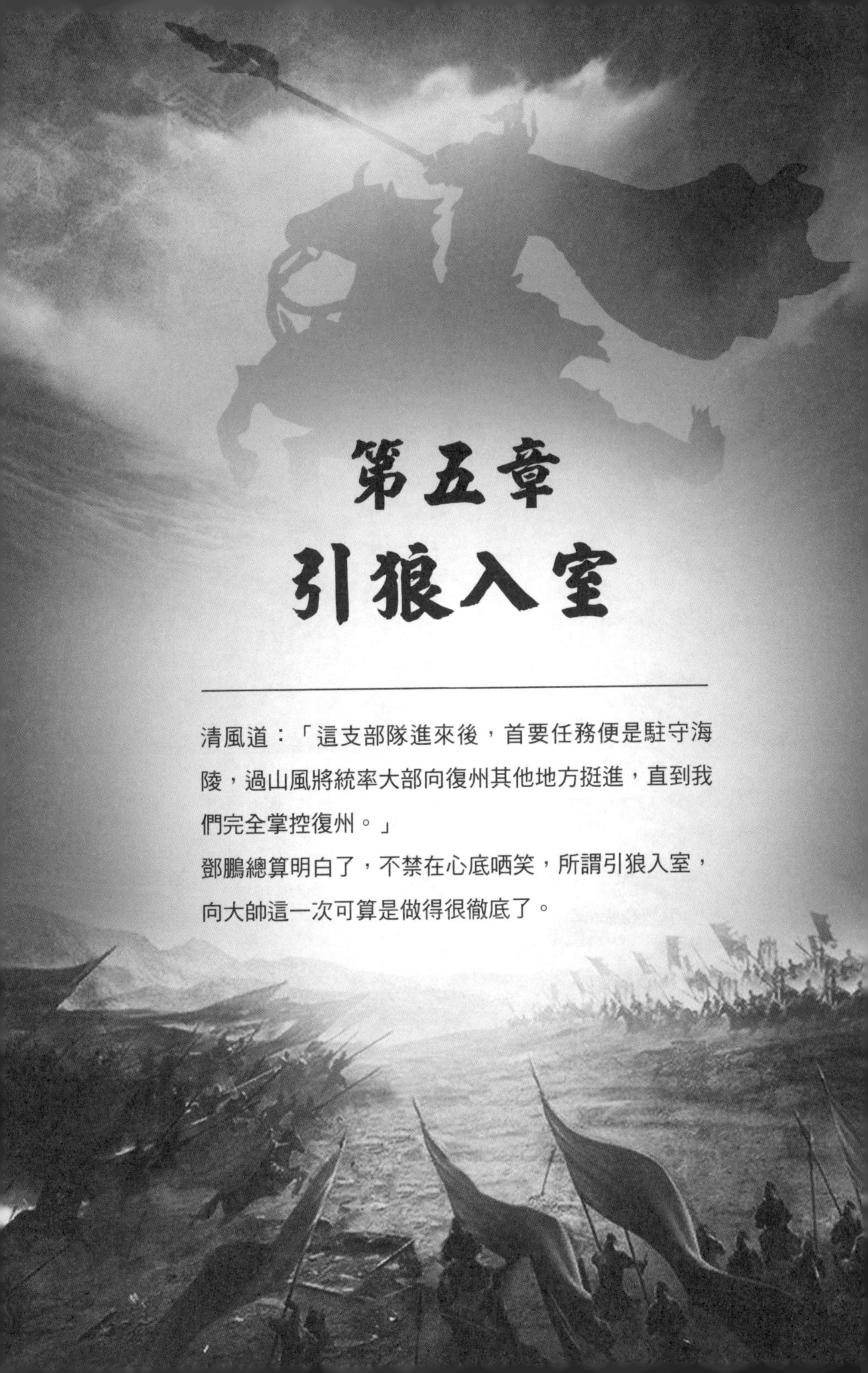

第五章
引狼入室

清風道：「這支部隊進來後，首要任務便是駐守海陵，過山風將統率大部向復州其他地方挺進，直到我們完全掌控復州。」

鄧鵬總算明白了，不禁在心底哂笑，所謂引狼入室，向大帥這一次可算是做得很徹底了。

「不過職位高了，責任也更重，我希望你不要辜負我和尚先生的希望。」李清淡淡地加了一句。

「大帥放心，鬍子一定盡心盡力，鞠躬盡瘁死而後已。」王啟年大拍胸脯道。

「以呂大臨部為主力自右翼突擊草原，王啟年師彙集姜奎騎兵營，馮國的磐石營，再加上威遠，震遠，定遠兵力，組成左路，威脅蠻族右翼。」李清揮了揮拳頭，「開始擴軍，訓練預備役，一旦大戰開始，能迅速拉上戰場。」

「大帥，還有一師主將呢？」尚海波問道。

「這個不急，我心中已有了人選，不過還得等上一段時間！」李清笑道。

尚海波笑而不答，大帥的人選他大致知道是何人了。只有王啟年仍然糊塗，腦子裡將整個定州軍裡的將領盤了一遍，還是想不出這人是誰。

李清深知上林里對定州的重要性，它是定州長治久安的基礎，是以雖然呂大臨不是心腹嫡系，仍然將定州絕大多數的騎兵集中到了上林里，交由呂大臨統一指揮，而呂大臨也投桃報李，對李清不斷將親衛營中的心腹安置到自己手下擔任中低層軍官毫無怨言，一心一意地執行著李清的既定戰略。

設立師一級的指揮命令已經下達，**呂大臨成為李清手下第一大將，呂師也成為他現在部隊的代號；王啟年升任定州右翼的主將，其部被稱為啟年師。**

本來李清偷懶地直接將其叫做王師，但馬上被尚海波、路一鳴等人集體反對，連王啟年也不敢要這個稱呼。

楊一刀外調成為撫遠參將，以新擴充的救火營駐守撫遠，而呂大兵調任親衛營統領，至此，定州左右兩翼齊飛，威脅草原蠻族的大戰略已構成，左翼呂大臨，下設八營四萬人，其中三萬人為騎兵，而右翼則是王啟年，下設六個營三萬人，卻是以步卒為主。

定州與草原蠻族之間戰略態勢的逆轉，巴雅爾雖然心知肚明，卻是無可奈何，**上林里的失守，讓他一著走錯，便掉進了泥淖，眼看著局勢步步被動，卻只能見招拆招。**

好在定州軍對草原小部落的無情掃蕩，讓這些小部落為了生存，只能投靠大部落，白族身為草原霸主，倒是在這場草原力量的重新整合中獲得了極大的利益，分得了最大的一碗羹，部族愈發強大，已將青部等剩餘四部遠遠甩在身後。這也算是失之桑榆，收以桃李，算是不幸之中的萬幸了。

巴雅爾深知，**與定州的決裂必然就在這一兩年內**，否則時間越長，對草原便越不利，而且李清把持定州之後，對草原的封鎖已達到了前所未有的程度，所有的戰略物資已不能從定州獲得，只能靠走私來維持，而草原上鐵礦稀缺，委實難以支持一場曠日持久的大戰。

諾其阿和納芙從定州帶回的消息，更讓巴雅爾堅定自己的想法，一個小小的崇縣，便讓李清聚起如此強兵，現在他擁有了整個定州，實力必然飛速上升，時間對於定州來說，越長越有利，但對草原來說，越長則弊端越大。

整合草原各部已刻不容緩，如果不能和平過渡的話，那麼訴諸武力加以威脅他也在所不惜，李清擺出準備大舉進攻草原的架勢，巴雅爾是求之不得，如果讓他去攻打定州的堅城，那實在是吃力不討好的事，但如果李清敢於大舉進兵草原，那麼論起野戰，巴雅爾不認為李清的定州軍有擊敗草原的實力。

示之以弱，誘之出城作戰，在運動戰中打掉李清的主力，便是巴雅爾的想法。

「三年，三年之內，如果我們不能擊敗李清的話，那麼最後的失敗者就會是我們！」巴雅爾揮動手臂，肯定地對虎赫，諾其阿，對自己的幾個兒子道。

「我們的時間不多，整合草原各部，展開對李清的決戰！」巴雅爾道：「虎赫，帶著你的狼奔，逼近青部，我要在今年的慕蘭節上宣布草原將統一為一個帝國，如果青部有異議，那就打掉它！只要青部臣服，其餘那些見風使舵的部族必然不敢再多說一句話。」

虎赫臉上露出興奮的神色，「遵命，大單于！」

狼奔軍回轉白族王庭後，修整補充兵源，又吸納了一些部族武裝之後，擴充到四萬餘人，雖然新人的加入降低了狼奔的戰力，但虎赫相信以自己的能力，很快便能將這些新兵蛋子變成狼奔軍鋒利的獠牙。

在與李清決戰之前，拿一些不識時務的部落試試刀，練練兵，讓他們見見血也是好的。

如果真能一統草原，那白族便可以組織成一支達二十萬鐵騎的部隊，憑這些鐵騎毀滅性的力量，巴雅爾相信，踏滅定州，進窺中原綽綽有餘。

「李清小兒，卻讓你得意一時，來日方長，我定會讓你見識到草原雄鷹的厲害！」巴雅爾嘴角噙著冷笑。

定州。

路一鳴一臉愁容地看著李清與尚海波。

「大帥，這一次擴軍太多，定州委實是難以負擔了，軍隊雖然有屯田，但也只能解決一小部分的糧秣，按照大帥您的軍功授田制以及永業田制度，有相當一部分土地對定州是不必繳納賦稅的，這又去了一大塊，現在定州財政已是舉步維艱，修建上林里又是一筆巨額開銷，可說是度日如年。」

「我這次從京城回來，不是帶回上百萬兩銀子嗎？怎麼這麼快就沒有了？」李清不解地道。

路一鳴苦笑道：「大帥，這筆銀子是有數的，用一個就少一個，現在下官說的是收入問題，不解決收入的來源問題，這筆錢能撐多長時間？軍隊的餉銀，武器的裝備，官員的薪俸，還有各個縣正在進行的水利、道路基本建設，哪項不要大筆的銀子啊，各個縣都向州裡伸手，這筆銀子我是一點也不敢動用啊！與蠻子的戰爭隨時會打響，萬一打起來，那銀子便像淌水般地流啊，好不容易有了點壓庫的銀子，必須在萬不得已的時候方能動用啊！」

李清點點頭，現在的定州收入的確有限，而用錢的地方卻太多，路一鳴這個大管家的確難為，只看他那短短時間內便顯得憔悴不堪的面容，就知道他承受了多大的壓力。

「在土地刨銀子，向農民收賦稅，又能收到多少？有沒有別的來錢路子？」李清問。

路一鳴大吐苦水道：「定州是邊州，一向艱苦，哪有什麼來錢的好路子？以前官府集中向草原收購大量皮毛，加工後高價銷往中原，一年下來倒是有不少的收入，但現在定州與草原敵對情勢如此嚴重，怎麼可能收到大量的皮草？」

李清笑道：「打仗歸打仗，難道就沒有商人做生意了麼？商人本性逐利，只要有足夠的利潤，他們哪會不去做。」

「大帥的雷霆手段震駭了大部分的商人，方文山、方文海前車之鑑便在前面，誰敢向草原上輸入物資？」尚海波笑道。

李清摸摸下巴，幹掉方家兄弟想不到還有這個後遺症，只好說道：「老路，你告訴商人們，我們定州只禁止向草原上輸入生鐵，武器，糧食，其餘不限，他們與草原人做生意，只要不違禁令，我們是保護的。而且定州銷往內城的貨物，只要他們願意，我們還可以提供保護，提供官府證明，在內地有誰為難他們，我們為他們主持公道，當然，保護費是要收一點的。」

「草原上的皮毛要賣，草原貴人們享受慣了中原的奢侈品，一下子沒有了想必會很不適應，定州斷斷續續打了近兩年仗，商路阻隔，草原上牧民一些日用品想必也缺乏得很，如果有哪個商人敢去做，這其中的利潤是相當巨大的。退一萬步講，商人不敢做，我們自己為什麼不做？」

李清挖空心思地想著法子，驀地想起一個人來，眼中不由一亮，「老路，草原上一般用鹽都是向中原買吧？現在兩家打仗，鹽必然會很缺，我們可以走私鹽過去，就算賣的比中原貴十倍，那些蠻子也不得不買吧？」

「鹽也是禁運物資啊！」路一鳴吃了一驚，剛剛大帥還說不准違禁，轉眼就自己想幹了。

「嘿嘿！」李清一聲冷笑，「糧食可以囤積，巴雅爾會囤積鹽麼？鹽可以賣，但必須是我們官府獨家專賣，將價錢提高，鹽雖然用量不大，卻是一日不可或缺，草原上人口眾多，這其中利潤極大啊！」

「但我們從哪裡弄來這麼多鹽呢？」路一鳴雙手一攤：「我們定州不產鹽，只能向復州購買，一旦量太大，恐怕復州向大帥會有所警覺！」

李清與尚海波兩人相視而笑。

「老路，不瞞你說，我們正在復州做一件事，如果成功，鹽便不成問題，而且很快便會有結果了。」尚海波神秘地說道。

路一鳴也是個極其聰明的人，一聽尚海波的語氣，再結合這些天看到的一些內部情報，立即便明白發生了什麼事。

「老路，放心吧，困難是暫時的，很快財政狀況就會好起來，定州吸納流民的措施極其成功，起先的投入費用可能是大了些，但回報也是很大的，你不要把目光老盯在農民的那一點賦稅上，在別的地方多動動腦子嘛，有很多辦法的，農民手裡有錢了，還不是用在我們定州！錢只有流通起來，就會越來越多，而且你可以訂出一些政策刺激定州人的消費，不要擔心他們會將錢藏在家裡不用。」

李清本想給二人解說一些市場經濟知識，但一看兩人的神色，聽到「消費」二字便都是一臉茫然，便作罷了。

李清點撥了一番路一鳴，看路一鳴雖然臉色好看了些，但仍是一副沉重的狀態，不由笑道：「好了好了，實話告訴你吧，我已準備讓匠作營也做一點生意，為定州賺點外快。咱們匠作營上萬匠師研製出了很多的好東西，但他們每天的耗費也不小，不賺錢也不行啊！應當讓他們自己養活自己，不但養活自己，而且還能為我們帶來最大的收益。」

李清的這句話石破天驚，尚海波從未聽李清露過口風，馬上提出異議道：「萬萬不可，大帥，匠作營裡固然有些東西可以賺錢，但最值錢的卻是他們研發的武器，這些東西一旦賣出去，我們定州在武器裝備上就不再佔便宜了，雖然可以弄來一些錢，解我們的近渴，但無異於自掘墳墓，讓我們將來搬起石頭砸了自己的腳啊！」

李清很有把握地說：「不怕，我們要賣最好，最貴，最賺錢的東西！比方那個連弩櫃！相信中原那些世家們看到這樣的好東西，就算我們喊出天價，他們也會搶著來買的。」

這下連路一鳴也不幹了，雖然窮得快發瘋，但這種殺雞取卵之事是絕對不能做的，「大帥，我另外再想法子籌錢，這些東西萬萬賣不得。」

李清揚起頭，得意地道：「這你們就不懂了，聽我慢慢地為你們解說吧！」

「為什麼我們要賣最好的呢？」李清笑著問二人。兩人都搖頭表示不解，同時神色間仍是倔強地表示反對。

「像任如雲他們剛剛搞出來的那個可以連發百箭的變態連弩，你們認為中原世家現在能仿製出來麼？」李清反問。

尚海波想了想道：「連弩的構造極其複雜，但各大世家都有很高明的技師，只要給他們足夠的時間，應當能弄清它的原理其及構造，但想要仿製則很難，因為他們沒有製造強力彈簧的精鐵，哦，就是您說的那種鋼材。」

李清一拍巴掌，「對啊！而且造連弩的精鐵還不是一般的普通貨，許小刀將他弄出來的鋼材分了等級，普通一點的被用來打製刀槍等武器，再好一點的用來製造破甲箭、破甲弩，只有最好的，強度韌性都達到極高的鋼材才被用來製造這種強力壓簧，既然別人沒有這種材料，那即便弄清了連弩的構造又如何？他們能造麼？不能造。但他們一旦用了這種東西後，會更依賴這些東西，怎麼辦？買！向誰買，向我們買。咱們這是**獨家壟斷經營**，關係不好咱還不賣給他呢！」

李清得意地道：「所以，我們要保密的不是連弩，而是這種強力鋼材，只要中原世家們研究不出來強力鋼材，便只能依靠我們。價錢當然要訂得高高的，不能讓他們大規模裝備啊！買不起太多，而這種連弩又是有使用壽命的，那怎麼辦？不要緊，我們可以提供維修服務嘛，當然這也是要收費的，賣貨給他們賺一次，每年還可以收維修費，這是一本萬利的生意啊！」

「一品弓賣不賣？當然賣！」李清一攤雙手，繼續說道：「他們能拉得出鋼絲弦嗎？拉不出，一樣只能向我們買！鋼絲弦不用給他們太好的，用上個一年半載的就讓它壞了，即便這樣，也要比皮弦經用得多，至少不用害怕陰雨潮濕。此外，一品弓的滑輪雖然不頂錢，壞得也很快啊！這東西他們可能會仿造，但我們可以事先說明，我們的滑輪與鋼絲弦是配套使用的，如果你不用我們特製的滑輪，會加快鋼絲弦的損壞程度，我相信有的是宣傳手法。」

李清一臉的奸商表情，尚海波與路一鳴兩人聽得冷汗涔涔而下，沒想到他們害怕外洩的高度機密，到了大帥這兒，竟成了又能賺大錢又能坑死人的東西。

李清揮舞著手臂，興奮地說：「這就是為什麼我讓許小刀將製作流程分成若干個部分，只教會核心學徒，又規定這些學徒必須是定州人，並且每個學徒只會其中一部分，就是為了防止機密外洩。」

「大帥高明！」兩人心悅誠服，向李清深深地鞠上一躬，表示由衷地佩服。

李清說到興頭上，口若懸河地道：

「掙錢的路子很多啊！就像這種壓簧，還可以用來製作減震器，哦，減震器不懂啊，這麼說吧，你們坐過馬車吧？有的路面上可顛簸得很啊，上次清風跟我回京城就吃了大虧，如果在馬車上裝上這東西，可以讓馬車不再如此顛簸，坐著才舒服！這種馬車要製作的越華麗越好，讓坐著的人覺得這是一種身分的象徵，而且不能造多，限量發售！你們想想，中原多少富貴人家、豪門世族啊，這還不讓他們搶瘋！咱們還可以訂一個底價，比方說一千兩銀子，然後由大家競價，誰出的價高就賣給誰！」

路一鳴與尚海波聽得瞠目結舌，現在的馬車再好的，也不過要價幾十兩銀子，就算裝上這所謂的減震器，賣個一百兩就算是訛人了，可大帥居然開口就是一千兩，而且還覺得低。

「到了天啟十三年，咱們再弄個天啟十三年珍藏版，哈哈哈，去年沒搶到的，一定不甘心要再試試手氣，而去年搶到的，則還會想要，你們想啊，能花得起千兩銀子買一輛限量版馬車的人，會心疼再花幾千兩買一輛珍藏版的麼？那就再競價啊！反正**咱們只賣貴的，要讓這些買了咱們東西的人覺得很值得，讓他們**

去炫耀，替我們打不要錢的廣告。

「對了，你們不明白什麼叫廣告，廣告就是宣傳，讓更多的人知道這東西。對了，咱們還可以搞一種最特殊的，不到一定等級的人，就是有錢也買不到，就定侯爺以上吧，大楚的侯爺們多啊！」

聽李清滔滔不絕地講著，尚路二人兩眼發直，這要真是搞成了，那錢還不跟流水一樣嘩嘩地向定州流啊。

「大帥，您要不是大帥，而是去經商的話，您一定會富可敵國！」路一鳴由衷地讚道。

他們雖然讀的書不少，但這些知識是萬萬從書本上學不到的。真不知道大帥是怎麼想出這些點子來的。

「那是當然！」李清大言不慚地道：「我就算不當這個大帥，無論是去幹什麼，都註定是要名震天下的。總之，賺錢的路子太多了，就看你有沒有這個眼光和魄力去做而已。老路，你就按著這個思路想法子弄錢。」

「大帥放心，今日與大帥一席談話，當真是勝讀十年書，讓我茅塞頓開，真想現在就著手去做這些事，令我定州賺來大把大把的銀子。」路一鳴一掃先前的頹唐，變成了神彩飛揚，似乎有滿天的銀子正向他飛來。

李清呵呵一笑，「我們與蠻族的這一仗，不僅打的是武器裝備，是兵員素質，更是經濟實力，我們要用銀子砸垮他們！」

尚海波心想：如果定州軍能輕易地擊敗蠻子，那中原軍隊又算得了什麼！大事可期啊！一念至此，對於賺錢的想法立馬比李清更加強烈起來，道：「老路，你放手去做，有什麼要我幫忙的說一聲，大事若成，你當為首功！」

路一鳴笑道：「大事若成，我哪敢居首功，這可是大帥的主意！」

李清交代路一鳴道：「老路，限量版的馬車弄出來後，我準備送清風一輛，她弱不禁風，有一輛這樣的馬車就輕鬆多了，不用那麼辛苦。」

路一鳴點頭，「放心吧，大帥，馬車造出來後，我一定將第一輛送給您。這些馬車我都編上號，從一號到一千號，號碼越前面越貴。」

尚海波卻皺起了眉頭，以後傾城公主過了門，要是也想要怎麼辦？這可不是一個小問題，看來得悄悄叮囑老路，送給清風的就別編號了，然後將一號二號車給大帥和傾城公主預留著。

尚海波的小心思，李清當然不知，而被他惦記著的清風，此刻已神不知鬼不覺地潛入到復州海陵，隨行的只有貼身侍衛鍾靜與幾個心腹侍衛。

復州水師統領鄧鵬就住在海陵水師營地，一個不大的四合小院，三間青磚瓦房，與平常稍微殷實一點的平常人家沒有什麼兩樣。

唯一有些不同的便是小院內本應種些花花草草或是蔬菜瓜果的空地，被挖成了一個不大的池塘，池塘裡浮著大大小小不一的水師艦船，在家的大半時間，鄧鵬都駐足在這個小池塘前，用手裡的木棍撥弄著一條條的艦隻，思忖著水師在各種情況下的作戰方略。

「老爺，吃飯啦！」一個相貌清秀的婦人站在門口，腰裡還繫著圍裙，手扶著門框，呼喚著鄧鵬。

「來啦！」鄧鵬隨口答應了一聲，眼睛卻沒有離開那些船隻。

「老爺，超兒都餓了！」婦人嗔怪地又喊了一聲，幽怨地看了一眼那佈滿水面的船隻，鄧鵬恍然大悟地抬起頭，看看天光，「呀，天居然快黑了，好好，吃飯，吃飯！」扔下手中的木棍，大步走進正房。

一個十餘歲的男孩雙手扶膝，規矩地坐在小方桌前，兩隻眼睛巴巴地看著桌上的飯菜，吞嚥著口水，顯然是餓壞了。

鄧鵬坐到上首，伸手摸了摸兒子的頭，道：「超兒，吃吧！」

婦人為鄧鵬倒了一杯酒放在他面前，又給兒子盛上滿滿一碗米飯，鄧超立刻大口大口地扒了起來。

「你這孩子，慢點吃，像餓鬼投胎似的，啥時候餓著你啦？」鄧鵬笑罵道，伸手端起酒杯，呡了一口，咦道：「夫人，這酒好像是一品樓的一品香啊，咱家啥時買得起這酒了？」

婦人笑道：「老爺，你上次去淮安喝過這一品香，回來後讚不絕口，這次您不是拿了百多兩銀子回來麼，我就去給老爺您買了幾罈。」又挾了一大塊水晶肘子放在兒子的碗裡。

鄧鵬嘆了口氣，看著桌上的菜色，一碟青菜，一碟豆腐，一條煎魚，一碗水晶肘子，看兒子那個饞樣，便知道平日裡的確是虧待了這娃娃，哪有像自己這樣，身位一州副將，日子卻過得如此拮据的？如果不是這次出了趟海，得了一點銀子，家裡真是窮得可以。

「多虧了你們娘兒倆，我真是慚愧啊，向大帥要為難我，水師如今成了這副模樣，手下的弟兄們日子過得比我還緊，我身為水師統領，只能盡力去貼補他們一下，只是這樣一來，卻讓你們娘兒倆受苦了。」

婦人體貼地道：「老爺多心了，賤妾沒什麼不滿的，比起現在滿街的那些流民，我們算是好的了。超兒，你慢點吃，別噎著了，水晶肘子好吃，明天娘再做給你吃。」

復州局勢驟然之間崩壞如斯，灣口鹽場暴動，數萬鹽工不但殺了鹽場總管，連前去鎮壓的海陵駐軍袁承營也被打得幾乎全軍覆滅。

亂軍逼近海陵，海陵大亂，鄧鵬也著實吃了一驚，將家眷都接到了船上，如果事有不諧，立時揚帆而去。

但亂軍很是奇怪地作出攻打海陵的模樣之後，忽地調頭而去，將海陵的兩個鄰縣一一打下，現在暴亂愈演愈烈，大帥震怒，復州軍精銳齊出，現在駐防海陵的是大帥的心腹大將向輝，正在籌謀著進攻亂軍的老巢灣口。

「這些鹽工從哪裡來這麼多的戰馬？」

這是鄧鵬一直百思不得其解的問題，袁承的軍隊雖然不強，但好歹也是正規軍，據他所知，袁承的親軍戰力是極強的，可袁承仍然身死當場，這個帶頭作亂的半天雲究竟是什麼人呢？

據傳言此人是個土匪，但自己從來沒有聽說過這個人，要知道，在復州如果有一支上千人的騎兵土匪，那是何等大事，自己焉能不知。

鄧鵬搖搖頭，向輝此來是勝是敗，當真是很難預料啊。悶悶地喝了幾口酒，一品香此時也品不出味兒來了。

「嫂子，鄧將軍在家麼？」外面傳來呼喊聲。

鄧鵬怪道：「是尹華，他怎麼來我這兒了？」

尹華是他水師營中的一名參將，平日和他交情很鐵，是他的心腹部下。

「嫂子好，將軍，您在吃飯啊！」尹華笑著跨進大門。

「叔叔好！」鄧超乖巧地向尹華打著招呼。

「尹兄弟，這兩位是？」鄧鵬看著尹華身後還跟著兩個女子，其中一個頗為眼熟，不禁問道。

「鄧將軍，前不久我們還見過，您可真是貴人多忘事啊！」尹華身後其中的一名女子跨步走到尹華的前頭。

鄧鵬臉色微變，突地想起來，當時定州大帥李清來水師時，身邊不就跟著這個女子麼？這個女人長得十分漂亮，自己因此多看了兩眼。

「你不是定州李大帥的家眷麼？怎麼來海陵了？」鄧鵬心中隱隱泛起一種不妙的感覺。

「清風見過鄧將軍！」女子微笑著行了個禮。

「統計調查司！」鄧鵬大吃一驚，脫口而出。

早就知道定州的統計調查司的頭頭是個女人，名字叫做清風，但萬萬想不到就是眼前這個！她為什麼出現在自己家？他不由疑惑地看向尹華。

尹華卻別過頭去，不理鄧鵬問詢的目光。

清風微笑著走到飯桌前，掃了一眼桌上的飯菜，嘆道：「想不到堂堂的定州副將，家裡居然沒有一個僕人丫環，飯菜也是如此簡陋，鄧將軍如此勤儉，當為我輩典範！」

鄧鵬黑臉微微一紅，「清風司長大駕光臨，想必是有重要的事，我們到書房談吧！」鄧鵬不想在這些事上糾葛，直截了當地道。

「如此甚好！」清風示意身後的鍾靜將手裡提著的幾個禮盒放在飯桌上，道：「一點小心意，不成敬意，鄧將軍勿怪！」

鄧鵬拱拱手，「多謝了！清風司長，請吧！」

眾人分賓主坐下，鄧鵬看著這個傳說中定州最大的情報頭子，心裡思忖著她找自己會有什麼事情，自己只不過秉承大帥的意思，給他們送過一趟人，與他們並沒有什麼交集啊。

「無事不登三寶殿！」清風也不客氣，直接道：「是李大帥要我前來與將軍相見有事相商。」

尹華此時充當僕人的角色，忙著為鄧鵬與清風二人泡上茶。

「李大帥是鄧鵬極為佩服之人，只是我是復州副將，李大帥找我有什麼事呢？不會又是要送什麼人吧？」鄧鵬詫異地道。

清風微微一笑，「李大帥極為欣賞鄧將軍，想要招攬鄧將軍為定州效力，不知鄧將軍意下如何？」清風已看出鄧鵬是那種脾氣極為直接的人，便也不遮掩，何況她已經布好了後手，也不怕鄧鵬不答應。

「什麼？」鄧鵬以為自己聽錯了，「清風司長，你說什麼？」

「李帥想讓鄧將軍為定州效力！」清風一字一頓地道：「鄧將軍，你如此大才卻被埋沒，身為水師統領卻只能指揮得動區區一營水師，李帥深為你感到不平，想要招攬將軍到自己麾下。」

「清風司長，您這是說什麼呢？鄧某是水師將領，定州並不靠海，連像樣一點的大江大河都沒有，鄧某去定州能做什麼？當一個陸上將軍麼？那只怕會連戰連敗的。」

清風笑道：「當然不是，鄧將軍是水上猛將，離了水便像魚兒上了岸，這種大煞風景的事，李帥怎麼會做！鄧將軍仍會在復州，會在海陵。」

鄧鵬深深地看著清風，這一刻，他已明白了清風的意思，李清想要復州，不然如何招攬自己卻又要自己安居海陵。

鄧鵬的眼光轉向尹華，臉色急劇變幻，顯然尹華是知情者，「尹華，你既然帶清風司長過來，肯定是答應歸附定州李帥了，是嗎？」

尹華噗通一聲跪倒在地，「將軍，您誤會我了，我唯將軍馬首是瞻，只不過清風司長先找到我，我覺得清風司長說得很有道理，這才帶著司長來找將軍。」

「將軍，我跟著您這麼多年了，眼看著你一點一滴地將復州水師作大，先前復州水師何等強大，水師旗幟飄揚範圍之內，海賊望風而走，可現在呢？現在我們還有幾條船，多少兵？整個水師已被向大帥完全敗壞了，用不了多久，將軍，您便會被向大帥踢走，他會把整個水師變成他走私的工具，**這支威名赫赫的水師將徹底淪落，將軍，您甘心嗎？**」

鄧鵬呼吸逐漸急促起來。臉色青紅不定。

清風注視著鄧鵬臉上神色的變化，揣摸著鄧鵬的心思，**她知道已到了關鍵時刻，自己需要添上一把火。**她喝了口茶，潤潤喉嚨道：「鄧將軍，你知道大海有多大嗎？」

鄧鵬莫名地看了一眼清風，悶悶地道：「清風司長，我是水師統領，對於大海的認識，一定比你強，你這麼問我是什麼意思？」

清風一笑，「好吧，將軍，那我問你，與陸地比起來，大海有多大？」

「當然大得多！」鄧鵬不耐煩地道。

「著啊！」清風拍拍巴掌，「大海的盡頭是什麼，將軍又知道嗎？」

「大海何有盡頭？我統領水師多年，從來就沒有看到過大海的盡頭。」

「是啊，大海沒有邊際，但大海的另一邊，卻還有廣懋的地方。」清風笑道：「李帥曾講，我們**大楚的未來，不是在陸地，而是在大海；在未來，誰掌控了海洋，誰就掌握天下**。陸地有涯，海無盡頭。」

鄧鵬感覺渾身燥熱，悸動地道：「李大帥真這麼說？」

「當然，李大帥看到像鄧將軍這樣的明珠被埋沒，深感痛心，曾對我說：如果我有鄧將軍這樣的水師大將，何愁不能揚威海上，使我大楚天威淩駕四方。」

「鄧將軍，您若歸附定州，大帥向你保證，三年之內，你將擁有一支全新的艦隊，規模與現在將不可同日而語。將軍，你能想像，若干年後，你麾下成千上萬的艦隻揚帆出海的盛況嗎？」

「成千上萬的船隻？」鄧鵬不可置信地說：「這怎麼可能？」

「為什麼不可能？」清風道：「李帥曾說過，大楚的未來在海上，對於水師，大帥十分重視，可以說，大帥對未來的規劃中，水師的分量遠遠高於陸師，鄧將軍，您願意聽聽大帥對水師未來的規劃嗎？」

「願聞其詳！」

鄧鵬作為一名資深的水師將領，對征服大海的渴望是長年生活在陸地上的人所不能瞭解的，此時，他再也抵制不住這種誘惑，臉上隱隱透出興奮的神色。

「水師的未來將被稱為海軍，將成為一個獨立軍種，不再依附於陸軍，而您，將是這個軍種的首任最高官員，大帥稱其為海軍司令，您將擁有強大的艦隊，還會擁有精良的海軍陸戰隊，哦，這個名詞是大帥發明的，就是說您的海軍除了在海上作戰外，還將承擔陸地作戰任務，將會遠渡到大海的另一頭去開疆拓土，揚我國威！」

「鄧將軍，你知道你即將統率的海軍將來有多大的規模嗎？」清風悄無聲息地將鄧鵬引誘到圈套之中。

鄧鵬搖頭。

「將軍，艦隻就不說了，到時您能擁有的水師加上陸戰隊，不會低於十萬人的規模。」清風加強語氣道。

「這怎麼可能？」鄧鵬與尹華同時驚叫起來。

「當然，這是長遠的規劃！」清風道：「三年之內，你會看到一支全新的水師，十年之內，大帥的規劃便將實現。」

「大帥可知水師一旦出海，每日的耗費嗎，這可不是陸軍所能比擬的。」鄧鵬問道。

「所以說，大帥要在十年後方能實現他建立海軍的夢想，而現在，大帥只能承諾您將擁有一支全新的水師，您將獨立指揮它，不會有任何人對您形成掣肘，你可以按照你的想法來打造。」

鄧鵬閉上了眼睛，李清描繪的遠景在他眼中一一閃現，他長長地吸了口氣，下定決心道：「那麼我想問，現在復州仍是向大帥作主，海陵作為水師的駐紮港口，也在復州轄區內，即便我答應歸附定州，李大帥又怎麼保證他的諾言得以實現？」

清風聞言大喜，最難過的一關已順利度過，臉上閃過笑容，「將軍，復州現在大亂，您認為向大帥還能擁有復州幾天呢？」

鄧鵬疑惑地道：「復州固然大亂，但只是一些鹽工暴動，等這股勢頭一過，即便苟延殘喘，也不會影響大局，司長何以判斷向大帥將失去復州呢？」

清風站起來，在屋中踱了幾步，沉吟片刻，道：「好吧，鄧將軍，既然現在我們已是一家人了，有些事情您也必須知道，更何況，以後還要您加以配合呢！」

「復州鹽工暴亂不會被剿滅，相反，會越來越強大，他們將在整個復州內掀起洶湧的浪潮，這些浪潮將直接掩滅向大帥。鄧將軍，說到這裡，我便明言了，復州鹽工暴亂是我們大力促成的，指揮這支暴亂軍隊的，便是我們定州大將過山風。」

鄧鵬和尹華同時倒吸一口冷氣，李清謀奪復州早就開始進行了，而復州這邊還一直蒙在鼓裡。

「為什麼鹽工暴亂，亂軍攻到了海陵城外卻退走，就是因為這裡有你，鄧將軍，有我們李大帥看重的水師和碼頭，李將軍不想這裡被破壞。」

難怪亂軍的組織極有效率，根本不像是一群毫無組織的暴動，原來一切都有定州在後面支援。現在一切都有了答案。

「暴動的鹽工將會源源不斷地得到武器、糧草的支援，甚至，我們定州開始派出一批批訓練有素的軍官，復州的鹽工將會越來越強，很快，你就會看到他們變成一支強軍，我們定州李帥練兵之能，天下無人能出其右，三月便能成一支強軍，再打上幾仗，就能成為一支鐵軍，向帥麾下焉是我定州強軍對手！」

鄧鵬問，「既然李帥不願意鹽工毀掉海陵，那又如何讓海陵短期內落在定州手裡？」

清風哈哈一笑：「鄧將軍，復州大亂，向帥的軍隊被一支支打掉，這時候他會怎麼辦？他會向外求援。我們大帥是當朝駙馬，與向帥論起來，可都是皇室至親，而復州與定州相鄰，定州強軍天下聞名，您說向帥會不會向我們李帥求援呢？」

「我們已經集結了一支部隊，正等著向帥的召喚呢！」清風諷刺道：「定州軍很快便會進駐海陵，這支部隊進來後，首要任務便是駐守海陵，確保水師重建，與此同時，過山風將統率大部向復州其他地方挺進；向帥會不停地向我定州求援，而定州也會不停地向復州派出軍隊，直到我們完全掌控復州，鄧將軍，到那個時候，您認為向帥還可能待在復州嗎？」

鄧鵬總算明白了定州的全部打算，不禁在心底哂笑，所謂引狼入室，向大帥這一次可算是做得很徹底了。

清風所說的，鄧鵬完全相信，復州落入李清手中，幾無疑慮。

鄧鵬站了起來，道：「好，既然如此，我便投到李帥麾下，但願李帥在取得復州後，不要忘了今日的承諾。」

清風正色道：「我家大帥一言九鼎，豈是背信忘諾之人，將軍但請放心。我定州軍進駐海陵縣之日，對水師的重建就將正式開始，鄧將軍，您很快就能重新揚威海上，而且，您的水師還將參與平定蠻族的戰爭。」

「平定蠻族？」鄧鵬又一次大出意外，「蠻族又無水師，我怎麼可能參與？」

清風神秘地一笑，「鄧將軍請拭目以待。」她伸出纖纖玉手，「鄧將軍，歡迎加入定州。」

鄧鵬遲疑了一下，終於伸出自己粗糙的大手，與清風的盈盈小手一握，「願隨李帥重塑水師雄偉，揚威海上。」

兩人對視一笑。

「大事既定，清風便告辭了。」清風微微欠身，便向外走去。

「清風司長，如果鄧某今天不答應你，你會怎麼辦？」鄧鵬忽然問道。

清風回眸一笑，以目示意鍾靜。鍾靜嘴裡發出一聲奇怪的嘯音，四周立即傳來一陣陣相同的回聲，連屋頂上居然也有。

鄧鵬悚然而驚，此時清風已到了正屋。

「是超兒吧，長得真漂亮啊，來，姑姑這裡有一把短刀送給你，將門虎子，將來和你爹爹一樣，成為一名將軍，好嗎？」

「呀，好漂亮的小刀，謝謝姑姑！」鄧超歡喜地道。

聽到外面清風與兒子的對話，鄧鵬的後背冒起層層冷汗，今天著實在鬼門關裡走了一遭，如果自己拒絕，那麼剛剛埋伏在這裡的那些人就會變成奪命殺手了。傳聞統計調查司清風心狠手辣，果然不假，剛剛自己居然被她漂亮的外表，迷人的談吐給吸引，渾然忘了這回事，扶著門框，看到兒子正在把玩著一柄鑲金嵌玉的名貴短刀，只覺得渾身發軟。

一念之差，便是天堂與地獄之間的差別啊！

他突然很想與老婆兒子在一起多聚聚，便是說說話也好。

「老爺，您怎麼啦？」婦人奇怪地看著眼中蓄滿淚水的丈夫。「出什麼事了？」

「沒事，來，夫人，你把菜熱一熱，我們兩人好好地喝幾杯！」鄧鵬走了過去，破天荒地一把將兒子摟在懷裡。

慶城。

脆弱的守軍便像是一道薄薄的窗戶紙，被過山風的軍隊輕輕一捅，便破了一個大洞，恥高氣揚出城剿匪的慶城守軍兔奔鼠竄，狼狽而回。

過山風也不急於剿殺，只是像趕羊一般地將潰散的復州軍驅向慶城，慶城的縣令稍一猶豫，過山風的騎兵便如一陣風般地刮了過來，奪取城門，慶城被破。

這是一個月以來，過山風擊破的第三座城池，整個復州都被這股實力強勁的鹽工暴軍驚呆了。原本不以為意的向顯鶴終於意識到問題的嚴重性，如果任由這股亂軍在復州境內流竄的話，那復州將陷入萬劫不復之地，他不得不派出他的精銳部隊出馬決戰。

向輝率領三千人進駐海陵，伺機進攻亂軍老巢灣口鹽場，那裡是絕大部分的亂軍的老窩，他們的家眷都在那裡，如果能打下灣口，則對方軍心必然大亂；向輝則率領著復州軍僅有的一個騎兵營，緊追著亂軍的步伐，試圖與其決戰。

「大當家的！」魏德武急匆匆地跑進慶城縣衙，過山風正待在那裡。

下屬們已經將慶城縣官庫裡的銀子全搬了出來，一箱箱的堆在縣衙大堂。魏德武作戰勇猛，而且人也聰明，對李清創立的練兵法適應極快，很快便從眾多鹽工中脫穎而出，現在已經是過山風手下一員大將了，手裡統令著上千步卒。

「什麼事？」過山風正虐著那個胖胖的縣令。

「探子來報，復州向鋒的騎兵離我們不到兩百里，只有一天的路程了，我們是和他幹一票，還是再跑啊？」魏德武問。

過山風呵呵一笑，魏德武是初生之犢不怕虎，不知道步卒要與騎兵對抗，一是要甲具精良，二是要紀律嚴明，三要遠程打擊得力，那真是要有不怕死和敢去死的覺悟才行。過山風並不覺得這群剛剛組織起來的兵在騎兵的強力衝擊下，能保持頑強的意志力和作戰的能力。現在只不過是擾亂復州的初期，他還不想有太多的傷亡。

「撤，我們返回灣口，我剛剛接到情報，復州向輝部一個營的兵力正圖謀進攻灣口，我們趕回去，打他們的步兵。」過山風道。

「是，大當家的！」魏德武大聲應道。

「慶城裡那些鹽梟、富豪們的家都抄完了麼？」

魏德武臉上露出興奮的神色，「差不多了，這次咱們又撈了一大筆啊！」

過山風笑道：「這些王八蛋當然有錢，不過，收斂了一輩子的錢，最後還不是便宜了我們？對了，我們的士兵有沒有騷擾他們的女眷？還有，有沒有驚擾普通百姓？」

魏德武趕緊道：「沒有，大當家的，這怎麼會呢，上次您在防城斬了好幾名犯禁的士兵，現在士兵們都守紀律得很，沒有一個人敢亂來。」

過山風臉上露出笑容，「這便好，軍紀一定要注意，咱們雖然被稱做土匪，但我們自己要把自己當成義軍，是劫富濟貧的大俠。」

過山風之所以如此注意軍紀，是因為在出發前李清對他特別叮囑，一支軍隊如果沒有嚴明的軍紀，很快便會墮落，特別是這次的行動，被蒙在鼓裡的人如果真把自己搞成了土匪，那對以後回到定州後是極為不利的。

過山風的軍隊如風一般而來，大肆劫掠之後，又一陣風般地離開了應城，只留下一批頃刻間變為赤貧，欲哭無淚的慶城豪紳們。

灣口，留守的士兵們開始了作戰前的準備，過山風出擊的時候，在這裡留下了千餘名精壯，交給了由定州趕來的一批低級軍官，由他們來訓練，帶領這批菜鳥。

數月過去，這千餘名士兵在接受了定州正規的軍事訓練之後，已完全脫胎換骨，開始有軍人的氣象，而由定州秘密運來的甲冑、兵器也已裝配完畢，雖然甲冑都是些老舊貨色，但對於這些先前的鹽工們來說，仍是不可或缺的東西。

而且能弄到這麼好的東西，使他們對大當家半天雲更加敬畏，這時節，這些東西可都是稀缺物資，要海量的銀子才能為士兵裝備的，沒有看到上一次來進攻灣口的袁承營，不就還有一部分士兵們都沒有甲冑麼！

現在的灣口模樣大變，雖然築不起稜堡等堡寨，但定州軍官們還是將灣口城牆作了加強，將兩排木柵欄中間相隔數米，深深地打入地下，再填上土石，抹上泥漿，一段段的城牆便這樣立了起來，雖然只有不到三米高，但已是讓城牆後的鹽工家屬們安心不少。

這樣的城牆對付草原蠻子遠遠不夠，但對付復州軍這樣長期沒有經歷過戰火考驗的軍隊則完全夠分量了。

一支軍隊，看他的戰力強不強，便是看他在經歷重大損失後還能不能保持高昂的鬥志和不屈的心，定州軍之所以強，就是因為他們在與蠻子的鬥爭中慢慢培養起來的「便是戰鬥到最後一人也不放棄抵抗」的意志。

當過山風返回灣口時，這裡的戰前準備都已佈置到位，看到牆上安裝好的強弩，過山風滿意地點點頭。

「黃義明，你來指揮守城作戰，我帶兩千人出城，去兜向輝的屁股，從後面一刀插死他！」

過山風作了個手勢，眾人都大笑起來。

這些定州軍官的輕鬆氣氛，讓魏德武等一干由原來的鹽工成長起來的將領也不由自主地放鬆起來，也是，在過山風的帶領下，他們在復州每戰必勝，已讓他們有了一股極強的自信，相信自己可以戰勝原來看起來很厲害的復州軍。

「將軍……」黃義明脫口而出，馬上發現了自己的失誤，面不改色地接著道：「您將所有的騎兵都帶出城去吧！這樣行動起來更迅速，我們要在復州向鋒趕到之前結束對向輝的戰役，就怕向輝見機不好開溜，要是讓他與向鋒合流，那接下來的仗就難打了。」

「**分而擊之，各個擊破，在運動中消滅敵人！**」過山風大臂一揮，「不要忘了這句話，灣口現在便是一個誘餌，將復州軍一個接一個地誘來滅掉，等向顯鶴發現不對，集結所有部隊的時候，他將發現自己的復州軍已沒有足夠的軍隊了，哈哈哈，到那時，復州就是我們的了！」

向輝信心十足地向灣口挺進，對於袁承營的覆滅，雖然讓他對這群暴動的鹽工有了一定的警覺，但他還是認為以自己統率的精銳，將其剿滅應當是輕而易舉的事，更何況現在那個叫半天雲的，正收著大部隊四處流竄，向鋒的精銳騎兵一直綴著他們，**走了大半主力的亂軍如何是自己的對手！**自己可不是袁承，自己的手下也不是袁承手下那幫窩囊廢，這三千人可是大帥花大錢養起來的絕對主力。

「向將軍，左右兩翼均發現有亂軍游騎哨兵活動，請示是否驅逐？」先鋒哨探奔來報告。

向輝想了想，搖頭道：「不必了，對方想擾我軍心，亂軍一共才多少人，他們能派出大股部隊出城麼？故作疑兵罷了，直接向灣口挺進，我們直搗他的老巢，不必擔心，便是那半天雲主力在此，我們三千虎賁兒郎又有何懼，前進！」

在另一個方向，過山風聽到偵騎的彙報後，笑著對身邊的將領道：

「**兵者，詭道也，虛者實之，實者虛之，虛實相間，其用之妙，存乎一心，**你們要記著，越是大占上風的時候，越是要謹慎小心，因為用奇用險，只會是弱者或是即將失敗者才會用，希冀能力挽狂瀾於不倒，這種計策，成一次即可反敗為勝，但失敗的可能性更大。我希望我一輩子都不會用奇策險謀！」

馬鞭指了指向輝前進的方向，「你們瞧，向輝現在自以為大占上風，穩勝無疑，在很多人看來也是如此，但他卻沒有小心謹慎，而是狂妄自大，這就為他的失敗埋下伏筆。如果是我指揮復州軍，一旦發現敵人的偵騎，我一定會派出人驅逐掃蕩，搞清楚狀況再說。這樣，即便會推遲進攻的節奏，卻也將自己可能存在的危險降到最低。」

「多謝大當家的教誨！」身邊的將領都聽得津津有味。能得到過山風在戰場上的現場指點，是很難得的，而魏德武等人根本沒有接觸過高等級的軍法，更是聽得入迷，並牢牢地記在心裡。

「走吧，準備去戳向輝的屁股，偵騎一定要注意向鋒騎兵的動向，並隨時向我報告對方的位置，我們要在向鋒到達之前幹掉向輝，截掉向顯鶴一條臂膀！」

「遵命！」眾將轟然應諾，走向自己的部隊。

第六章 鬼門關

這是既要錢又要地，恐怕以後還要命了！紀思塵慶幸自己搭上了這最後一班車，心裡不由有些憐憫起正奔赴定州的向大帥來了，要是他知道自己每向定州多走一步，便是向鬼門關走近了一步，不知他會作何想法？

復州軍再攻灣口，又一次遭到慘重失敗，向輝所率三千精銳久攻灣口不下，人困馬乏之際被匪首半天雲率精銳突擊，三千士卒死傷泰半，狼狽逃離灣口。

在逃返海陵的途中遇向鋒所率騎兵營，兩人合併一處，返身再次攻擊，豈料半天雲對此早有預料，事先埋下伏兵，布下圈套，正是秋乾物燥之時，一把火將兩人燒得焦頭亂額，好不容易突出火海，又遇到半天雲好整以暇的攻擊。

待兩人逃到海陵時，出發時的六千虎賁兒郎已只剩下不到兩千，向輝的步卒幾乎傷亡殆盡，能逃出來的都是他身邊的親衛，這些人甲厚馬好，還能跟著向輝奔逃，其餘的不是被俘便是被殺。

向鋒這叫一個憋屈啊，自從淮安領兵出擊，幾個月下來，沒正經地打過一場仗，淨跟著半天雲四處跑，幾乎跑遍了半個淮安，半天雲比狐狸還狡滑，總是能事先便能聞到味兒，不論自己如何精心策劃，巧妙佈置，這傢伙總是能準確地找到自己的正確位置，然後給你來一個南轅北轍，讓自己始終跟在他屁股後面，好不容易以為堵上他了，還是沒正面對壘。

看著個個跟灶神爺似的部下，再瞧瞧原本毛髮油亮，如今身上黑一塊白一塊的戰馬，他都有痛哭一場的心思了。

復州軍至此已是精銳盡去，復州本就不以軍力彰顯，而向顯鶴任統帥後，更是一門心思地鑽進了錢眼裡，只維持了不到兩萬人的正規軍，其中的精銳更少，向鋒向輝雙雙鎩羽而歸，精銳盡失，復州再無可戰之兵。

看到跪倒在自己面前的兩個渾身傷痕，面目焦黑的愛將，向顯鶴不由癱倒在椅子上，臉上肌肉抽搐，呼吸急促，很讓人擔心他一口氣提不上來，就此便過去了。

「怎麼辦？怎麼辦？」半天雲兵鋒已直指復州首府淮安，聽探子回報，只怕有數萬之眾，淮安拿什麼來守？

向顯鶴第一次後悔沒有認真地建立一支強大的軍隊，這個時候，什麼財富美女，金銀珠寶都是浮雲，難道捲了這些東西跑路嗎？只怕家族、皇上那裡都不會放過自己，還是一個死字。

碩大的肉球在廳內走來走去，臉上汗珠滾滾，廳內眾人都是屏住呼吸，誰也不敢在這個時候觸怒大帥。

轉了幾個圈子，向顯鶴終於想起廳內還有大將、謀士，這些人吃他的，喝他的，關鍵時刻怎就都不頂用了呢？

「你們都啞巴了嗎？現在怎麼辦？快想辦法！想不出辦法，在半天雲砍下我的腦袋前，我先砍了你們的腦袋！」向顯鶴怒吼。

眾人頓時打了個哆嗦，這位大帥除了撈錢的本事天下無雙，砍人腦袋的事也是說到做到的，當下便七嘴八舌出起了主意。

招兵買馬！重組強軍！離間分化！招安匪首！

一時眾說紛紜，一幫謀士們甚至互相吵了起來，個個面紅耳赤，強調自己說的才是正道，但向顯鶴一聽，便知道這些主意沒一個靠譜的。

招兵買馬重組強軍？笑話！老子苦心經營的兩營強兵，泡都沒冒一個便被滅了，這急匆匆弄來的一幫軍隊打個屁！除了花冤枉錢外沒一點用處。

離間分化，招安匪道？莫說朝廷不會允許，南方三州打得這麼艱難，朝廷也沒有一個人敢說招安，老子哪敢冒這個險？再說，**那半天雲現在勝卷在握，殺了老子，什麼都有了，還會向老子投降？**

向顯鶴凶狠的眼光在廳內瞄來瞄去，終於發現一個人在低頭沉思，正是自己最看重的紀師爺紀思塵。

「紀師爺，你就沒有什麼主意嗎？」

眾人一聽大帥將目光瞄準了紀思塵，立時不約而同地看向紀思塵。

紀思塵抬起頭來，「大帥，剛剛各位講的都是遠水救不了近火，以紀某人看來，**眼下之計，只能求援了。**」

「求援？」向顯鶴道：「向誰求援，誰會來援助我們？只怕他們都等著看我的笑話呢！」

「大帥，您怎麼忘了，我們有一個鄰居可是強悍得很啊！連蠻子都在他們手裡連吃敗仗，區區鹽工暴動算什麼，只要大帥能請得他們出兵，撲滅暴亂指日可待。」紀思塵肯定地道。

「你說的是李清？」向顯鶴眼睛一亮。

「不錯，大帥，正是定州的李清，李清手中強兵悍將，都是打老了仗的角色，不像我們復州兵，雖然裝備精良，但從未上過戰場，是以一打起仗來便縛手束腳，換了定州這些沙場老將，一定會馬到功成。況且，李清是皇室駙馬，您又是皇室外戚，算起來，兩人都是皇室宗親，只要您肯開口求援，我估摸那李清看在傾城公主的面子上，也會發兵來援的。」

「可是李清的軍隊全安排在草原一線防備蠻子，哪有多餘兵力支援我們？要是抽調兵力，蠻子來攻，他可是得不償失，他未必願意！」向顯鶴躊躇道。

「大帥，空口白牙地求他出兵，他自然不願意，如果您願意付出代價，只要這個代價夠大，那李清為什麼不願意？李清維持著這麼大的一支部隊，定州又一向窮困，只要大帥肯付一筆出兵費，李清肯定會抽調一部分軍隊過來的，到那時，李清得到了錢，而我們能撲滅亂匪，保住復州，各得其所，豈不美哉？」

「那要多少銀子才能換來李清出兵啊？」

想到要花大筆的銀子，向顯鶴不由有些肉疼，但轉念一想，眼下只要保住復州，銀子有的是機會賺回來，但願李清的胃口不要太大。

「至於多少銀子才能滿足李清的胃口，思塵不敢妄言，就要看大帥和李清怎麼談了！」

向顯鶴在廳裡又轉了十幾個圈子，終是想不出別的法子，只得一咬牙，道：「好，我親自去定州與李清談，不管他多大的胃口，我都滿足他，只要他肯出兵就行。」

向顯鶴急急打點行裝，奔赴定州城，其餘的官員則忙碌起來，準備城防，一看到那又薄又矮的城牆，都將希望全寄託在大帥此行能帶回援兵來。

忙碌了一天的紀思塵回到自己的府邸，雖然累得骨架都要散了，但仍是打起精神，一個人來到自家後院，走到一間精舍前，輕輕地敲了敲門。

「進來吧！」裡面一個女音吩咐道。

紀思塵推開房門，恭敬地向裡屋的女人行了個禮，「清風司長，你吩咐的我都已經辦好了，大帥已決定向定州求援，今天已經出發了。」

清風微笑著道：「我知道了，這件事你辦得不錯，坐吧！」

「不敢！」紀思塵推辭道：「司長面前哪有我坐的位置。」

清風笑道：「紀師爺，你已加入統計調查司，成為我的下屬，便不必太拘禮。你很明智，知道復州向大帥已是大廈將傾，無力回天了，像你這樣有學問，有能力，又識時務，通大局的人當真少見，以後我要依仗的地方還多著呢！」

紀思塵不由又驚又喜，能過鹽商崔義城認識清風，成為統計調查司中的一員，聽清風的語氣，將來自己在調查司中會獲得一個很重要的位置，這不由讓他喜出望外。

「司長，屬下有一點不明！」

「請說！」清風道。

「司長既然說海陵對我們定州異常重要，為什麼不直接向大帥要海陵為代價來換取出兵呢？這樣豈不是能更快地將海陵納入麾下？」

清風道：「這樣是更快，我也相信向顯鶴在無奈的情況下會同意，但這樣對我們以後的行動就大大不利了，我們要得到的是整個復州，不是海陵一地；實際上，定州一旦出兵，**海陵已是直接在我們的控制之中，又何必多此一舉，讓向顯**

鶴提前知道我們對復州有覬覦之意呢！」

「司長高明！」紀思塵恭維道。

「你接下來的任務，就是要不斷地說服向顯鶴向我們定州求援兵，同時讓他相信我們對復州沒有任何覬覦之心，只是為了他的銀子而來；只要他拿出大筆的銀子來，我們就會為他撲滅所有的叛亂。」清風道。

這是**既要錢又要地，恐怕以後還要命了！**紀思塵慶幸自己搭上了這最後一班車，心裡不由有些憐憫起正奔赴定州的向大帥來了，要是他知道自己每向定州多走一步，便是向鬼門關走近了一步，不知他會作何想法？

紀思塵告辭而去，一直默不作聲立在一側的鍾靜終於忍不住道：

「小姐，這個紀思塵雖然有才，但卻無德，向顯鶴待他不薄，可他轉眼就把他賣得乾乾淨淨，這樣的人豈能重用？」

清風搖頭道：「鍾靜，你在江湖上待得太久，這其中的奧妙又哪裡懂得，**水至清則無魚**，**人至察則無徒**，有才有德是好，但這樣的人能有幾個？即便有，又能為我所用嗎？更多的人都是像紀思塵這樣的，只要你控制得法，我用其才便好了，不必計較太多。」

鍾靜似懂非懂地點點頭，**朝堂當真不是江湖能比**，以前自己只知道打打殺殺，自從跟了清風，才知道原來**殺人有時是根本不必用刀子的**。

急若星火趕到定州求援的向顯鶴，吃了閉門羹。李清根本就不在定州城，接待他的，是定州軍參軍尚海波和定州同知路一鳴。

「向大帥，哎呀，您可真是稀客，來定州怎不事先打個招呼呢，我們也好準備準備啊，您看看，李大帥去上林里視察呂大臨部正在準備的秋季攻勢了。」

尚海波招呼著向顯鶴，把他請進廳裡。

「李大帥不在定州城？」一腔熱情奔來定州的向胖子，心一下了涼了半頭，「那，他什麼時候能回來？」

「向大帥有事？」路一鳴笑呵呵地問道。

向顯鶴嘴裡發苦，「定州準備發動對蠻族的秋季攻勢，已經決定開打了？」

尚海波點頭道：「是啊，秋季攻勢早就在準備了，打進草原去，殺蠻子的牲畜，燒他們儲備過冬的草料，總之，李帥要讓蠻子這個冬天不好過。嘿嘿，以前老是他們打我們，現在也該咱們去打他們，讓這些蠻子們也嘗嘗一日數驚，寢食難安的滋味。」

向顯鶴坐立不安，如果真讓李清按時發動了對蠻族的秋季攻勢，哪裡還能抽出兵力來支援復州？定州不能出兵的話，那復州何保？不行，得馬上見到李清，無論如何也得讓他暫停對蠻子的攻勢，蠻子什麼時候都能打，但自己的復州卻是等不得了。

他霍地站了起來，一團肉球向廳外滾去，把尚海波與路一鳴嚇了一跳，這個向胖子是怎麼啦？

「大帥，您去哪裡啊？」尚海波趕緊追了上去。

「我要去上林里，我要馬上見到李大帥。」向胖子氣喘吁吁地道。

尚路二人對視一眼，看樣子，過山風在復州真將向胖子搞急了。

「大帥，到底有什麼事如此急啊？大帥在上林里待不了幾天，您難得來我們定州一趟，怎麼地也要待上幾天。定州雖然不比復州那麼風光旖旎，但有些地方也頗有氣象，尚某便陪大帥好好地玩上幾天如何？」

向顯鶴停住腳步，嘆道：「再耽擱幾天，說不定向某的頭顱都要被那些亂匪割去了，哪裡還有什麼心思遊山玩水，尚參軍，我必須馬上見到李大帥。」

「什麼！」尚路二人一臉震驚地道：「向大帥何出此言，復州有匪作亂我們也有耳聞，但區區亂匪能成什麼氣候，如何讓大帥驚慌如斯？」

向顯鶴一聲長嘆，欲言又止，尚海波乘機將他請回大廳。

向顯鶴看著定州這一文一武兩位大員，心知二人都是李清的重要手下，如果能說動他們，那定州出兵的事便有了七八成把握，當下振奮心情道：「不瞞兩位，我復州已到了生死存亡之時。」當下繪聲繪色，將復州的情況描繪了一遍。

在他的嘴裡，過山風的部隊簡直就是十惡不赦的惡賊，所過之處，十室九空，劫掠財富，殺人盈野，姦淫婦女，燒毀城鎮，「我復州血流漂杵，十不存一，可憐那些百姓毫無反抗之力，只能任那惡賊肆虐啊！」

尚海波故作驚訝地道：「怎麼會有這樣的事，向大帥，您復州軍怎麼能任由他如此胡作非為呢，我可是聽說向鋒、向輝二位將軍都是能征善戰之將啊，數萬復州軍怎麼奈何不了一個土匪呢？」

向顯鶴胖臉一紅，本想為自己的復州軍美言幾句，但一想，這時候效果可能適得其反，半晌為難才道：「不瞞兩位大人，我復州軍精銳前幾日與那匪徒一戰之下，大敗而回，幾乎全喪，眼看著亂軍兵鋒便已直指復州首府淮安了，我這次來便是向李大帥求援的，還望李帥看在我復州百姓遭殃，更看在我們兩州同氣相連，脣亡齒寒的分上出兵相助，剿滅亂匪啊！」

「這個啊！」尚路二人同時沉吟不語。「要我定州出兵啊？」

向顯鶴渴望地看著二人，生怕這兩人吐出一個不字來，這兩人都是定州重臣，對李清的影響不可謂不大。

「不瞞向大帥說，」尚海波字斟句酌，慢吞吞地道：「如果沒有這一次秋季攻勢，我們定州出兵幫幫大帥的忙本無不可，大帥與我們李帥都是皇室宗親，可謂打斷骨頭連著筋呢，可現在卻是為難得很啊，呂師的秋季攻勢已箭在弦上，我們定州將全力以赴對蠻族作戰，自身兵力都嫌不足，哪還有餘力能抽出兵力去復州剿匪呢？」

「停止對蠻子的秋季攻勢！」向胖子急吼吼地道：「這樣不是就有兵力了麼！」

「這怎麼可能？」尚路二人同時大叫起來。

「向大帥，為了這次秋季攻勢，我們籌畫了數月時間，耗費的心力不說，已花費了大量的錢財物資，兵員調動巨大，全州總動員之下，整個定州的戰略重心已全部放到了上林里，呂將軍也蓄勢待發，怎麼可能停下來？如此一來，我們定州前期巨大投入豈不都打了水漂，這個李帥肯定不允。」尚海波的頭搖得像撥浪鼓。

「錢嗎？錢不要緊！」向顯鶴大聲道：「你們前期投入的費用，我們復州出了，總之，絕不會讓你們定州吃虧的。」

尚海波與路一鳴眼中喜色一掠而過，路一鳴道：「大帥，那可是上百萬兩銀子啊，如此巨大的數目您也出？」

「不就是一百萬兩銀子麼，我出了，只要你們能出兵復州。」向顯鶴急不可待，他現在不缺銀子，要是復州丟了，再多的銀子又有什麼用，只要復州無事，用再多的銀子也就是每年多出一點私鹽罷了。

「不僅僅是銀子的問題啊！」尚海波接過路一鳴的話頭，「您知道，呂將軍是定州老將，在為了這場秋季攻勢可謂是費盡了心力，就這樣停下來，只怕他不與大帥干休，您不知道，對於呂將軍，我們大帥那可是禮讓三分啊！」

「我知道，我知道！」向顯鶴心知肚明對方肯定是要借機敲竹槓了，但此時的他已什麼都顧不得了，不就是想多要點銀子嘛！

「我給！讓定州放棄準備如此久的作戰行動，我們復州當然會予以補償的。這樣吧，我再出五十萬兩讓李帥勞軍，呂將軍有怨言，李帥不妨多給一點銀子，想必呂將軍也就不會多說什麼了。」

一眨眼工夫，一百五十萬兩銀子到手，眼下正被銀子折磨得夜不能寐的路一鳴喜上眉梢，這下子就能大大緩解定州的財政危機了。

「既然向大帥如此豪爽，願意補償我們定州的損失，在大帥面前，我們倒是可以為您進言，只不過大帥最後怎麼決定，可不是我們能左右的了。這樣吧，向大帥，您先在驛館裡住下來，我們馬上派人去上林里請大帥回來如何？」

「好，好，越快越好，越快越好！」向顯鶴一迭聲地答應道。

此時，聲稱在上林里視察的李清，正悠閒地躺在大帥府的花園中，嗅著花香，喝著美酒，坐在他身側的清風正將剝好的葡萄一顆顆餵到他的嘴裡。

「這幾天四處奔波，辛苦你了。」李清愛惜地摸著清風的臉龐，「你瞧瞧，都曬黑了。」

清風笑道：「將軍，這是清風的本分，何來辛苦一說！再說，您不是說我以前臉色過於蒼白了，曬黑一點不是更好?!」

李清哈哈一笑，「白一點好，白一點好。」

清風替李清將酒杯倒滿，「想必向胖子這時候都急得要上火了，也不知尚先生和路大人竹槓敲得如何？」

「放心吧，尚先生辦事，我向來放心，這次不把向胖子擠出幾桶油來，他怎肯甘休？」李清笑道。

聽到李清如此信任尚海波，清風目光閃爍，微微一笑，卻不作聲。

鍾靜突然快步走了過來，向二人行了一禮。跟著清風久了，對於大帥與小姐的親暱行為，她已是做到了視而不見，看著清風道：「小姐，向顯鶴到了統計調查司衙門，要見小姐您。」

清風訝然道：「他要見我？有什麼事？」

李清笑說：「還能有什麼事，找你敲邊鼓啊，想讓你給我吹吹枕頭風！」

清風嫣然一笑，「我那裡正缺行動經費呢，茗煙傳回消息，需要大筆的銀子開銷，路大人那裡一毛不拔，看到我便逃得不知影蹤，我去他衙門堵了他幾次，都沒撈著一文錢，向胖子送上門來，這可真是正打瞌睡就有人送枕頭啊，將軍好好歇著吧，我也去擠胖子的油了。」便站起身來，飄然而去。

崇縣。

一座普通的民居裡，正在大宴賓客，十幾張桌子一水碼開，桌上雞鴨魚肉俱全，顯示著這家的殷實，主人家姜黃牛高坐於主位上。

一臉的溝壑表明他曾經的滄桑，此時的他，滿臉的皺紋因為笑容而擠在了一起，兩隻眼睛瞇成了一條縫，一雙老繭疊疊的手不知放在哪裡才好。

今天姜家大擺宴席，是為了慶祝姜家長子姜黑牛榮升定州軍參將。

姜黑牛是在定州大帥蝸居崇縣時應徵入伍的，跟著大帥幾場大戰下來，不僅為家裡掙來了十畝永業田，更在戰後被選拔進大帥的親衛營，旋即因為在京城洛陽指揮親衛在演習中大敗御林軍而榮升參將，成為大帥親衛營中第一個榮升參將的親衛。他也是崇縣當年入伍的數千名士兵中，第一個成為將軍的人。

姜黑牛手執酒壺，在各桌間轉悠，看著誰的酒杯空了便趕緊給滿上，所到之處，人們都是向他拱手道賀：「將軍大人好！」「恭喜將軍！」

聽著這些恭喜的話語，姜黑牛不由感慨萬千，腦裡不由地想起那個嘴角總是嚼著草根的老果長，正是他手把手教會了自己如何打仗，如何在戰場上生存。

但撫遠一役，這個讓人尊敬的上司卻永遠地離他而去，姜黑牛卻始終忘不了他在戰場上面臨生死抉擇時，嘴角那淡定的笑容。

不止是他，還有一起入伍的幾千士卒，能夠活下來的不過千多人，這些人現在都成了定州軍的中堅力量；而那些死去的人，只怕墳上已長了青草，能記得他們的，也只有他們自己的親人了吧！幸虧大帥在定州建了英烈堂，讓這些為定州獻身的英雄們的魂靈有了寄託，不致於孤寂。

外面突地響起急驟的馬蹄聲，眾人循聲看去，就見一背後插著信號旗的士兵正急奔而來。

「哪位是姜黑牛參將！」信使翻身下馬，高聲叫道。

「我是！」姜黑牛迎了上去。

「大帥府急令，姜黑牛參將立即前往大帥府晉見！即刻啟程！」信使從身上掏出一份公文，遞給姜黑牛。

接過命令，姜黑牛歉意地望了眼老父老母，本想借著這次探親好好地陪陪他們，看來又有任務了。

姜黑牛來到父母面前，雙膝跪地，向兩人叩了三個頭：「爹，娘，孩兒不孝，又要走了。」

姜黃牛眼睛濕潤，大帥府命令，那定是又要打仗了，自己的兒子又將踏上戰場，她的妻子身體微微發顫，道：「黑牛，要小心啊！」

姜黑牛微微一笑，「放心吧，母親，我不會有事的。」轉頭對弟弟道：「青牛，我不在家，你要好好孝順爹娘，另外，你要好好讀書，即便不能讀出名堂，至少也要識文斷字，大帥說了，以後讀書人會更加有前途的。不用擔心家裡的農活，我的軍餉足夠你們生活和請一些幫工。」

姜青牛哽咽道：「哥哥放心，我一定孝敬父母，用心讀書。」

姜黑牛拿了行囊，牽來戰馬，向眾人抱拳一揖，「各位父老鄉親，失禮了，大家吃好喝好，家裡老父老母幼弟就拜託各位了。」接著策轉馬頭，隨著信使狂奔而去。

李清欣賞地看著站在他面前的姜黑牛，道：「黑牛，這次有一個重要的任務要交給你。」

姜黑牛兩腿一併，筆直地站道：「定不負大帥所望。」

李清笑道：「我們的鄰居鬧匪了，來向我們求援，我決定讓你帶領新擴充的一個營去復州剿匪。」

「啊！」姜黑牛吃了一驚，本以為是要與蠻族開打，卻不想是去鄰州剿匪。

「怎麼，不開心？」李清道。

「不是的，大帥！」姜黑牛不好意思地摸摸腦袋，「只是覺得不是去打蠻子，有些失望。」

李清呵呵大笑起來，「這一次的任務可比打蠻子複雜多了，等你把復州的匪剿乾淨了，就能去打蠻子了。」

姜黑牛大喜，「大帥，打幾個土匪用得了多長時間，這麼說，黑牛很快就可以回來了？」

「只怕不見得，這次復州剿匪可能要用很長時間。」

姜黑牛一聽不滿意了，大帥這是不滿意自己的能力麼，「大帥，請放心，黑牛絕不會讓你失望，一定很快將那些土匪剿滅乾淨。」

李清似笑非笑地看著他，「問題是這些土匪你是剿不得的。」

「為什麼？」姜黑牛有些發傻了，大帥不是專門派自己去剿匪麼，怎麼又說剿不得這種話？

「知道過山風麼？」李清問。

一聽這個名字，姜黑牛眼中不由露出敬佩的神色，「大帥，聽過，只是沒見過，他是我們定州有名的勇將啊，聽王將軍說他勇武過人，連咱們王將軍也不能穩勝他，黑牛是最佩服這種人了。」

「復州的土匪頭子就是他！」李清望著姜黑牛道。

「什麼？」姜黑牛徹底懵了，「他什麼時候反出我們定州了？」

李清不說話，只是微笑著看著姜黑牛，姜黑牛的聲音越來越小，慢慢地，臉上有了一絲明悟，「大帥，是您派他去的，我們要兼併復州？」

李清拍拍他的肩，「不愧是我親手教出來的學生，果然不錯，一語中的，你這次去，名義上是剿匪，其實是去慢慢地將復州控制在手中；特別是海陵，你進入復州的第一件事，便是將它牢牢地控制在手中，然後配合過山風蠶食復州。你們所有的行動都將由我直接指揮。」

「遵命！」姜黑牛抱拳行禮，「將軍，我什麼時候出發？」

「先去見見你的士兵吧！熟悉一下後，儘快出發吧。」李清道：「這些士兵都是剛剛招進來的菜鳥，只有少數軍官是老兵，你帶他們到復州後，儘快地讓他們成長起來。復州還是有不少真土匪在趁火打劫，你正好拿他們練練兵，當我們控制復州後，你這部隊就要踏上真正的戰場了，那時能存活多少下來，就看你在復州的兵練得怎麼樣了！」

「大帥放心！用不了多久，黑牛便給您帶出一支不遜於任何一個老營的強兵來。」

在定州度日如年的向顯鶴，終於看到了奔赴復州作戰的定州兵，看到那一列列整齊的行伍從自己的面前走過，他滿意地笑了。

一看這支軍隊的軍容，就知道這的的確確是一支強軍，五千人成八路縱隊從他的面前走過，橫看豎看都成一條直線，讓他不由有些發呆。

他不知在定州軍中，新兵入伍後的第一件事便是隊列訓練，這些在李清等人眼中還只是些新兵蛋子的傢伙，在向胖子的眼中已經是一等一的強軍了。

這一瞬間，向胖子覺得自己付出的一百五十萬兩銀子總算有所回報，哦，不，是一百六十萬兩，還被清風那個女人敲走十萬兩。不過只要這支軍隊開進復州，想必那該死的半天雲必然會煙散雲消。

「向大帥，這支軍隊還滿意否？」李清微笑著問向顯鶴。

「滿意，滿意！」向顯鶴大笑，「定州兵天下無雙，果然名下無虛啊！」

「當然，這可是我剛從上林里抽調回來的精銳，準備進攻蠻族的絕對主力啊！為了你向大帥，我算是出了大血了，要知道，為了這事，呂大臨將軍可是直到我離開上林里都拒絕與我見面，將自己關在小屋裡生悶氣哩！」

一旁的路一鳴、尚海波聽著李清在那裡信口胡謅，臉上都不由露出笑容，看不出大帥說起謊來也是臉不紅心不跳，淡定得很啊！

灣口鹽場如今已是大變模樣，雖然仍是簡易的一些木房，但卻規劃得整整齊齊，居民區裡的道路也被整修了一番，小石子鋪就的道路縱橫交錯，將居民區劃分成一個個整齊的小方塊。

與先前不同的是，灣口鹽場多了一個兵營，高大的木柵欄，拒馬，濠溝，構成了一個完整的防禦體系，雖然沒有高大的城牆，但仍然顯出一番森嚴的氣象。

居民區裡已找不到閒人，過山風佔據灣口鹽場後，立即按照李清的佈署在灣口實施新政，每戶鹽工每月定量交出分鹽之後，多餘出來的鹽都被以略低於官價的價格收購，然後交給崔義城，私運出去後，販往各地。

現在鹽工都是幹勁十足，因為曬出的鹽越多，自己就獲利越豐，過山風規定的分鹽數額並不高，很容易就能完成。每家每戶除了孩子，現在連女人都進鹽場做工，不為別的，就是為了能多產一點鹽出來。

進入過山風軍隊的原先的鹽工，現在已成了正規的軍人，他們的軍餉足以讓他們養活一家人，當然，他們的家人願意去曬鹽的話，一應待遇與鹽工一般。

「有恆產者有恆心！」過山風分外佩服李清說過的這句話，現在他在灣口數萬鹽工的心中，威望無以復加，不為別的，就只是因為自己讓他們有飯吃，有衣穿，不再受到那些鹽場官員的壓迫。

從鹽工中精選出來的幾千精壯，再配以自己帶過來的原斥候精銳，現在他手裡的軍隊已足足有五千人，這五千人在經過幾個月的征戰之後，已從菜鳥慢慢變得成熟起來，他們離一個精銳士兵的距離已不遠了。

關鍵是自己帶著他們對上他們以前懼怕的復州軍，連戰連勝之下，讓他們的心氣也逐漸高漲，用大帥的話來講，這就是**有一顆勝利者的心**，而對一支部隊來講，這種勇者強者的心態是非常重要的。

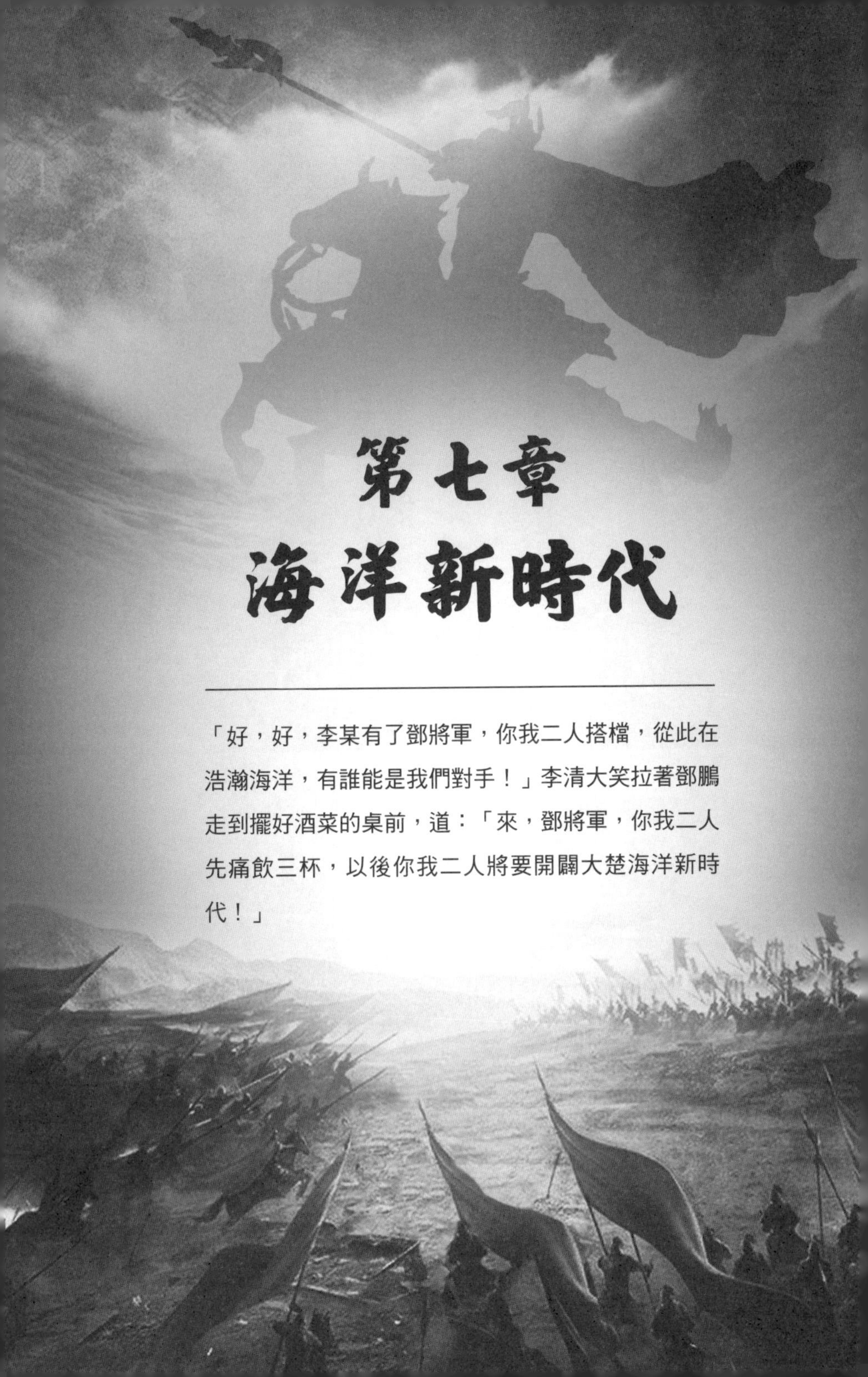

第七章
海洋新時代

「好，好，李某有了鄧將軍，你我二人搭檔，從此在浩瀚海洋，有誰能是我們對手！」李清大笑拉著鄧鵬走到擺好酒菜的桌前，道：「來，鄧將軍，你我二人先痛飲三杯，以後你我二人將要開闢大楚海洋新時代！」

「大當家的，大當家的。」一人快步奔了過來。

「大當家的，外面來了一群人，要求見您！」

「什麼人？沒有問清楚麼？」過山風沉聲問道。

「大當家的，領頭的是一個女人，蒙著臉，身後跟著好幾十個護衛呢，看著都很驃悍，那個女人讓我把這個東西交給大當家的。」士兵氣喘吁吁地遞給過山風一塊小牌牌。

過山風一看那牌牌的式樣，臉上露出喜色，拿過來後，拔腿便走。

「過將軍，恭喜了，從今天開始，你已被大帥晉升為參將，我來之前，大帥已頒佈了你的晉升令，因為你現在的處境，此項任命只局限於少數人知道。你現在手裡五千精兵，正好是一個營的規模，所以大帥將這個營命名為移山營。」清風將任命書遞了過來。

過山風對著李清頒佈的任命書行了一禮，雙手接了過來，小心地揣進懷裡。從現在起，他也是一名將軍了。

「過將軍，你自從跟著大帥以後，屢立功勳，其實以你的功績，早就應當被晉升了，但因為種種原因被拖到現在，你心中不會對大帥有所怨言吧？」清風笑道。

過山風正色道：「清風司長，過某以前一介土匪，要不是遇到將軍，只怕現在還在四處流竄呢，心中感激還來不及，何來怨言一說！」

清風點點頭：「這就好，過將軍，你知道這一次定州軍改制的事情麼？」

「略有耳聞，呂將軍德高望重，王將軍英勇善戰，他二人榮升是意料中的事。」過山風雖然平靜，但眼神中仍是露出了一絲豔羨，呂王二人從此便是統管一方的大將了。

清風敏銳地捕捉到過山風的眼神，笑道：「定州軍設三師，呂師，啟年師已各有其主，你可知大帥中意的第三師的主將是誰麼？」

過山風心中怦然而動，對於第三師，眾人都是議論紛紛，猜測**這最後一個幸運兒是誰**，便是過山風自己，也在心中猜了無數次，清風這麼說，**難道大帥心中已有人選？**

「卻不知是馮國將軍還是姜奎將軍？」過山風試探地道。

在定州軍中，這兩人是最早跟著將軍的，戰功卓卓，是將軍的心腹，至於另一員大將呂大兵，因為他的兄長已執掌了一師，基本已可以排除在外。

「這兩人的確是大帥心目中的候選人，但還有一個，你可猜得到？」清風大有深意地笑了起來。

過山風一顆心砰砰地跳了起來，本來還勉強保持平靜的心，此時再也按捺不住，臉膛微微發紅，顫聲道：「卻不知是哪一個，難道是呂大兵將軍？」

清風笑了起來，「過將軍，你明明心裡已知道，卻偏要我說出來，好吧，我便滿足你，**這第三個人選，便是你過山風過將軍了。**」

過山風懷疑地道：「這有可能麼，我才剛剛升為參將，而要執掌一師，至少要位至偏將，甚至是副將才行啊！」

「為什麼不可能，大帥用人從來都是唯才是舉，當然，這個因素也會考慮，不然，大帥為什麼要突然晉升你為參將，同時又遲遲不宣布這第三師主將人選呢？就是為了讓你有與馮姜二人有同等的資格啊！」

過山風站起來向清風深深一揖，巨大的機遇突然出現在他的面前，任他是誰，也不可能保持平常心，與姜馮二人比起來，過山風自知有先天的不足，但清風今天跟他說這番話，拉攏的意思已非常明顯了，過山風深知是自己選擇的時候了。

「如能擔任這第三師主將，還請清風司長相助，過某必有回報。」

清風正色道：「我要你回報什麼，只要你永遠忠於大帥，便是對我最好的回報了。」

「過某對大帥的恩典永遠牢記在心，為大帥我願意去死，絕不會有一丁點的二心。」過山風肅然回道。

清風意味深長地道：「好，過將軍，有你這句話，我會竭力助你成事的。」

過山風大喜，「多謝司長。」

閒話說完，便該談正事了。

「清風司長，您這次來，當不會是專程來送晉升令的吧，大帥有什麼指示？」

清風點頭道：「所有事情都在按著我們的預定計畫進行，向顯鶴受不了你的打擊，跑到我們定州求援了，大帥已應他所請，出兵復州，助他剿匪了。」

說到這裡，兩人都不約而同地笑了起來。

「統兵進復州的是那一位將軍？」過山風問。

「和你一樣，剛剛晉升為參將的姜黑牛！」

「是他？」

過山風驚訝地道，姜黑牛的名字他是知道的，洛陽對御林軍一戰，是他的成名之作，這個人可謂是定州軍的傳奇，從一介小兵晉升為參將，速度之快已超過了大帥李清。自己是校尉的時候，這小子還是一個小兵呢！過山風酸酸地想，想不到現在已與自己平起平坐了。

「姜黑牛統領健銳營進軍復州，暗地裡歸你轄制。」清風道。

「歸我轄制？」過山風疑惑地道：「司長，姜黑牛與我同是參將，他又是王將軍的老部下，會聽我的命令嗎？」

清風笑道：「復州出了兩位參將，如果不能統一指揮權的話，那難免會出現配合不一的情況，所以我向大帥建議，將其劃歸你指揮，你不用擔心他不聽指揮，如果真的出現這種情況，那他的這個參將也不用做了，便是王啟年也脫不了干係。過將軍，不妨告訴你，如果你真的執掌了第三師，那麼姜黑牛的健銳營會永久性地劃歸給你，所以你不要有什麼顧忌。」

聽到清風的話，過山風心裡猛的一抖，如果大帥真有意讓自己執掌第三師，又將王啟年的舊部劃歸自己，那就是**制衡之意了**。

想起呂大臨部已被安排進了大批的親衛營軍官，過山風心中更是明瞭，看來自己以後在這方面，一定要注意不要違了大帥的心意。

簡陋的議事廳內，過山風高踞正中的第一把交椅上，威嚴地掃視了一眼麾下眾將，在魏德武等幾名鹽工的臉上更是多停留了片刻。

「各位，我剛剛得到情報，向顯鶴從定州請了定州軍前來剿滅我們，就在今天，定州軍健銳營已進駐了海陵，很快就要前來進攻我們了。」

廳內眾人嗡的一聲議論起來，定州來的軍官們更興奮，是因為定州軍前來，就意味著他們將要結束隱瞞身分冒充土匪的日子了；魏德武等人議論，則是因為定州軍名頭太大，特別是李清當權之後，對於蠻族連戰連勝，已讓定州軍名聲遠播，聽到定州軍前來，魏德武等人臉上都露出懼意。

定州軍不是復州軍，那可是在與蠻子的多年較量中殺出來的**鋼鐵之旅**。人的名，樹的影，想想要與這樣的隊伍在沙場上見面，眾人心中都是未戰先怯。

「怎麼辦？大家一齊來議議，拿個主意吧！」過山風道。

定州的一群軍官紛紛道：「大當家的，我們聽你的，你說怎麼辦，我們便怎麼辦好了。」

過山風臉上浮起笑容，「老魏，你說說，我們應當怎麼辦，是打，還是有別的辦法？」

魏德武臉上浮現難色，他沒有想到過山風會單獨點他的名，遲疑了一會兒，道：「大當家的，要打的話，只怕咱們打不過，對方連凶悍的蠻子都打敗了，咱們不是對手啊。」

「那你的意思是？」過山風試探道，他現在五千軍中，鹽工占了近八成，而魏德武在鹽工中威望甚高，只有搞定他，才可能順利過渡。

「我們，我們跑吧！」半晌，魏德武忽地冒出一句話來，「咱們有五千軍隊，他定州軍向東，我們便向西，他們到南，我們就跑到北，總之不跟他們見面就好了。」

過山風目瞪口呆地望著他，他沒想到這個跟著他打了數仗，在戰場上看似很不錯的傢伙，居然出了這樣一個荒謬的主意。

「你當這是在躲貓貓呢！我們可有足足五千人，你以為隨便找個旮旯便可以躲著讓人不發現？跑，往哪裡跑，五千人不吃不喝嗎？還有這幾萬的家屬呢，不行！」過山風喝斥道。

魏德武滿面通紅，慚愧地道：「大當家的，我是個沒見過世面的傢伙，哪有什麼辦法，還是大當家的作主吧，反正你怎麼說，我們就怎麼辦好了。」

過山風滿意點點頭，環視著廳內眾人，「大家都是這個意見麼，聽我的？」

眾人皆同聲說道：「對，聽大當家的，大當家說怎麼辦，我們就怎麼辦，決無二話。」

「好，既然大家都聽我的，那我就說說。其實從起事開始，我就在想著今天的局面了，復州軍是不堪一擊，可大楚這麼大，我們打敗了復州軍，又來一支更強的軍隊怎麼辦？我們能一直勝下去嗎？不可能的，所以，**我一直在努力為大家尋找一條後路。」**

他站了起來，看著廳內各人：「各位，難道我們生來就是為了當土匪的麼？難道我們不想安居樂業，作個良民麼？**我們為什麼造反，是因為活不下去了！我們造反的目的是什麼，當然是為了活得更好，能安居樂業，能讓我們的親人不再遭受欺凌，**但如果我們再打下去，我們會失敗，我們的親人會受到我們的牽連，所以，我一直在尋找一個**值得我們去投靠的人，一個能不小瞧我們，還能保護我們的人。**現在，我找到了。」

「他就是定州李大帥，我決定全軍投靠定州，請李大帥庇護我們。」

這一下輪到魏德武目瞪口呆了，大當家的主意居然是投降。

「大當家的，我們便是想投降，他們會要麼？要是他們不要我們怎麼辦？或者他們假裝要我們，然後把我們聚而殲之怎麼辦？」魏德武強烈質疑道。

過山風哼了聲，道：「李大帥是何等人也，看他在定州的作為，是一個頂天立地的漢子，要麼他不會答應我們的投降，直接發兵過來打我們，但只要他答應安置我們，就不會反悔。」

「可是大當家的，我們都是些升斗小民，便是想投降，又怎麼能聯繫得上李大帥，難不成兩軍對壘時，我們大喊一聲我們投降麼？」魏德武一臉問號。

過山風笑道：「老魏，我說過，從我們起事之初，我就在想著這事，一直以來，我都在試圖聯繫李清大帥，現在，我已經聯繫上李大帥，而且李大帥也給了我親口承諾，並封我為參將，現在，你們都是定州軍的一員了，有請清風司長。」

清風微笑著從後堂走了出來，魏德武等人不由一驚，早上這個女子進營時，他們都親眼所見，萬萬想不到她竟然就是定州軍的特使。

「各位兄弟，這位是清風司長，在定州軍中身居高位，今天作為李清大帥的特使，來到我們這裡。」

清風上前一步，道：「各位兄弟，你們起兵造反的原因，李大帥已查清，並深表同情，李大帥不想多造殺戮，因為各位都是被逼無奈而已，只要各位迷途知返，李大帥保證，決不追究各位的任何責任；並且，」李清從身後的鍾靜手中接過一疊紙卷，道，「還將你們的軍隊直接納入定州軍，在座各位都將成為定州軍的軍官，如果各位沒有異議的話，就請到我這裡接下任命，從此，咱們就是一家人了。」

不用多說，原本的定州軍官們早已齊聲答道：「願為李大帥效力。」

魏德武等幾位鹽工將領導稍一遲疑，也跟著喊道：「願為李大帥效力。」他們畢竟原本是本分的鹽工，被逼造反後一直惴惴不安，眼下既然有了從良的機會，也是一個好的結局。

清風滿意地笑了，從卷宗中抽出一張紙，大聲念道：「魏德武。」

魏德武一愣，身後的眾人趕緊推他上前，「魏德武，這是你的任命狀，從今天起，你便是我定州軍的振武校尉了。」

魏德武呆呆地看著手裡蓋著「定州軍大帥」鮮紅大印的任命狀，腦子一時轉不過彎來，就這麼簡單，從一個造反的傢伙變成了定州軍的中層軍官，巨大的反差讓他有些緩不過勁來。

「恭喜你了，魏校尉！」清風笑道。

廳內眾人也都上前道喜，過山風道：「老魏，從今天起，你便是我的副手了，要知道，李大帥可是只封了你一個人為振武校尉呢！」

魏德武終於相信眼前發生的一切都是事實，心中不由一陣激動，彎腰道：

「願為大帥效死！」

過山風大笑，大帥英明之極，雖然遠在定州，但眼前的一切盡在掌握之中，魏德武在鹽工中威望素著，將他直接擢升為自己的副手，一方面可以讓鹽工們安心，另一方面也是剝奪了他直接領兵的權力，而能讓出身定州的軍官們更有效地控制這股力量。

經過一段時間的磨練，如果魏德武果真堪用，再將其調到其他營擔任主將，便完全把這股力量消化了，而且這樣一來，對於定州軍在復州後續的行動中也樹立了一個很好的榜樣。

清風拿著卷宗，一個接一個地唱名頒發任命狀。眾人皆大歡喜。

「現在，我來說說對於灣口鹽場人員的安排。」清風道，此話一出，眾人立時安靜了下來，清風這話便是接下來定州軍在復州的佈署了。

「你們將成為定州軍下設的一個營，營名移山，所有移山營將士的家屬必須遷移到定州，這主要是考慮到他們的安危，因為我們秘密招安你們，復州向大帥會很不滿意，而你們既然身為定州軍，遲早是要調走的，萬一你們走後，向大帥要報復你們的家屬，我們可就鞭長莫及了。」清風道。

魏德武連連點頭，既然自己已成了定州軍官，那將家屬遷至定州才能放心，「可是清風大人，我們這裡好幾萬人，他們去了定州，將如何生活呢？」

「定州沒有鹽田，曬鹽是不可能的了，灣口鹽場除了鹽工之外，其餘奔赴定州的將士家屬，定州官府將會為他們授田，而在田地收成之前，你們生活的糧食將由定州官府提供。」

聽到清風的解釋，魏德武放下心來，有了田，便有了一切。只要過了今年，到了明年日子就會好過起來了，更何況定州軍是有軍餉的。

「灣口鹽場馬上移交給進駐海陵的定州健銳營，而你們，大帥另有安排，必須儘快拔營離開灣口。」清風道，具體的計畫早已交付給了過山風。

「十天之內，分期分批，撤出家屬。」

海陵縣。

在多天的驚慌失措，惴惴不安後，終於隨著定州健銳營五千官兵的到來而恢復了平靜，看不到人的街道重新熱鬧起來，各行各業開門營業，終於有了一點一縣首府的氣象。

健銳營大部並沒有入城，而是在城外紮下營盤，雖然是新卒，但帶隊的校尉們可都是從各老營中抽來的骨幹，訓練有素的士兵們很快便在城外立起營壘，豎起柵欄，拒馬，挖開壕溝，立起哨樓。

不到兩個時辰，一座氣象森嚴的軍營便已矗立在海陵縣城外，其速度讓海陵那些專門來看定州軍的閒人們目瞪口呆，他們見慣了復州軍的懶散，哪裡見到過如此紀律森嚴的隊伍！那些挖完溝的士兵一身泥土，居然還在帶隊軍官的口令聲中排起整齊的隊列，吼著歌一路走進營壘。

「不愧是能與蠻子對壘的軍隊啊！這一次那些亂軍要遭殃了！」看完健銳營的閒人們進城後如是說。

而在姜黑牛的大帳中，他正在與一群軍官對著一張圖指指點點。

「這上面作了標記的，都是統計調查司標明的必須控制的地方，你們帶領本部人馬入城後，一定要將這些地方掌握在自己的手中，特別是海陵碼頭，更是要給我戒備森嚴。」姜黑牛用佩刀點著這些地方。

「將軍，如果這些地方還有復州軍隊或者官員看守，我們怎麼辦？」一名校尉問道。

「怎麼辦？還要我教你，驅散！不服氣就揍，揍得他們自動離開！」姜黑牛生氣地道。「我只會給你們安排任務，怎麼完成是你們的事情！記住，今天是第一次，再有第二次，小心挨軍棍！」

「遵令！」帳裡的校尉們馬上站直了身子，雖然與這位參將接觸還不多，但他們都基本摸清了姜黑牛的性子。

「行動！」

眾校尉哄然答應，魚貫而出。很快，一列列頂盔帶甲的士兵從兵營中小跑而出，徑直向海陵縣城內奔去。掌燈時分，海陵縣城完全落入到了健銳營手中。

海陵新任知縣俞佩是在不安與焦躁中度過這一個晚上的。

前任知縣貪汙救濟糧款，導致灣口鹽工暴動，卻隱瞞不報，而在海陵駐軍全軍覆沒之後，又攜款潛逃，被抓回來後，氣得七竅生煙的向大帥親自執刀，足足砍了那個倒楣傢伙幾十刀才算解了恨。

俞佩是戰戰兢兢來上任的，還好，自從他來之後，那個半天雲居然一次也沒有光顧過海陵，倒是好幾個鄰縣被他打了一個稀巴爛，看來自己的人品還不是一般的好。

俞佩欣慰之餘，也害怕得緊，海陵是這夥暴軍的老家，**他們一直不來打海陵，是不是有什麼大的陰謀呢，是不是不鳴則已，一鳴便要驚人呢？**

便在這種膽戰心驚之中，他盼到了健銳營的到來，看到復州軍進駐後，一顆提著的心終於放了下來。

但緊接著健銳營的行動卻讓他有些疑惑了，定州兵們一隊隊開進城來，接管了縣衙，官庫，城防，碼頭，總之，縣裡所有的要害部門現在都在他們手中，政壇老油子敏銳地捕捉到了什麼，心驚膽戰之餘，趕緊派人出城，想給大帥送個信去。

但出門不到半個時辰的心腹被定州兵送了回來，那封信則被對方搜走，看到對方那惡狠狠的目光和毫不掩飾的殺氣，俞佩的腿都差點軟了。

是夜，水師碼頭，水師副將鄧鵬卻正在會見一個極為重要的人物。事先已得到通知的鄧鵬一直待在自己的旗艦上，默默地等待著即將到來的大人物。

他估摸著，來的多半是定州參軍尚海波，這個人是李清的副手，也只有此等人物，才能讓自己信服，或是表示他們對自己的尊重。看到定州軍如此之快便掌控了海陵，鄧鵬知道，向大帥當真已是窮途末路了。

先知先覺的鄧鵬勒令自己水師營的士兵不准有一隻腳踏出水師營，在船上的一律不許下船。但鄧鵬沒有想到，來的人竟然是李清本人。

當看到由清風和唐虎以及健銳營參將姜黑牛陪伴著走進自己座艦的定州統帥李清時，鄧鵬幾乎不敢相信自己的眼睛，李大帥，他居然親自過來了。

他霍地站起來，揉了揉眼睛，確認自己沒有看花之後，心裡不由一陣激動，前跨一步，單膝便向地上跪去，「末將鄧鵬，見過大帥！」剛剛跪倒了半，已被兩隻有力的手抓住，硬生生地將他拖了起來。

「鄧將軍，上次匆匆一晤，諸多限制，沒有詳談，今天我們二人可要好好地談談了，哈哈哈！」李清大笑道。

「大帥厚愛，愧煞末將了！」鄧鵬抱拳道。

姜黑牛探頭出艙外，招呼了一聲，便有幾名士兵提著食盒魚貫而入，將一樣樣的菜肴取出擺好。

李清牽著鄧鵬的手，笑呵呵地道：「在定州時便久聞將軍大名，只是苦於不得見，上一次匆匆而別，讓清印象深刻，恨不能抵足而眠，作徹夜長談，今日李某特意從定州城趕過來，可得與將軍把酒言歡，好好解解這相思之苦了！」李清一臉的歡容。透露出他的直誠。

這一瞬間，鄧鵬只覺得喉嚨哽咽，兩眼都有些模糊了。

李清，他只約略知道一些，世家大族李氏後人，少年得志，掌控一州，本來這樣的人大都眼高過頂，傲氣得很，但眼前的這人卻平易隨和，猶如自己多年未見的朋友一般，三言兩語之間，便將對自己的看重說得入木三分，卻又不顯得刻意做作。對比這些年在向帥手裡所受的委屈，鄧鵬瞬間覺得當初自己所作的決定太對了。

「大帥厚意，卑職感佩莫名，願將平生所學，於將軍鞍前效力，死而後已！」鄧鵬一字一頓地道。

「好，好，李某有了鄧將軍，你我二人搭檔，從此在浩瀚海洋，有誰能是我們對手！」李清大笑，拉著鄧鵬走到擺好酒菜的桌前，道：「來，鄧將軍，你我二人先痛飲三杯，以後你我二人將要開闢大楚海洋新時代！」

六個酒杯一字排開，酒香四溢的一品香倒滿杯中，兩人拿起一杯，砰的一碰，連飲三杯。

「痛快！」李清大喝道。

「坐，鄧將軍！」李清擺手請道。

「大帥先請！」

李清笑著不再推辭，這也是應有之禮，便先行坐了下來。鄧鵬又向清風與姜黑牛道：「二位大人，請！」

清風微笑著坐到一側相陪，姜黑牛對李清行了一禮，道：「大帥，末將正在執行軍務，不能飲酒，還得趕回營去佈置明天相關事務，便先告退了。」

李清點點頭，「嗯，你忙你的去吧。」

姜黑牛向清風和鄧鵬二人行了一禮，然後拉了唐虎到一邊，小聲嘀咕了幾句，大意是大帥的防務一事，然後便退了出去。

看到這一幕，鄧鵬不由嘆息，難怪定州軍如此精銳，能與大帥在一起飲酒，那是一種榮耀，更何況是大帥親自相邀，但這名年輕的參將居然想都沒想便拒絕了，可見平日裡李清治軍是相當嚴格的。

清風提著酒壺，替李清倒滿，再給鄧鵬倒時，鄧鵬卻有些惶恐地站了起來，連道不敢！

李清笑道：「鄧將軍不必拘禮，今天清風的任務就是給我們倒酒，要是每一次你都這樣，那這酒還喝得有什麼樂趣，你我二人還怎麼盡興而談呢！」

鄧鵬微笑，大帥既然發了話，後面倒是可以大大方方地受了。

「**誰在未來掌控了海洋，誰就擁有了這個世界！**」李清對著鄧鵬舉起酒杯。「我將建立一支強大的艦隊，橫行海洋，而你，鄧將軍，將成為這支艦隊的第一任最高長官，鄧將軍，你能助我實現你的理想嗎？」

鄧鵬做為一名水師將領，擁有一支強大的艦隊跨越茫茫大海，征服無盡海洋當然是他的夢想，對於李清所說的誰掌控了海洋，誰就擁有這個世界的話卻是不大盡信，現今，決定性的戰鬥仍舊是在陸上進行，而水師只是作為一種輔助力量，但任何一位水師將領哪裡不希望自己的首領重視水師呢，這意味著無數的艦隻，無數的士兵！

「鄧鵬得大帥看重敢不盡力，必當竭盡全力，為大帥效力！」鄧鵬道。

李清心知鄧鵬不會相信自己所說的話，也是，這個時代的人哪裡會理解海洋的重要性，也只有自己才知道這一點，**一支強大的水師，將是大楚橫行這個世界的最重要的保障。**

「鄧將軍知道海陵船坊吧？」

「末將知道！」

「我們定州已秘密買下了這家船廠，從現在開始，這家船廠就是你的了，海陵船廠是復州最大的造船廠，一年能造五千料大船十艘，從明天開始，我要你在重組水師的同時，監督海陵船廠在一年之內至少要造出十艘五千料大船來。」

「這麼急？」鄧鵬不由一驚。這意味著李清必然會在海上有較大的動作。

「的確急，所以我將水師的所有權力都下放給你，讓你擁用完全的權力，造船，練兵等一切，我要你在一年之內完成，一年之內，你要人我給人，要錢我給錢。總之，一年之後，我要看到十艘五千料海船下水。你能完成麼！」

看著李清的目光，鄧鵬霍地站了起來：「末將能完成！只是，只是末將現在名義上還在復州麾下，如此大的動作，向帥豈能不知？」

李精微微一笑，「這個你不用擔心，還有幾個月就要過年了，可向帥在復州是甭想過這個年啦！你且先去準備吧，這麼大的工程量，前期準備工作也是十分浩大的。」

從復州快馬加鞭趕回定州的李清只休息了一日，便又得赴上林里。對向顯鶴所說要對蠻族發動秋季攻勢倒也不全是撒謊，攻勢是有的，卻不是全面發動戰爭，而是有針對性的局部打擊。呂大臨已做好了準備，只等李清下令，便可以發動攻勢。

近期從草原發回來的情報，讓李清察覺到巴雅爾的白族有些異動，虎赫的狼奔軍又開始在頻繁的調動，李清不放心，決定親自去上林里一趟，與呂大臨將所有細節再推敲一遍。

連著兩天在馬上顛簸，饒是李清是馬上將軍，兩條大腿內側仍是火辣辣的感到極不舒服，所以看到尚海波帶來的馬車，心中不由大喜，心道這位軍師不僅謀略出眾，而且心細如髮，知道自己這兩天吃苦了。

將馬匹丟給親衛，喜滋滋地跨上馬車，一行人便出城向上林里奔去。

坐在車裡不久，李清便察覺到這輛車與以前坐過的馬車有很大不同，極為平穩，李清恍然悟道：「上次我說的減震器弄出來了？」

尚海波得意地說：「大帥一猜便中，任如雲接到任務後，會同許小刀，再召了幾名技術最好的工匠沒日沒夜的研究，終於研究出來了，這便是第一輛，特地送來讓將軍評價的。」

李清扁扁嘴批評道：「黑不溜秋的，外表一點也不眩目，這樣能賣多少錢？」

「大帥，這輛車是送給您的，所以不需要打造得金碧輝煌，車子的內裡還行吧？」

李清打量著這輛馬車，外表雖然不起眼，裡面倒是挺講究的，不僅寬敞，而且有效地利用了裡面的空間。他伸手在壁上敲敲，露出疑惑之色，「這裡面包了什麼？聲音不太一樣啊？」

尚海波解釋道：「裡面的夾層裝著一整塊特別打製的鋼板，不單是四壁，連頂蓋也加裝了這種鋼板，這輛馬車最費工的，正是這四塊鋼板，許小刀可是費了偌大的勁才搞出來的。任如雲和許小刀都試驗過，這種鋼板不要說普通的弩箭，便是八牛弩也射不穿，坐在這輛車裡，像之前的刺殺事件便決不會再發生了。」

防彈車？李清腦子裡立時閃出一個名詞。

「辛苦了，回頭我讓人賞他們一件東西。不過，鋼材這種東西是我們定州的秘密，決計不能外洩。」李清道。

尚海波道：「那是當然，這馬車裡還另有機巧呢！」

尚體波伸手在身後角落裡一按，一陣格格響聲，兩人中間一塊地板慢慢地升了起來，李清一見不由大奇，低頭一瞄，是一個小型的桌子，桌下還有四個小抽屜，裡面放著茶杯，酒杯，銀筷等等小物件。」

好精巧的機關！

「還有，」尚海波將桌子降了回去，背對著李清鼓搗一陣，再側身讓開時，他的座位已被拉開鋪平，下面居然是空的，裝著被褥之類的東西，指了指李清的屁股：「大帥，您下面也是一樣。」

接著，尚海波在馬車的門口處，扳開一塊地板，手伸進裡面一掏一拉，一件金屬物件便升了起來，李清吃了一驚，赫然是一架強弩。

李清已是無語了，**一輛馬車居然可以弄出這麼多花樣**。

尚海波笑著勾了勾弦，鋼絲弦發出清脆的聲音，弩架旁一個盒子，裡面的弩箭閃著寒光。

「好傢伙！」李清讚了一聲，這輛防彈車已可晉級為裝甲車了。

「為了大帥的安全，我們可是殫精竭慮，費盡心思，也望大帥要保重自己，千金之子，坐不垂堂，像前日數騎奔到復州去這樣的事，我們都不希望再發生了。」尚海波將弩弓放回原處，雙眼炯炯地看著李清。

李清尷尬地道：「這次是去見鄧鵬嘛，再說，我帶著親衛，還有統計調查司一路呼應安排，進了復州後，姜黑牛又來接應，能出什麼事！」

尚海波不以為然地道：「大帥，您離開定州，總要先跟我們說一聲，就留下一個口信，人就沒了影，不是我不相信清風司長，而是她的調查統計司魚龍混雜，萬一不小心露了風聲，被有心人知道，那就是了不得的事；再說，您要見鄧鵬，可以秘密地召他來復州嘛，就算您要表現求賢若渴和對他的看重，也不必親赴不測之地。」

「這個嘛！」李清心知尚海波說得不錯，但被一個手下如此不留情面地批評，也覺得甚是難為情，臉不由得微微發紅。

尚海波見李清的臉色，知道火候已到，再說便物極其反了，於是見好就收地勸道：「大帥，您是我們定州的天，是我們定州的依靠，現在定州蒸蒸日上，您的麾下人才濟濟，但這些人都是因為您才聚集在一起，有您，我們便是鐵板一塊；沒了您，就是千瘡百孔，我們每一個屬下都希望大帥能保重自己啊！」

李清點點頭，尚海波說得雖然不中聽卻在理上，俗話說**良藥苦口利於病，忠言逆耳利於行**，自己的一眾手下，也就只有尚海波敢這麼跟自己說話，這也是自己為什麼高看他一等的原因。

「尚先生，這事我知道了，是我的錯，以後我一定不會再如此。先生之言，我必牢記心頭！」李清鄭重地向尚海波賠罪。

尚海波不敢受禮，單膝一屈，矮身道：「大帥能納諫，是我們臣子的福分，也是我們定州的福分！」

李清把尚海波拉起來，拍拍馬車道：「瞧瞧，一輛馬車竟讓我們扯了這麼遠，對了，這輛馬車的編號是一號麼？」

尚海波搖頭，「這輛車沒有編號，您的車也不能編號！這是出於安全的考慮，這輛車從外觀上看，與普通馬車沒什麼兩樣！」

「嗯，那我跟你們說的，打造好後，將編號一號的車給清風送去，你沒忘吧？」李清道。

這一下倒真是哪壺不開提哪壺了，尚海波想也沒想，直接道：「不行！」

「為什麼？」李清有些不高興了，你先前說了我那麼一老頓，我都沒吭氣，還向你道歉，但這事我不早跟你們說了麼，卻連這點面子也不給。

「大帥，您把一號車送給了清風，敢問他日傾城公主過了門，也向您要一號車，您怎麼辦？」尚海波道出原委。

「這……」李清不由一怔，半晌才道：「不就是一輛車嘛！」

尚海波搖頭苦笑，「大帥，這不僅僅是一輛車啊！」

被李清掛念著的清風，此時尚在定州城。

剛剛處理完公務的她，疲乏地從房裡走出來，穿過統計調查司那略顯陰暗的長走廊，走到園中，合歡花早已謝去，但品種多樣的菊花正是怒放季節，園中奼紫嫣紅，花紅柳綠一派生氣，倒與統計調查司裡的氛圍形成鮮明的對比。

揉揉有些僵硬的臉，微風吹過，聞著園子裡的花香，清風有些麻木的腦子稍微清醒了些。隨著統計調查司在全國的網路逐漸鋪開，每日送來的情報也愈來愈多。

今天京城送來的情報讓清風頗為重視，蕭遠山正式取代屈勇傑擔任御林軍統領，屈勇傑卻調任南方三州，替代威遠侯主持平叛工作，這讓清風很擔心，不知天啟皇帝**腦子裡在想些什麼，一邊想要控制世家豪門，一邊卻又用蕭遠山取代了寒門出身的屈勇傑。**

蕭遠山成為御林軍統領，便等於控制住了皇宮，控制住了京師洛陽，與幾萬御林軍比起來，三千名宮衛軍戰力再強，也幾可忽略不計，**如果蕭家有什麼想法……**清風不禁打了個寒顫，天啟皇帝，你自求多福吧！

清風在心裡冷笑，大概是天啟皇帝看到定州軍士兵戰力如此之強，而蕭遠山又長期擔任定州主帥之故吧？清風在心裡想道，可天啟卻不知，現在的定州士兵與以前相比可是天壤之別。

想起以前的不堪，清風微微抽搐了一下，臉色又變得鐵青起來，一股戾氣不由自主地發散出來，經過她身邊的人立刻加快腳步，遠遠地避開。

清風知道整個統計調查司都畏自己如虎，這兩年來，自己也當真變了很多，從當初的天真少女，到如今的鐵血情報頭子，無論是一路來的遭遇，還是現在從事的職業，都足以讓自己發生巨大的改變。

我要堅強！為了將軍，為了自己，為了妹妹霽月，自己必須堅強，也必須強大！我要讓這些人看看！

鍾靜走進院子，看到清風有些扭曲的面容，不由一驚，快步走到清風面前，低低地叫了聲：「小姐！」

清風霍地清醒過來，剛剛自己有些魔障了。

「你回來了？霽月接來了麼？」清風深吸一口氣，恢復了平靜。

「小姐，霽月小姐已接回來了，我已將她安置好了。」鍾靜道。

「嗯，走，去看看小妹，這段時間一直忙，很長時間沒有見她了！」清風道。

兩人一前一後，向著統計調查司後院走去。

一隻腳剛剛跨進月亮門，清風卻又縮了回來，內心深處像被針扎了一下一般，院子裡，霽月煢煢孑立，與自己前些日子見她相比，又瘦了一些，一身素白的衣裳顯得她更加單薄，瘦弱的雙臂環抱在胸前，兩肩瑟縮，像是一隻受驚的小兔一般。

清風知道妹妹對自己有怨言，在她的內心深處，未嘗不會恨自己，但自己卻從未後悔過，在崇縣時，妹妹就對將軍種下情根，自己那時還勸誡她，後來事情的發展卻是自己也預料不到，居然是自己投入了將軍的懷抱。

是的，她可以說這是因為將軍喜歡自己，自己也是慢慢地才愛上了將軍，現在更願意為了將軍奉獻一切，不論是名聲還是身體，可這些，**自己能對妹妹說嗎，她能理解嗎？如果她知道自己的難，自己的苦，還會不會對將軍那麼一往情深而不可自拔呢？**清風覺得要與妹妹作一次深談。

「鍾靜，你覺得我很可恨麼？」清風忽地問道。

鍾靜張大了嘴巴看著清風，不知道小姐怎麼會問起這種話來。

「小姐，你說什麼呀，你怎麼會可恨呢？」

「那你覺得我可怕嗎？」清風接著問道。

鍾靜這次沉吟了一下，道：「小姐，對我而言，小姐就像親人一樣，並不可怕；但在外面有些人看來，小姐恐怕是有些讓人害怕。」

鍾靜說的是實話，清風苦笑一聲，「那你覺得我會害將軍麼？我會對定州不利麼？」

鍾靜不可思議地看著清風，道：「小姐，你今天怎麼了啊？怎麼說起胡話來了，您怎麼可能對將軍不利，對定州不利呢？自從我跟著您以來，看到的都是您盡心盡力，不分日夜地為大帥，為定州操勞，為定州分憂。」

「是啊，我盡心盡力，恨不得掏出心窩來給大家看，**可有些人為什麼就如此地忌恨我，害怕我呢？好像我便是一個魔星，只會給將軍帶來災難一般！**」清風幽幽地道。

鍾靜明白了，作為清風的貼身護衛，特別是清風的位置很特殊，很多事情比一般的定州高官知道的更清楚，她明白清風說的是尚海波等人。

鍾靜遲疑半晌，道：「小姐，或許您讓步一步，不再作司長，單純地作大帥的內眷，或許尚先生就不會如此猜忌您了。再說，將軍如此寵愛您，也不會捨得讓您在這個位子上這麼操勞的。」

清風失笑道：「鍾靜，你可真單純，我告訴你吧，正是因為將軍如此寵愛我，尚海波他們才會如此忌恨我，如果我放棄了現在的權力，那我的下場一定會很慘。不，我要更強大，才能保護好我自己、妹妹，還有你。」

「小姐，您是不是想太多了，只要將軍疼愛你，寵著你，尚先生敢把你怎麼樣？」鍾靜不能理解這一切，她的生活是如此的簡單，一言不合，拔刀相向便罷。

清風搖頭，「鍾靜，你不明白，**花無百日紅，人無千日好啊！**父母家人尚且棄我如敝屣，更何況將軍？將軍心懷天下，豈是區區定州能束縛他的，**當有一日他要在尚海波等一眾部屬和我之間作出選擇的時候，你說他會選誰？**」

鍾靜無語。

「即便他再寵我，愛我，疼我，當那一天到來之時，他或許會猶豫，或許會不捨，但他絕對不會選我。」清風淒涼地一笑。「所以，**只有實力和權力才能保護我們！**當所有人發現他們敢動我的話就會天下大亂，就會危及到他們自己的前途時，我們才真正的安全。」

「可是這樣，小姐，您不是要和他們鬥一輩子嗎？」鍾靜道。

「是的，**一輩子的鬥下去，這就是我的宿命**，對做為一個渴望平靜的女人來說，這種命運是最殘酷的，所以我絕不允許我唯一的親人捲進去，我絕不會讓霽月再進入到這個圈子裡，哪怕她恨我！」清風斬釘截鐵地道。

「鍾靜，我的真名叫林雲汐，我妹妹叫林雲容，而不是叫什麼清風霽月！」清風一字一頓地道：「總有一天，我要光明正大地將名字改回來，走到那個拋棄我的家門前，大聲地問一聲為什麼，難道他們的名聲比我們兩人的性命更重要嗎？」

「我會一直戰鬥到死！」清風拋下一句話，向著園內的妹妹快步走去，留下鍾靜一個人呆立在原地。

「大帥，你來看！」呂大臨指著巨大的地圖，道：「統計調查司前日發來情報，發現虎赫狼奔軍在向青部所駐之地移動，目的不明，昨日，我部哨探也發現了這一情況，您看，是不是巴雅爾發現了我們的企圖，準備增援青部，抑或是要尋求與我部決戰呢？」

李清皺著眉頭，腦中用力思考著：「沒有道理啊！巴雅爾為什麼在這個時候要與我們決戰呢？不對，不對，呂將軍，有青部或是紅部的動向報告麼？」

「有！」呂大臨回頭從案上拿過一大卷軍情，翻了翻遞給李清。

李清翻閱著情報，突地，他拿著其中一份反覆地看了好幾遍，道：「尚先生，你來瞧瞧這份！」

尚海波粗粗一掃，不由咦了一聲，再仔細看了一遍，「大帥，有古怪啊！」

呂大臨從尚海波手中接過軍情，看了一眼道：「大帥，尚先生，有什麼古怪？青部頭領哈寧齊移動他的大帳兵，這很正常啊，只是尋常的軍事調動。」

李清搖搖頭：「不尋常，呂將軍，你瞧瞧哈寧齊的大帳兵調動的方向。」

「是向著虎赫軍來的方向，是有點意思；不過，也可能是虎赫來援，他去迎接啊！」呂大臨道。

尚海波一笑，「呂將軍，大帥如果帶著他的親衛營來，你會沒事帶你的精銳前去迎接麼？」

呂大臨惱火地道：「怎麼可能，大敵當前，我當然要將精銳佈置在前線。」

「著啊！如果蠻子發現了我們的企圖，那麼哈寧齊為什麼要帶著兵向反方向移動呢！」

呂大臨恍然大悟，「他在防備虎赫。」

李清點點頭，「對，看來巴雅爾要動手了！青部首當其衝，所以哈寧齊帶著大帳兵馬迎上了虎赫。青部實力草原第二，只要壓服了青部，那麼其餘各部必將俯首帖耳。」

呂大臨興奮地道：「那大帥，我們還打不打？讓他們狗咬狗一番，我們還省了勁呢！或者讓他們火拼一番，我們再去撿便宜。」

李清失笑道：「那倒是好，可是蠻子們會這麼蠢麼？我猜測巴雅爾只是威嚇哈寧齊一番，而哈寧齊能將青部經營成草原第二，自然也不是傻子，不到萬不得已，他們是不會火拼的，所以，打，我們還是要打。」

呂大臨有些擔心地看了一眼地圖，說：「大帥，如果我們還打青部的話，那虎赫距我們就太近了，青部也不是好啃的桃子，萬一戰事膠著，虎赫摻合進來，那對我們可就大大不妙了！不如我們去打紅部，紅部比青部要差得多。」

李清斷然道：「不行，我們如打紅部，虎赫必然會去援救，青部說不定也會去，那真的會打成一場亂仗；然而打青部，虎赫決不會去援救，他只擔心與我們拼得狠了，損失過重，被哈寧齊到時反咬一口，白族若是失去了狼奔軍，實力立馬下跌四成，那青部就有隙可乘。而虎赫不動，紅部必然也不會動，青部孤軍奮戰，我們狠狠地敲打一下，讓他處境再難過一點。給巴雅爾創造一個機會。」

「虎赫真不動的話，那巴雅爾以後只怕對草原各部交代不過去吧，這對他統一草原的大計也很不利啊。」呂大臨反駁道。

「你說得很對，虎赫不去救援青部，不意味著不會給我們來一下狠的。你看！」李清指著地圖上一個地方道：「我想，虎赫在得知我們襲擊青部的消息後，會立即轉向，奔到這裡來，準備在你們回軍之際橫擊一刀，截斷你的後軍，或者胃口再大一點的話，將你從中截斷。」

呂大臨倒吸一口涼氣，「青町！不錯，虎赫如打這個主意，我們與青部熬戰一番，回來時人困馬乏，戰意下降，此時他突然來襲，的確是大麻煩。」

「不是可能，而是一定，虎赫多智，打仗很少有蠻攻硬來的，多是打在人的軟肋上。」李清道：「尚先生，你如何說？」

尚海波大笑，「大帥已成竹在胸，卻要我來說這方法。呂將軍，大帥可以將姜奎旋風營臨時抽調出來，再加上大帥的親衛營，共萬餘鐵騎直奔青町，在那裡等候著虎赫。」

「大帥親自領軍？」呂大臨吃了一驚，「大帥，虎赫這次至少帶了一多半的狼奔軍，起碼也有二三萬鐵騎，將軍只有萬餘騎兵，又不能帶上步卒，那太危險了。」

李清笑道：「呂將軍放心，我與虎赫這一仗是打不起來的，他不想打，我也不想這個時候跟他打，他只要看到我出現在青町，必然會立時退走，因為他沒有把握很快地將我擊潰，而你此時也已在返回途中，**他能冒著被夾擊的危險與我決戰麼？**當然，如果虎赫失去理智，想蠻幹的話，我也願意奉陪，不過，那就看你能不能及時趕回與我夾擊虎赫了，你若來晚了，我可就只有夾著尾巴逃跑了！哈哈哈！」

室內三人都放聲大笑起來。

其實呂大臨心裡也清楚，若論起戰力之冠，沒有人能比得過大帥的親衛營，親衛營裡即使一名普通的士兵，放在其他部隊中都足以勝任一名低級軍官，這些人都是老兵，單兵素質不用說，進了親衛營，在李清的著力培養下，無論是戰術素養還是戰術紀律，都不是其他部隊能比擬的，這一點，從下派到自己部隊來的那些親衛們身上就可以看到。這樣的一支部隊，也許能擊敗他，但想擊潰、消滅他們，就太難了。

調動姜奎旋風營的軍令旋即發出，而本來準備只是來看一看的李清也決定踏上戰場，這麼久沒有經歷過戰場的血雨腥風，李清略微有些興奮，嘴角露出笑意。等我慢慢地將你們的衣服一件件剝下來！**巴雅爾，你還夢想著統一草原，圖謀中原，嘿嘿，我來了，便是你的不幸，你沒有時間了。**

「尚先生，可惜今天清風沒有來，否則我們倒是在這裡就把今後的大致方略敲定。」李清不禁嘅嘆道。

尚海波撇嘴道：「大帥，清風司長的統計司只是情報機構，負責一些輔助工作而已，對於定州以後大政的制定，倒是要請路一鳴等人來更合適一些。」

李清皺了皺眉頭，這些日子以來，他察覺到清風與尚海波之間的嫌隙越來越大了，唉，真是難辦，回頭勸勸清風，退讓一步吧，畢竟尚海波是自己麾下第一人，她是自己的女人，總要作出一些犧牲的。

「我說的事還非得清風參與啊！」李清不理會尚海波，接著道：「這一次我們重重打擊青部之後，青部實力大損，面對著巴雅爾的吞併越發沒有抵抗之力，讓調查司去推波助瀾，最好搞得讓巴雅爾強行吞併青部，這樣的話，我們便可以混水摸魚，只要他們火拼起來，哈寧齊自然不是對手，但我們也不能讓哈寧齊被巴雅爾宰了，如果能將哈寧齊弄到我們定州來，嘿嘿，那就有得看頭了，巴雅爾想必也會寢食難安的。青部頭人跑了，那青部即使被白部吞了，想必也有人還會心念故主的。巴雅爾敢將委這些人重任麼？吞併？我要讓巴雅爾發覺自己吞了一隻蒼蠅到了肚子裡去。」李清冷笑道。

次日，姜奎部奉命到達，上林里呂大臨部兩萬鐵騎則準時出發，原本聚集重兵的上林里走了呂大臨的兩萬騎兵，便只剩下了一營步卒和上萬名武裝屯民。

上林里開始警戒，所有屯民拿起自己的武器，攜帶著配備給圍屋的強弩，進了上林里城和衛堡，**戰爭氣息開始在這座新崛起的雄城裡瀰漫開來。**

第三天，李清率領著親衛營與姜奎的旋風營奔赴青町，候著虎赫去了。

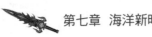

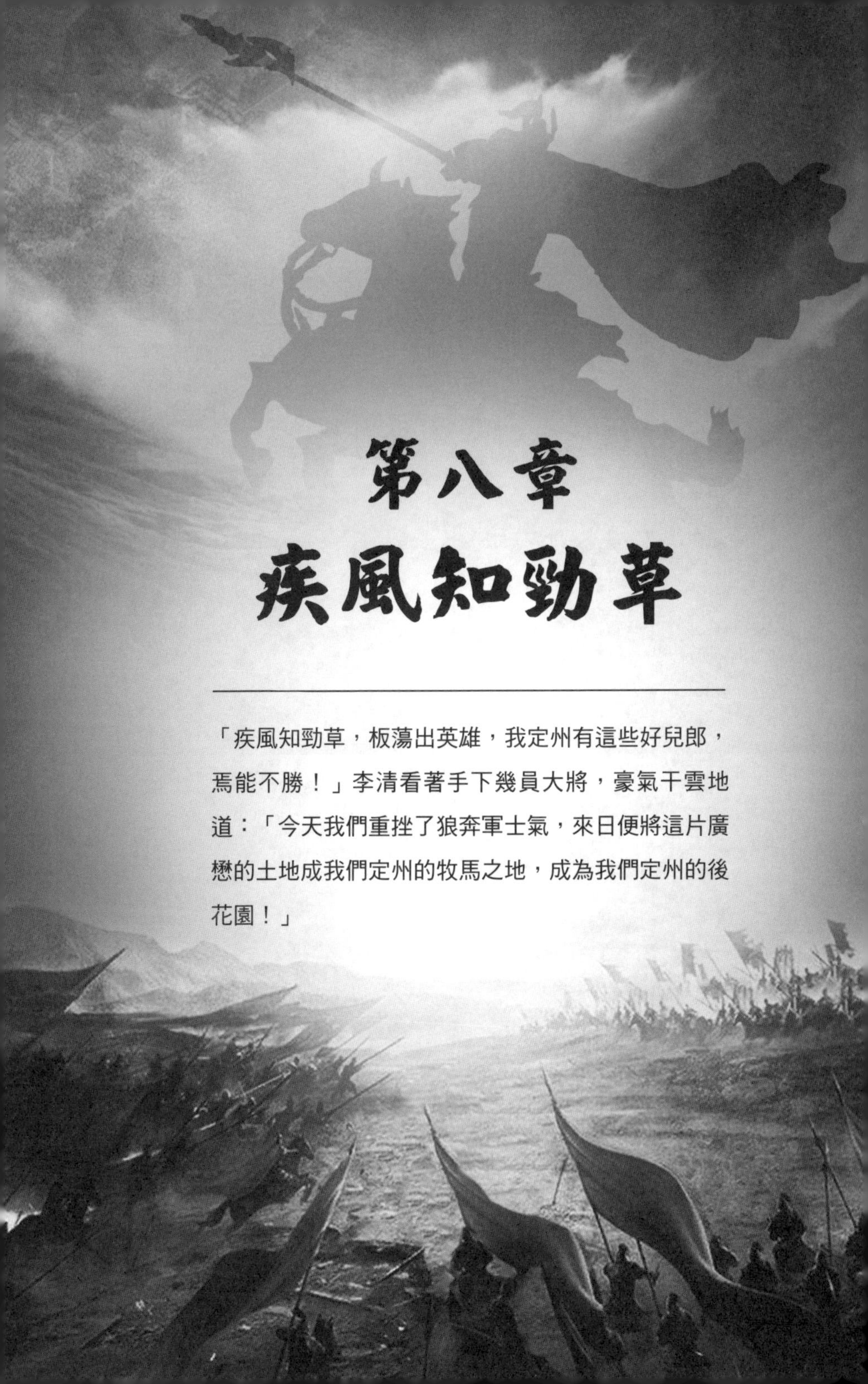

第八章
疾風知勁草

「疾風知勁草，板蕩出英雄，我定州有這些好兒郎，焉能不勝！」李清看著手下幾員大將，豪氣干雲地道：「今天我們重挫了狼奔軍士氣，來日便將這片廣懋的土地成我們定州的牧馬之地，成為我們定州的後花園！」

藍天，白雲，微風，青草，構成一幅絕美的草原圖畫，時起時伏，宛如波浪滾動的牧草間，白的，黃的，黑的，花的，一團團，一群群，或肆意嬉戲，追逐打鬧，或悠閒昂頭，目視青天，慢慢地咀嚼青草，或兩兩相對，伸出舌頭親暱地替同伴梳理毛髮，更有性子野的，怒目而視，長嗥威嚇，片刻間鬥在一起，四蹄翻飛之下，蹶起大片大片的草葉。

尚未成年的小傢伙們則畏懼地依偎在母親的身邊，看著戰況激烈的搏鬥，慢慢地眼睛中便顯出一絲興奮，小蹄子刨著地面，發出低低的嗚咽聲，每當這時，母親總是適時地用頭拱拱他們，讓他們保持安靜。

牧人們悠閒地或騎在馬上甩著響鞭，或躺倒在軟軟的草坪上瞇眼享受著陽光，生活在青部這樣的草原大部落裡，是他們的幸運，不需要同那些小部落的傢伙一般，每日為生計犯愁，他們只要每日向貴人頭人們上交足夠的皮毛或者乳酪，便可以享受部民的各種待遇。

青部百夫長勒夫很享受現在的生活，他有一頂大帳篷，一個很能生娃的婆娘，如今，他雖然才剛剛二十五歲，就已是三個娃的爹了，最大的已能騎得小馬，拉得開軟弓了，看那身架，不出十年，便又是一個驃悍的騎士了。

勒夫躺在草地上，瞇著眼看著背上背著最小的兒子的婆娘，正撅著屁股在擠羊奶，那不斷晃動的肥碩肉團讓他不禁有些心猿意馬，當初討她的時候，爹便說屁股大的女人會生養，當真是沒有說錯。

想起爹，勒夫不禁有些黯然，爹是一個很強的武士，可惜在定州戰死了，那些定州人真是可惡，總有一天，我們會在頭人的帶領下，再一次地打進定州去為爹報仇，搶回更多漢人的東西。

可惜今年不能去了，白族在定州吃了大敗仗，死了好幾萬人，而上一次青部也在落鳳坡被定州人偷襲得手，死傷不少，被迫向後退了上百里。但勒夫堅信這只是因為定州人使了詭計才能得勝。

真正野戰，馬背上長大的草原戰士，從小便能開弓射箭的雄鷹們比那些定州農夫肯定要強上不知多少倍，只要擺開陣勢，一定能殺得他們屁滾尿流。

今年不會有仗打了，便也不會有什麼額外的收入，便安心在家養馬牧羊，等到明年，想必又要去定州打仗，明年，一定給婆娘搶一些首飾回來。

勒夫瞄著老婆耳朵上戴著的那對金環子，那是他與那些大楚來的商人換來的，那些商人真是可惡，便是這兩個環子，便要了他十張上好的牛皮，要不是頭人嚴禁為難這些商人，自己真想一刀殺了那個一看就奸滑的商人，然後搶了他所有的東西。

但勒夫知道頭人的禁令是有道理的，聽說定州那個叫李清的上臺後，開始嚴禁商人與草原做買賣，今年以來，光是鹽價就翻了好幾番，而家裡的鐵鍋開了一個沙眼，自己想重新找那些商人買一個，問遍了所有來青部的商人，愣是沒有一個人賣這種東西。

據說那個什麼李清不許商人們帶一根鐵釘進入草原，違令者殺。這讓勒夫很是惱火。每當老婆做飯時，聽到火裡發出的漏水的滋滋聲，勒夫便發誓明年一定要打到定州去。

想著心事的勒夫被太陽曬得昏昏沉沉，慢慢地進入了夢鄉，他夢見頭人帶著他們，萬馬奔騰，連地面都顫抖起來，勇士們喊叫著衝進了定州，自己搶了好大一口鐵鍋，還有那明晃晃金燦燦的首飾。

地面的確在顫抖，勒夫從睡夢中驚醒，確認自己不是在做夢的時候，便看見婆娘正呆呆地看著他，他猛的跳了起來，大地真的在顫抖，久經陣仗的他立即判斷出這是大批騎兵正在靠近的緣故，頭人帶人走了，但不是那個方向，那個方向是？

他大叫起來，「定州人來了，敵襲！」

他衝進帳篷，匆匆地套上皮甲，拿起戰刀，牽過自己的戰馬，向自己的婆娘大聲喊道：「愣著幹什麼，還不快上馬向大營方向跑？」

勒夫一把撈起自己的大兒子放在身後，再將發呆的二兒子抓起來放在身前，這個時候，他看到自己的婆娘也跨上了一匹馬，「快跑，向大營跑，跑進大營便安全了。」他大喊道。

喊的同時，他已看到遠處黑壓壓的黑盔騎兵們，正如同洪水一般向這邊傾瀉而來。

勒夫的婆娘策馬跑了起來，不過她奔跑的方向卻是定州軍來襲的方向，勒夫大聲喊道：「回來，你瘋了嗎？快回來！」

婆娘聽到他的話，反而跑得更快了，勒夫突然醒悟過來，自己的婆娘是定州人，是當初老爹從定州搶回來的。

他打馬追了上去，「快回來，不能去，他們會殺死你的，他們不知道你是定州人！」勒夫放聲大呼，但婆娘根本不聽他的呼喊，連連鞭打著馬，反而跑得更快了。

勒夫流下了眼淚，「你這個蠢婆娘，你要死，為什麼要帶上我的兒子！」背上的兩個孩子也大叫起來，「阿媽，阿媽！」

他圈轉馬頭，向大營方向奔去，在馬上，他回過頭，看到定州軍那奔騰的陣容，看到自己的婆娘瞬間便被對方強大的騎兵撞得飛了起來，帶著他的小兒子，高高地飛上了天空，「你這個蠢婆娘！」勒夫哭了。

呂大臨的兩萬鐵騎分成三股，兩翼便像兩道巨大的箭頭呈弧形奔騰前進，中軍則稍稍拖後，在他們的前面，無數在外放牧的牧民正打馬狂奔而逃，他們的目標是不遠處的青部大營。

大營內，示警的號角聲淒厲地響起，營內一片忙亂，大批的騎兵從營內衝出，開始列陣，呂大臨看到對方衣甲不整的模樣，臉上不由露出滿意的笑容，這一次的突襲簡直太完美了，青部的主力大帳兵被哈寧齊帶走，剩下的這些人如何是蓄勢已久的定州鐵騎的對手?!

青部大營的後門已大開，無數的老弱騎著馬狂奔而逃，呂大臨微微冷笑，看來留守的這名青部將領倒也不蠢，知道大營肯定要不保了，竟然讓部族牧民逃走了，也罷，我要打的是你們的戰兵，這些人殺來何用，留著還能讓哈寧齊為養活他們而犯愁。

勒夫終究沒有逃回大營，在離大營千多步的距離上，他被定州兵趕上，雖然他也曾在馬上放箭，箭支準確地命中對手，插在對方的盔甲上，但顯然不足以讓對方致命，而且，對方的人數也實在太多了。

胸口一痛，身前身後的孩子一前一後發出慘叫，勒夫低頭看時，面前孩子的胸口上，透出一截矛尖，身後那名定州騎兵刺出手中的長矛後，立即鬆手，從勒夫身旁馳過，甚至還轉頭看了他一眼。

勒夫看到對方那雙冷酷的眼神，嘆息了一聲，從馬上摔了下來，父子三人連成一串，躺倒在鬆軟的草地上，身後無數的騎兵蜂湧而至，將他們淹沒，騎兵過後，草地上僅僅剩下一地的血跡。

呂大臨的中軍停在離青部大營兩千步處，而左右兩翼如同兩支長矛，鋒利地鑽入了匆匆迎上來的青部騎兵陣中，喊殺聲、慘叫聲響成一片。

青部十數萬人，能上馬作戰的不下五萬人，但是真正有戰鬥力的不過二到三萬，頭人哈寧齊帶走了二萬人，青部此時真正的精銳在駐地的不過數千，留守的是哈寧齊的兄弟哈寧壽，當他看到定州軍的陣容之後，立即判斷出大營守不住了，當務之急，是要保存青部的元氣，不能讓青部毀在這裡。

他當即下令，留守的數千精銳立即護著十歲以上的孩子，還有女人們馬上自後營撤退，而自己，則率領著二萬老弱列隊出戰，力圖將定州人擋住，為族人贏得逃跑的時間。只要還有孩子，還有能生孩子的部落中的強壯女人，青部就不會滅亡。

兩萬老弱很多沒有盔甲，就穿著單衣，提上長矛大刀跨上馬，義無反顧地衝出了大營，飛蛾撲火般地迎向裝備精良的定州兵。

這是一場一面倒的戰鬥，毫無戰鬥準備的青部騎兵被成批成批地砍下馬來，他們的長矛甚至無法刺穿對手的盔甲，許多人唯一能做的，便是在混戰中撲到對方的馬上，扭著對方一齊摔下馬來，然後在萬千馬蹄中被踩成肉泥。

呂大臨冷冷地看著戰場，久經陣仗的他對於血腥早已習以為常，不論是敵人還是自己人倒下，都不能讓他鐵鑄般的神經動搖分毫，他審視著戰場，計算著最佳的衝鋒時間，終於，他舉起了手中的長槍，高呼一聲，「定州軍，衝鋒！」他的中軍呼嘯著一洩而下。

快馬奔馳，馬上的騎士揮舞著連著鐵鍊的鐵錘，借著馬力狠狠地擊打在青部大營的柵欄上，當數波打擊之後，營柵轟然而倒，定州騎兵歡呼著自缺口一湧而入。

戰場上，渾身浴血的哈寧壽在隨身護衛的保護下，拼命地衝殺著，阻擋著一波又一波攻擊而來的定州騎兵，當聽到那聲巨響中定州兵的歡呼聲，看到大營中冒起的熊熊火光，他痛苦地叫道：「突圍，全軍突圍。」

哈寧壽想走，卻是走不了了，他鮮亮的盔甲和精銳的衛隊便如同一塊磁鐵，將大隊大隊的定州騎兵吸引到他的周圍，不論他和他的衛隊如何亡命搏殺，總是殺退一批，另一批便又死死地纏了上來。邊打邊逃，身邊的衛士也越來越少了。

呂大臨也注意到了這一隊驍勇的蠻族騎士，看到自己的士兵被對手連連砍下馬來，不由怒氣勃發，冷哼一聲，雙腿一夾馬腹，提著他的長槍直衝過來。

看到主帥衝將過來，圍住哈寧壽的定州騎兵紛紛策馬避讓，為呂大臨和他的親衛們讓開了一條通道。

槍刺出，一名蠻兵手提鐵盾，大喝聲中迎了上來，呂大臨嘴角一哂，他這一刺，便是磨盤大的石頭在這種勁道之下也會碎裂，他不信這名蠻兵的鐵盾擋得住。

果然，槍尖刺在鐵盾之上，一聲悶響，蠻兵臉上露出怪異的神色，鐵盾雖然完好無損，但卻反撞回來，腕骨碎裂，緊跟著手臂，喀喀之聲不絕，竟然被呂大臨這一擊直接粉碎了臂骨，斷骨戳入體內，呂大臨看也不看他一眼，風一般掠過，身後的親衛緊接過跟上，一刀梟首。

呂大臨勢如破竹，所過之處，幾無一合之將，剩餘的哈寧壽護衛被他一一挑下馬來。

此時的哈寧壽，頭盔已不知到了哪裡，渾身是血，不僅有定州兵的，也有他自己的，披頭散髮的他狂吼著迎上了呂大臨，「哈寧壽，是你！」

哈寧壽獰笑道：「呂大臨，受死！」

呂大臨大笑道：「天網恢恢，天幸讓老子碰上了你，陳亙兄弟、張繼雄兄弟，今日哥哥為你們報仇。」長槍高高舉起，竟然如同鐵棍一般直砸下來。

哈寧壽舉盾迎上，砰的一聲巨響，鐵槍高高彈起，呂大臨大喝一聲，再一次砸下，此時的他鬚髮皆張，圓睜雙目，所有的精妙招式都不要了，只以蠻力再一次狠狠砸下。

此時哈寧壽護衛盡去，被定州兵團團圍在中央，戰馬連個轉身的餘地都不大，熬戰多時，早已筋酸骨軟，呂大臨卻是養精蓄銳，此消彼長之下，呂大臨長槍重重砸了三下，便聽得咯的一聲響，哈寧壽的胳膊已脫了臼，面色慘變之際，呂大臨的第四下已狠狠地抽在他的身上，哈寧壽整個人被砸趴在了馬上。

馬兒受此巨力，四蹄一軟，已是跪倒在地，呂大臨獰笑著伸槍一挑，將哈寧壽整個人挑飛到了空中，待他落下之機，長槍反掄，又將他抽上了半空，如是三兩下，哈寧壽已是骨骼盡碎，落到地上時，已是渾身軟綿綿的一灘爛泥，死得不能再死了。

「將這個狗賊的腦袋砍下，帶回定州祭奠死去的兄弟，把他的屍體給老子懸在旗桿上，讓哈寧齊看看與我們做對的下場。」呂大臨大聲道。

「遵命，將軍！」

「給我將青部大營一把火燒光。」

「一個時辰後全軍集結，奔赴青町！」

青町，李清率領著親衛營與旋風營，在呂大臨擊破青破大營當天到達，在一面緩坡上，一萬餘名騎士集結在緩坡坡頂，耐心地等待著虎赫的出現。

傍晚時分，士兵們草草地吃了一點乾糧，喝了點水，便抓緊時間躺倒休息，說不準什麼時候便有一場大戰，此時，能多休息一下，恢復一點體力，在戰鬥中便能多一份活下來的指望。

「大帥，虎赫真的會來嗎？我很擔心他在得到我大哥襲擊青部的消息後，會與青部哈寧齊合兵一處，那我大哥那裡可就頂不住了。」

呂大兵很是擔心，呂大兵到親衛營擔任參將，是定州軍方洗牌的一個重要籌碼，不過他倒極為高興，因為李清的親衛營是公認全軍最為強大的戰鬥單位，而且這裡面的每一個人只要能在戰鬥中活下來，都有可能成為軍官。

呂大臨曾對他說過，如果大帥將來能成就大事的話，你在親衛營待的時間越長，以後我們呂家在軍中的力量也便會越強大，因為你是這些未來將軍們曾經的長官。

李清看著漸漸落下的暮色，肯定地道：「他一定會來，虎赫不會與哈寧齊一起追擊你哥哥，因為他明白，如果他與哈寧齊合兵一處，呂將軍便會腳底抹油，溜之大吉，他什麼也不會撈到，而他選擇奔赴青町，便是打得半渡而擊的主意，說不定便能取得一場大勝，再說，青部此時實力越弱，對白部一統草原便越有利，不然，你以為虎赫巴巴地帶著狼奔軍靠近青部為的是什麼？」

姜奎呵呵笑道：「呂將軍，放心吧，大帥算無遺策，那虎赫一定會來，我倒是盼望著與他的狼奔軍打上一仗，狼奔軍偌大的名聲，不碰上一碰，真是不甘心。」

「姜奎，你的旋風營是很不錯，但不要以為你曾經打敗過白族兵，便以為自己了不起，虎赫狼奔，巴雅爾的龍嘯，都是有數的精兵，以前你碰上的是白族的雜兵，虎赫能在蔥嶺關外抗擊室韋人這麼久，豈是好相與的？不要把敵人想得太差，想得太蠢，這會要你的命的！」

對姜奎，李清就沒必要像對呂大兵那麼好顏好色了，聽姜奎語氣輕佻，有些輕敵的意思，當下不客氣地斥責道。

「是，大帥，姜奎一定記住您說過的話！」姜奎凜然，見大帥把虎赫狼奔看得如此重，心裡原先那一點輕視也蕩然無存了。

「**未慮勝，先慮敗**，為將者，一定要考慮周全，兵乃凶器，不慎加運用的話，會枉死很多人的。」李清繼續道。

這一下，不但是姜奎，連呂大兵也認真了起來。

「當然，我這樣說也不是讓你們畏首畏尾，**兵法是死的，人是活的，運用之妙，存乎一心**，這就要**看為將者的靈機應變了**，這也是良將與庸將的區別！」

「來了！」一名親衛驚喜地大叫起來，這一聲彷彿號令一般，原本在地上或躺或坐的士兵，嘩啦一聲全都站了起來，翻身上馬，很快地排成了攻擊陣形。

李清的嘴角露出一絲笑容，「虎赫，你還當真來了，來吧，讓我來嚇你一跳，哈哈！」

「吩咐下去，全軍準備火把，讓我們歡迎虎赫的狼奔軍吧！」

「大帥，我們趁其不備，猛然擊之，必破狼奔！」姜奎大叫起來，多麼好的機會啊，大帥居然只準備嚇虎赫一跳。

李清大笑，「虎赫是草原第一名將，既有名將之聲，豈是浪得虛名之人，他必有前哨突出，我等主動出擊，就算滅得了他的前哨，但你不要忘了，此時，兵力佔優勢的可是他，**我們贏了前面的，說不定就輸了後面的，要是撐不到呂大臨部到來，到時逃跑的可是我們，那不是徒惹笑柄嗎？**嚇唬他一下便夠了！」

李清話音未落，果然眾人便聽到不遠處有急驟的馬蹄聲傳來，的確，虎赫派了一隊前哨探路。

「點火！」李清下令。

緩坡之上，陡地亮起成千上萬支火把，將方圓里許之內映照得一片通明，前面的馬蹄聲驟然停止，旋即又響了起來，這一次，卻是愈去愈越，而不遠處，那奔騰而來的火龍也猛的亂了一下，不久即恢復了平靜。

「好將，好兵！」李清讚道，虎赫狼奔在突遇敵情的情況之下，居然在這麼短的時間內便壓住了陣腳，讓李清不得不讚，狼奔虎赫當真是勁敵。

火龍慢慢地彙聚成火海，一排排地排列整齊，然後向這邊緩緩而來。

兩軍離開兩千步的距離，逼近的狼奔軍便停了下來，明亮的火光之下，狼頭大旗迎風飛舞，虎赫明亮的目光看向坡上李字大旗下的李清。

被李清放回去的諾其阿已重新歸建於虎赫旗下，與另一員大將豪格一左一右衛護在虎赫兩邊。

「虎帥，打不打？」諾其阿問道。

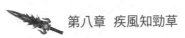

虎赫臉上露出一絲遺憾，「怎麼打？李清即然在此，那就是他早就算準了我會來青町，這個人年紀輕輕，當真厲害，大單于小瞧他了，想必此時攻破青部大營的呂大臨正率部逼近這裡，我們不能在短時間內擊潰李清的話，讓呂大臨兩萬騎兵自側面襲來，必敗！」

「大帥，我們可以試一試！」豪格躍躍欲試。

「諾其阿，你與定州兵交過鋒，看到對面的姜字旗了麼，那是你的老對手，你如何看？」

諾其阿認真地思忖了一下，道：「虎帥，姜奎的旋風營作戰方法與我們狼奔軍極為類似，士卒悍不惜命，雖然我們兵力上占上風，但李清的親衛營戰鬥力比旋風營更強，這兩支定州軍在此以逸待勞，在地形上又占了上風，而且，他們事前料準我們要來，士氣想必也高昂得很，這一仗，我們沒有絕對勝算，如果呂大臨部趕到，則我們就要敗了。」

「是啊，你說得不錯，所以，這一仗，我是不想打的，想必李清也是不想打的。」虎赫嘆道。

「大帥為何料準李清也不想打？」豪格有些奇怪。

虎赫笑道：「如果李清想打，就不會如此明火執仗了，而是在我軍靠近之後揮師突襲，趁我軍不防之際伺機擊敗我，嘿嘿，李清倒是很看得起我啊，如此優勢仍不肯冒險，看來，他是想以堂堂正正之師與我正面較量，擊敗我啊！」

「如此退兵真不甘心，而且青部白白地吃了這麼一個虧！」豪格恨恨地道。

虎赫冷哼道：「讓我們看看李清的士兵到底有多厲害，諾其阿，你與李清認識，上去告訴他，我們不妨來鬥鬥兵，他們大楚不是有鬥兵的習俗嗎，鬥兵完後，不論勝敗，我們都回去。」

「是！」諾其阿大聲領命，策馬便向緩坡上奔去。

「不能大打，小打一場卻是無妨，挫挫定州軍的銳氣！」虎赫捻鬚微笑，**兩軍交手，鬥智鬥力，互看手段**，這小打雖然對眼下之局沒什麼意義，但長遠來看，則影響深遠了。

白族沒有如預料之中的那般退兵，李清倒有些拿捏不準了，像虎赫這類人，總是難以完全把握住他們的心思，李清自認也只能猜個八成，從虎赫上一次奇襲定遠，以人質換俘事件中就不難看出，**這個人是不拒絕險策奇計的**，**當初他敢以疲師攻定遠**，**今天會不會孤注一擲呢？**

李清的心裡打起了鼓，正常分析，虎赫在巴雅爾致力於一統草原之際，絕不

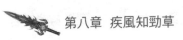

會來招惹自己，兩隻老虎打架，最後的結局很可能便是便宜了猴子，虎赫會腦子發熱麼？看到白部人馬不退，定州兵已做好了衝鋒的準備，如果要開打，自己這邊佔據了地利，至少在馬力上要稍勝一籌。

白部之中，一人單騎而出，直奔這邊而來，李清不由長出了一口氣，這便是不會打了，但虎赫派個人來幹什麼，說幾句場面話嗎？這又不是江湖毆鬥，還要交代幾句青山不改，綠水長流麼？

「虎帥麾下諾其阿，求見李清李大帥！」

李清一聽不由樂了，熟人嘛，在定州相處了很長時間，這個人是一個大將之才，現在已到了狼奔軍麼？

「得瑟什麼？不就一個我們的手下敗將麼？」姜奎嘀咕道。

離定州軍百步之際，諾其阿勒住馬匹，翻身下馬，空手向前走了幾步，示意自己沒有惡意，李清笑道：「讓他過來吧！」

呂大兵大笑著策馬向前幾步，「諾將軍，別來無恙乎？一別數月，呂某可是想念得緊啊！」

諾其阿大怒，他便是被呂大兵和過山風圍住後，為了保護公主，無奈之下才選擇投降的，看著呂大兵一副趾高氣揚，勝利者的姿態，不由氣得七竅生煙，恨恨地瞪了他一眼，快步走到李清面前，左手撫胸，向馬上的李清行了一禮，道：「諾其阿見過李大帥。」

對於李清，諾其阿還是挺佩服他的心胸的，在定州，雖然自己成了俘虜，但在李清的關照下，卻沒有受任何的委屈，當然，那些守衛小兵的白眼不算在內，本來以兩家你死我活的關係，他已經作好了受辱的準備。

李清居高臨下地看著諾其阿，這個人雖然曾經當過定州軍的俘虜，但李清倒不會小瞧他，單看他面對呂大兵的挑釁能忍住氣，對一個血氣方剛的武將來說就是很不簡單的。

「虎帥有何事？是不是不想與我定州軍面對面地較量一番，準備就此偃旗息鼓，全軍後轉呢？」李清似笑非笑道。

諾其阿不卑不亢地道：「李大帥這是說哪裡話，明明是李大帥不想打，我們虎帥不願逼人太甚，加之敬重李大帥也是一方豪傑，這才讓諾其阿來說與大帥聽，也好讓李大帥安心啊！」

呂大兵姜奎等不由大怒，惡恨恨地瞧著諾其阿，恨不得一口吃了他，李清卻大笑道：「虎帥說李某不想打？真是笑話，李某巴巴地從定州跑到這裡來，莫非是遊山玩水不成？很可惜，草原風光不及我定州遠甚。我正是想來瞧瞧虎帥的威風是不是如傳說中的那般啊，很可惜虎帥臨陣卻蔫了。」

諾其阿道：「大帥如果想打，又何必明火執仗，偷襲豈不更有效果？如此給我軍報訊，其意自明，我家虎帥也是知情識趣之人，焉會煞了風景？」

李清歪著頭打量了一下諾其阿，倒瞧不出這傢伙辭鋒也厲害得很，「我明火執仗，是想讓虎帥見識一下我定州軍的兵威，不想趁火打劫，如此這般，即使贏了，虎帥也不會服氣嘛！」

「定州兵威，虎帥在定遠堡已見識過了！」諾其阿大笑。

呂大兵大怒道：「兀那蠻子，忘了你曾是呂某的俘虜了麼？我家大帥仁慈，讓你僥倖留得一條性命，居然還在這裡大言不慚。」

諾其阿轉過頭，斜睨著呂大兵，抗聲道：「吾被俘，非戰之罪，吾得活，是虎帥之力，姓呂的，他日戰場之上，總有一雪當日之辱時。」

呂大兵霍地拔出刀來，「何不現在？」

諾其阿冷笑一聲，目視李清，不再理睬呂大兵，把呂大兵氣得在馬上扭來扭去，要不是顧著大帥就在跟前，簡直便要下馬與他扭打了。

「不說廢話了，諾其阿，虎赫讓你來是何用意，總不是來與我部將鬥氣的吧？想必虎帥這時急著回頭，晚了，李某可就要留客了。」

諾其阿心中一凜，李清這話說得可就明顯了，很顯然，呂大臨的部隊正要向這邊趕來，計算路程，只怕用不了幾個時辰就會到了。

「我家虎帥說，兩軍既遇，這樣掉頭而去，不但他不甘心，想必李帥也是不甘心的，俗聞大楚有鬥兵的習俗，我草原也有插旗奪旗之慣例，**今日便來鬥上一場，不論誰勝誰敗，鬥完之後，掉頭便走，如何？**」

嗯？李清不由一愣，想不到虎赫居然提出這個建議，想必是對他狼奔軍的戰鬥力有著絕對的自信，**想要給自己一個下馬威**，沉吟之中，目光不由轉向旋風營參將姜奎，姜奎策馬向前，「大帥，末將旋風營願意迎戰！」

李清思忖片刻，這也是一個摸摸虎赫狼奔實力的機會，倒是可以一試，只是輸了，只怕會在軍中留下陰影，這種騎兵之間的鬥兵，對上的又是狼奔，自己還真是沒把握，沉吟不決之時，諾其阿笑道：「大帥若是不敢，儘管直說，我家虎帥說了，他掉頭便走，絕無二話。」

姜奎狂怒，一躍下馬，單膝跪在李清馬前，「大帥，末將願戰，若輸，末將提頭來見！」

李清斥道：「胡說什麼！」目光看向諾其阿，「告訴虎帥，戰，雙方各出一百人。鬥兵！」

諾其阿一抱拳，轉身便行。

李清看向姜奎，「姜奎，你的部屬有把握嗎？」

姜奎大聲道：「末將屬下皆敢死戰。」霍地站起，奔到旋風營前大呼：「與蠻子鬥兵，我要一百人，哪些果長願意去一逞我定州旋風營威風？」

「末將願往！」十幾個果長應聲而出。

姜奎的目光在眾人臉上轉來轉去，半晌，大聲喊道：「關少龍！」

一名年輕將領應聲而出，滿臉都是興奮之色，「末將在！」

「你選你部精銳一百人，為大帥去奪旗斬將！」

「末將領命！」關少龍興沖沖地跑向自己的部屬，而其餘的一批果長見沒了機會，快快不樂地退回了隊列。

兩方的戰鼓幾乎在同時響了起來，戰士的呼喊聲撕裂夜空，兩名騎士各執一面軍旗飛馳而來，在戰場的中央，相距數百步，同時將兩面大旗深深地插入地上，圈馬而回。

戰鼓鼓點再變，兩方一百名騎士緩緩從本陣小跑而出，既然是光明正大的鬥兵，定州騎兵也不占地利的便宜，策馬下了緩坡，到了平地列陣。

狼奔軍清一色鐵甲，左手執圓盾，右手握彎刀，而定州旋風營亦是全身鐵甲，與狼奔軍不同的是，他們還有護臉的面甲，此時拉下面甲的他們，只有兩隻眼睛露在外面，旋風營一人一支衝陣長矛，馬鞍旁掛著一把戰刀，與狼奔軍手裡的彎刀相比，他們的刀身略長，弧度略小。

這種最新式的盔甲是李清自京城看到御林軍中的裝備之後，又在復州敲得大筆銀子，手裡寬綽了，才開始在部隊慢慢裝備，姜奎的旋風營是李清的第一支騎營，自然是拔得頭籌，率先裝備。

「列！」關少龍一聲低吼，因為戴上面甲，聲音顯得很沉很悶。百名騎兵手中的長矛同時抬了起來，十乘十的馬隊驟然之間便像蓄勢待發的利箭。

「必勝！」關少龍再次低吼。

「必勝！」九十九人同聲應和。

人數雖少，但氣勢驚人。與此應和，緩坡上的萬多定州軍同聲高呼：「必勝，必勝！」

虎赫微微變色，「果然強軍！」心中必勝的信念微微有些動搖。

鼓聲驀地變得高昂起來，隨著戰鼓，兩邊騎士同聲高呼「殺！」雙腿用力一夾馬腹，衝向對方。

刺槍平端，身子前俯，前衝，遇敵，刺敵，棄槍，拔刀，殺入敵陣。雙方不斷有人倒下。

這場鬥兵與京城鬥兵大大不同，**京城鬥兵只論輸贏，不論生死，而這一仗，卻是以生死定輸贏**，即使雙方都只有一個人還活著，決鬥就不會停止，直至一方完全倒下。其殘酷比起大軍決戰有過之而無不及，大軍決鬥，你還能閃躲騰挪，力求生機，但**這場決鬥，註定便是一往無前，敵不死則己死的不死不休之局**。

李清皺著眉頭，每當看到己方士兵掉落馬下，臉上肌肉就不禁一跳，心中著實心疼得要死，但這一仗卻不得不打。

雙方數萬士兵，此時除了鼓點之外，全都鴉雀無聲，場中的殘酷決鬥便連這些精銳也是心驚肉跳。

鼓聲驟停，決鬥場上無一人還在馬上，統統落下馬來，倒伏在地，戰場上一片死寂，雙方誰都沒有想到會是這個結果，居然會是兩敗俱傷。

「他媽的，白白折損我百名勇士！」李清從牙縫裡擠出幾個字，臉色鐵青。

「大帥，你看！」姜奎聲音顫抖地指著戰場，神色激動之極。

循聲看去，李清兩眼猛的一亮，一個定州軍服色，倒伏在地上的士兵微微蠕動了幾下，慢慢地，一點一點地從地上撐起，他的一支手臂已沒有了，在火光的映照下，白森森的骨頭清晰可見，他先是單膝跪在地上，深深地吸了口氣，然後以刀拄地，一點點站了起來。

「必勝，必勝！」坡上萬餘士兵發出震天的歡呼，**旋風營還有一人活著，這場決鬥，是定州贏了。**

「是關少龍！」姜奎顫聲道。

一步步挪到狼奔軍大旗前，關少龍將刀橫咬在嘴裡，伸手拔起對方軍旗，轉身向著坡上舉起。

「威武！」坡上再次爆發出歡呼聲。

狼奔軍寂無聲息，豪格悄悄地拿起強弓，正待搭箭瞄準，虎赫嚴厲的目光已看了過來，豪格怏怏地放下了弓箭。

「走吧！」虎赫落寞地嘆了一口氣，撥轉馬頭。兩萬狼奔軍跟著策馬，只餘下諾其阿帶著一部人馬，走到戰場上，開拾收拾戰士遺體。緩坡上，幾名騎士衝了下來，迎上了他們的英雄關少龍。

凌晨時分，呂大臨的部隊到達青町，看到九十九具英雄的遺體，聽聞了那一場慘烈之極的奪旗大戰，即便是呂大臨這種見慣生死的大將，仍是不由動容，走到擔架上的關少龍面前，鄭而重之地向他行了一個軍禮，拍拍他的胸膛，「好樣的，兄弟！」

關少龍臉色蒼白，斷臂之處的流血雖然早已止住，但劇痛卻仍是讓他的臉孔有些扭曲，躺在幾根長矛臨時紮在的擔架上，見到呂大臨向他敬禮，不由激動地滿面緋紅，「謝謝呂將軍！」

李清微笑著看著這個漢子，道：「是條好漢，大長了我定州軍威風，少龍，先安心養傷，傷好後便到我親衛營來吧，不要認為自己少了一條胳膊就不能當軍人了，你以後還會是一名很棒的軍人。」

「多謝大帥！」關少龍大喜，掙扎著想要爬起來向李清行禮，李清伸手輕輕地按住他的胸膛，溫聲道：「別動，現在最要緊的便是養傷。」

「**疾風知勁草**，**板蕩出英雄**，我定州有這些好兒郎，焉能不勝！」李清看著手下幾員大將，豪氣干雲地道：「今天我們重挫了狼奔軍士氣，來日便將他們全殲在這茫茫草原之上，讓這片廣懋的土地成我們定州的牧馬之地，成為我們定州的後花園！到了那時，方是我們定州騰飛之日，我戰馬所向之處，軍旗飛舞之地，何人能擋我鋒銳?!」

呂大臨、呂大兵、姜奎等人神色激動，同聲道：「大帥威武！」

這是李清第一次在軍中重將面前吐露自己的心聲，定州只是他積蓄力量之所，**踏平草原之後，方是他騰飛之日**，戰馬所向，軍旗飛舞之地，當然是中原大地。作為李清麾下的武將，李清的雄心壯志便是他們的輝煌未來，如何不讓人心生嚮往。

大隊人馬返回上林里，先期返回的前哨早已將勝利的消息傳送回來，當大軍回到上林里城下之際，歡聲雷動，這些年來，定州很少取得這樣的大勝了，而自從李清主政定州之後，一連兩場大勝，再加上先期的撫遠戰役，讓他的威望一時上升到了最高點，當看到李清的帥旗出現時，震天動地的大帥威武聲響徹在上林里城的上空。

李清微笑著，騎在馬上，緩緩走進上林城的大門，而呂大臨等人，則刻意落後了十數步，讓前面的李清更加的突出，更加的顯眼。

是役雖然大勝，但為了防止青部哈寧齊的報復，上林里仍然沒有解除警戒，李清也帶著親衛營與旋風營待在上林里。

直到三天之後，探子與調查統計司情報人員同時確定青部已全族後撤，而紅部明顯也是畏懼定州再次發起打擊同時後縮。

虎赫也率軍回轉，青部遭受了重大打擊，他此來的任務便完全沒有任何意義，現在的青部已根本無力與白部抗衡了，在巴雅爾接下來的整合中，已無力對巴雅爾形成威脅，從一個方面來說，是一件好事，但這事由李清來做，和由自己來做，完全是兩碼事。

虎赫心裡十分膩歪，但又提起了十二分的警惕，見識了李清士兵的戰鬥力，讓他對李清的實力有了清醒了認識，自己的狼奔軍對上現在的定州軍並沒有十足的把握，雙方實力相當，誰勝誰負很難說，好在還有大單于的龍嘯，精銳士卒方面白部肯定還是佔有優勢的。

虎赫不相信呂大臨部也有如此的戰鬥力，這從李清不願意在青町與自己接戰便可證明，說明李清即使在占著上風的情況下，也沒有全殲自己的把握，否則以李清的性格，這麼好的機會，不抓住痛扁自己才怪。

李清在回避過早與白部在野戰中拼命，而是想讓白部在堅城下流盡血液，而大單于也在將散開的手指一一收回來，攥成一個有力的拳頭，明年或是後年，腳下的這片土地肯定會沾滿血跡，虎赫如是想。

「冬麥已經播種下去了，但是今年，上林里還是不能自給自足，仍需要定州給予支援！」呂大林指著腳下新翻的土地，對李清道。

李清蹲下身子，將腳下的土抓起一團，在手裡捻成細末，看著黑色肥沃的細土從手裡滑落，他的臉上露出笑容，道：

「很好，以前我們定州苦於糧食不足，但現在開墾了這麼多出來，很快便能解決這一問題了，哦，呂將軍，回頭我讓路一鳴派一批行政官員到上林里來，幫著你管理這裡的行政，而你，專注於軍事即可，上林里的人越來越多，已經不單純是一個軍事要塞了，我想，不久，我便會在這裡重新成立一個縣。」

「是，大帥！」呂大臨臉上波瀾不驚，好像李清不動聲色之間便分了他的權去，他是絲毫不以為意的。「我也正苦於此事，定州安排到上林里的流民越來越多，開墾的土地，建立的屯民點也越來越多，讓末將實在是分身乏術，有了專業的文官來操心這些事，末將便可以一門心思地操練軍隊，打擊蠻子了。」

李清讚賞地看了一眼呂大臨，現在他越來越覺得呂大臨**不僅是一個沙場猛將，更是一個合格的成熟的政客**，在某些方面，比自己要老練得多，上林里在定州的地位因為蠻族的存在已變得越來越重要，定州目前的政策是盡可能地向這裡傾斜，所以，這裡不可能讓他軍事行政一把抓，需要有一個人來制衡，看來呂大臨早已想到了這個問題，是以在自己突然提出來後，他才能做到如此平靜。

「派來的行政官員雖然是隸屬於州里，但上林里情況特殊，你在戰爭爆發時對他們還是有臨時的節制權，這些官員同時向你和路一鳴負責。」李清不願意關鍵時刻雙方扯起皮來，這對於他的大計是不利的。

「是，多謝大帥。」呂大臨抱拳道。

「不過大帥，能不能把旋風營的那種甲冑優先給我們配備一點？」呂大臨道，這幾天他看到旋風營剛剛配備的新式甲冑，對於弓矢的防護性能極好，特別是加裝了面甲之後，對士兵的保護更是上了一個檔次，以前與蠻族作戰，很多士兵們都是面門中箭，蓋是因為蠻子箭法極好，見射到身上不容易穿透鎧甲，對士兵造成很大的傷害，很多箭支都是奔著面門來的，而這種帶護臉的甲具則改善了這一問題。

「這種甲目前還沒有形成大規模的生產，沒有能力給你所有部隊裝備，這樣吧，回頭你找尚先生，給你先配備一個營的量吧！」李清點頭道。

能弄來一個營的這種甲冑，呂大臨已是非常滿意了，他也清楚這種甲的確還沒有大規模生產，連王啟年的天雷營都沒有裝備，從這一點看，李清的確對自己是非常信任的。

「雖然不能給你大規模裝置新甲，但我還是有禮物要送給你。」李清笑道。

哦？呂大臨大感興趣，大帥既然送禮，這禮便鐵定不是一般的東西。

「匠師營弄來出一種板甲，是用最新的鋼材打造的，只不過這東西打造起來太費力，要工匠們一錘一錘地敲出來，沒能力大規模打造，這種板甲可比你現在用的魚鱗甲防護性能好多了！」李清笑道。

這種鋼製板甲是李清在看到他那輛堪比防彈車的馬車後突然想起來的，這時代，將領們大都用魚鱗甲，將一片片的鐵片綴起來，一件甲衣起碼有幾十斤重，笨重不說，而且在連接處經常會被武器刺穿，對將領造成傷害，而這種鋼製板甲就好多了，先是重量減輕許多，這極大地降低了將領們的負擔，可以很好地節省體力，而且防護性能也大幅度地提高了。

只是可惜這東西打造起來太費力。要是有衝壓機就好了！李清時常在心裡想。但現在，這夢是不必做了，只能少量地打造一部分，配備給將領。

「很快就給你們送來！不多，主要是裝備給高級將領的！」李清道。

「多謝大帥！」這麼一份意外的禮物讓呂大臨極為高興，**在戰場上，將領的傷亡是讓人最頭疼的，一個將領培養起來極為不易，但一個小小的意外便會令他傷亡，這往往會讓一支部隊崩潰**，特別是像呂大臨這種騎兵居多的部隊，雖然定州軍現在的體系已儘量地減少了這種事情的發現，但仍是不可避免地發生一些將領出現意外，如果解決了這一問題，他的部隊戰力還將提升。

「明天我就要返回定州了，你在上林里練兵屯兵的同時，還要繼續對草原施加壓力，不停地掃蕩小部落，在今年的第一場雪前，儘量地多打幾仗，將這些部落逼向草原腹地，加大巴雅爾的後勤負擔，我們對草原的經濟禁運著有成效，讓巴雅爾去頭疼怎樣養活這些投靠他的部民吧！」李清交代道。

呂大臨點頭道：「是，我會派出部隊輪番出戰，一則達成大帥的戰略目標，再則也可練練兵，看那狼奔軍的戰鬥力，委實比我部要強啊！」呂大臨嘆道。

「一支部隊改變不了大勢！」李清道：「時間越長，我們的優勢便越明顯。」

「對了，你和大兵分別也很長時間了，這一次難得相聚，今天兄弟兩人便好好地說說話吧，明天，他可就又要跟著我走了！」李清笑道。

「男子漢哪有這許多婆婆媽媽的，大兵肩負著大帥的安危，豈能輕離！」呂大臨笑著拒絕，「更何況這幾天我們兩兄弟也已見過好幾面了，那小子，跟了大帥後，長進不少，比以前沉穩多了。」

定州軍再次大破草原蠻子，陣斬蠻酋大將哈寧壽，破青部大營的消息早在幾天前便傳回了定州首府定州城，定州城裡一片歡欣鼓舞，街道上不少的居民，商戶掛起了表示喜慶的紅燈籠，最高興的莫過於那些酒肆飯莊，這幾天的生意暴漲，讓廚房裡的大師傅和跑堂的小二叫苦不迭，讓老闆們個個紅光滿面。

定州人從來沒有像現在這樣有安全感了，以前簡直是一日數驚，如驚弓之鳥一般，時時擔心著蠻子殺到城下，但自從李帥主政之後，戰線日復一日地向草原方向挺進，現在定州城已幾不聞兵戈之聲，一派歌舞昇平景象。

大量的人口湧進定州，近一段時間一來，特別是從復州跑到定州來的人越來越多，復州本比定州富饒，但自從鬧起匪患，反而比不上定州這邊了，有錢的跑到定州城，做個小本生意，身無分文的也可以跑到這裡，反正定州鼓勵人丁來投，設有專門的安置司處理這些事務，你只要登記入冊，馬上就可以為你安置地方，授田，發傢俱，種子，在明年收穫之前，還會為你提供基本的生活費用。

當然，這些都是要還的，不過可以分三年，一批一批的償還，而且還不用付利息。在如此的利好政策下，定州的人口愈來愈多，開始有一點繁華大州的意思了。

當李清的軍隊出現在定州城外，早已聚積了無數的百姓前來夾道歡迎。接照慣例，首先是陣亡將士骨灰入城式，當城上淒涼的號角聲響起時，本來喧鬧的人群立時安靜下來，大多的百姓低頭默哀，有的跪在地上，更有些早有準備的人已是備下一爐青香，點燃起來，青煙嫋嫋，扶搖直上。

「魂兮歸來！」招魂的聲音再一次在城下響起，自李清以下，所有騎兵下馬，伏旗，目視九十九名戰士的骨灰入城。

緊接著，卻是獨臂的關少龍騎在馬上，與李清並轡而入，李清竟然親自為他牽著馬韁，關少龍激動的臉膛通紅，嘴脣哆嗦，獨臂手裡倒拖著那面繳來的狼奔軍旗幟，與李清走到城門時，用力將旗幟扔到地上，縱馬自上面踩踏了過去。

身後騎兵隆隆開進，從那面旗幟上踐踏而過。

「定州軍威武！」

「大帥威武！」

城上城下，響起陣陣歡呼。

晚上，大帥府大擺宴席，慶賀這一次的大勝，不過李清宴請的人卻不僅僅是自己屬下高官將令，而是將整個定州城裡的豪門紳貴都請了來，這讓這一群人都是心下惴惴。

李清主政之後，一連串的政策讓他們是冷汗直冒，這些政策大多都是針對著他們，頗有些打土豪分田地的意思，但在李清強大的兵力面前，這些人只能打落牙齒往肚裡吞，誰也不敢有二話，看一看方家吧？即便有這麼強大的後臺，但現官不如現管，在李清的刀兵面前，迅即化為烏有。李清在定州一直沒有與他們打過什麼交道，今天特地請來是什麼意思呢？所有人心裡都在揣測，更有的已做好大出血的準備了。

場中除了那些官員們，就只有一人行若無事，據案而坐，而很多定州官員將軍經過他的桌前時，都不忘給他行上一個禮，一個著五品官服色的年輕人正恭敬地垂手立在他一側，這個人，當然就是大楚神醫恆熙了，而他身邊的那位年輕官員，則是定州醫營的最高首腦恆秋。

恆秋也已不復當年那個青澀少年模樣了，兩年的歷練讓他明顯變得精幹起來，現在的醫營早已不是當年模樣，已更名為定州醫衛司，恆秋便是第一任的司長。

在李清的大力支持和推動下，除了軍隊，定州現在每個縣開始設置官辦醫館，在這裡看病，是不用額外支付診費的，只需付藥錢就夠了，因這醫館裡的大夫都是拿定州薪俸的。恆秋現在更多的是從事著管理的職責，已很少親自動手診病開方了，從一個單純的大夫向著官員角色過渡。

現在他的手下光是大夫就有上千人，軍隊中每個營都配備了一個醫療隊，這個名字是李清起的，而營下面的翼也配備了能做一些治療的醫師，這是一個龐大的體系，每年的預算都是十萬兩銀子開外。

來自後世的李清知道，大戰當中，士兵的傷亡很大一部分來自於受傷之後的治療不及時導致的感染，只要救治及時，其時很大一部分士兵是可以活下來的，而這些活下來的士兵經歷了戰爭，又有過受傷的經歷，歸隊之後很快便能成為軍隊的骨幹，是以這項政策是李清強行推廣下去的，按著路一鳴的頭讓他劃撥了預算。

至於民辦醫館，則純粹是一項惠民措施，讓更多的尚沒有擺脫貧困的百姓也能看上病，吃上藥，這裡，藥是可以賒帳的，當然，你必須是定州的在冊人丁。

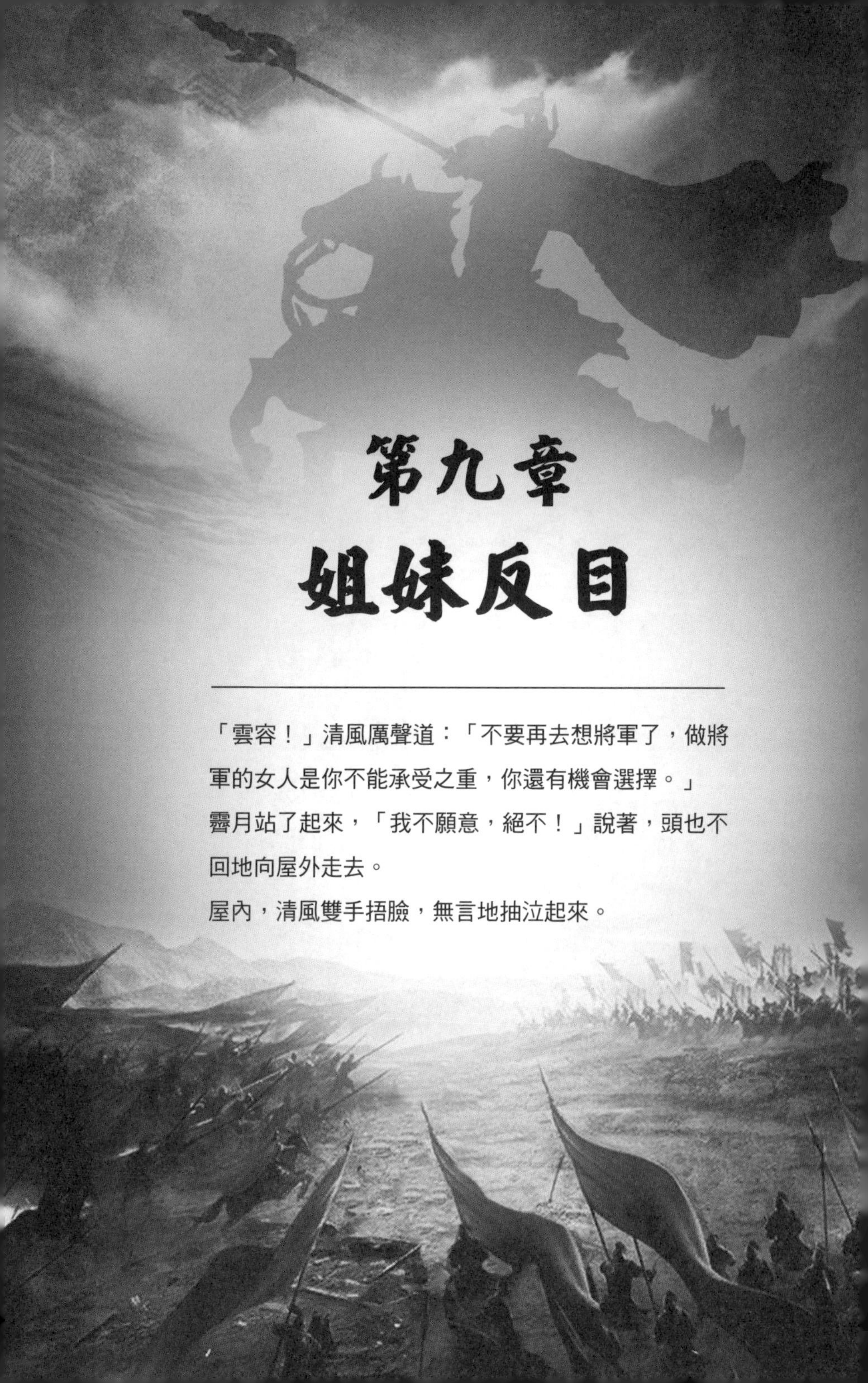

第九章
姐妹反目

「雲容！」清風厲聲道：「不要再去想將軍了，做將軍的女人是你不能承受之重，你還有機會選擇。」

霽月站了起來，「我不願意，絕不！」說著，頭也不回地向屋外走去。

屋內，清風雙手捂臉，無言地抽泣起來。

「大帥到！」隨著衛士洪亮的喊聲，大廳裡立刻安靜下來，本來四處遊走，談天說地的官員們立刻回到座位上，而那些坐立不安的豪紳們也站了起來。

路一鳴、呂大兵、清風、尚海波等人魚貫而出，而在他們的身後，一身便衣的李清滿面笑容走了出來。

「大帥安好！」廳內眾人齊齊鞠躬。

李清雙手虛按，「各位請坐，請坐，不必拘禮。」

路一鳴等人率先坐下，眾人又向他們微微欠身表示敬意，隨著一陣拖桌拉凳的聲音，眾人都坐了下來，大帥府的客廳很大，今天足足擺上了數十張八仙桌，定州有影響力的豪紳貴族基本上都被請了來，坐了幾百人的大廳現在很安靜，所有人都目視著李清，大家當然知道，大帥肯定是有話要說。

「各位！」李清端起了酒杯，道：「我定州數百年來都是邊州，每年都會迎接蠻子的東寇，但是，我們定州從未屈服過，從未害怕過，從沒有停止過戰鬥，這幾百年來，我們定州無數兒郎前赴後繼，奔赴沙場，我相信，在座的各位中，肯定有不少的親人曾與蠻子們戰鬥過，犧牲過，這第一杯酒讓我們敬那些為了保衛定州而英勇故去的先烈們！」

所有人再一次轟然起立，將酒杯舉起頭頂，跟著李清一次，將酒緩緩倒在地上。

「這二杯酒，我卻是要敬各位了！」李清笑道。

「不敢！」眾人連連道。

「各位義紳在我定州最危難之際，你們出錢出力出人，義無反顧，此等義舉，彰顯我定州人同心協力，共抗蠻族之決心，所以，這第二杯酒，你們當之無愧！」李清仰頭一飲而盡。

在座的豪紳心中無奈地苦笑道：誰敢不出錢出力嗎？要是不出，只怕刀子就逼過來了。

李清放下酒杯，笑道：「很多義紳們今天心裡一定很忐忑吧？認為我李清是夜貓子進宅，沒什麼好事，又在打各位什麼主意了。」

眾人臉上無不變色，這翻書吧？怎麼這麼快呢？廳裡一時亂哄哄的。

「不敢！」

「哪能啊！」

「大帥宴請，是我們的福分啊！」

李清擺擺手，示意眾人安靜下來，笑道：「各位不必疑慮，今日李某請大家來，就是要一解大家心中疑慮，讓大家安下心來。」

「先前李清對某些不守規矩的富商劣紳施以軍法，砍了他們的腦袋，沒收了他們財產，那是因為他們壞了規矩，犯了軍法，不得不為，而對那些守法有禮的紳士們，李清何曾動過他們一根寒毛？」

「大家或許認為李某在定州的一些政策危及到了大家的利益，這個李某不否認，的確讓大家的利益在一定程度上受了損失，但是大家回過頭來想一想，要不是這些政策的順利實施，我們定州從那裡來這些英勇善戰的士兵，**沒有這些士兵，又談何保護大家的利益，你們的土地，你們的財產，你們的家人，哪一樣能保得住？**去年撫遠四城皆破，那裡的慘痛經歷難道還不能讓各位警醒嗎？」

眾人不由默然。

「有恆產者有恆心，你們能指望一些沒有產業，無根浮萍一樣的士兵替我們拼命作戰嗎？不會！但是，當這些士兵們在這裡也有一份家業的時候，他們就會拼命作戰，這在今年的數次戰役中都得到了充分的證明，所以說，這幾場大勝不是我李清有什麼神謀妙算，而是士兵們為了保護自己的財產而在英勇奮鬥。」

「但是，這些政策的確讓大家受到了損失，怎麼辦呢？大家夥兒都是良紳，是義民，我李清怎麼能眼看著你們受損失而放任不管呢？所以，我與路大人在商議之後，決定對大家作出一些補償。」

補償？廳內眾人一時都驚呆了，還會有這樣的好事？這怎麼可能呢？從來沒有聽說過這樣的事情啊！

李清笑道：「大家可不要誤會，以為我李清會拿出白花花的銀子來補償大家，現在我也是缺銀子缺得哇哇叫的。恨不得定州發現一座銀礦，我隨便拿根鋤頭一挖，便是白花花亮閃閃的銀子。」

廳內哄然傳來笑聲，李清剛剛一番話讓大家夥的心都放鬆了下來。

「大家都知道，我定州另設有兩司，統計調查司，醫衛司，但到了明天，便會有第三司，商貿司。大家一聽名字就知道這個司是幹什麼的了。」

「這個司顧名思義，當然便是做生意的了。」李清笑道：「但是，商貿司我們定州不專門安排官員，而是由在座的各位自行推選司長和其中的一應官員，讓你們相信的人帶領著你們，以我們定州官府的名義來做生意。當然，推選出來的司長便是定州的官員，必須接受我定州管轄。」

李清此言一出，廳內頓時亂了套，眾人紛紛議論起來，李清這說的就是官辦，而且將這個權力交給了這些商人，這其中有多大的利益，用腳也能想像得出；而且現在定州的勢力越來越大，隨著李清實力的擴張，這個部門能撷取的利益也會越來越大。

「各位！」李清提高了聲音，「具體的章程，大家在明天向路同知詢問，路同知會一一地跟各位作出解釋。」

「現在，便請大家喝酒，吃菜，不醉不歸！」李清大聲道。

大廳裡還在歡宴，李清等人卻只是略為小陪一會兒，便退席回到了內廳，定州的決策人物齊聚一堂。

「今夜想必有很多人睡不著，要走親訪友一番了！」路一鳴笑道：「大帥此策當真是出乎我意料之外，讓他們自行選舉司長，大帥，我還是有些擔心以後這個司會脫離我們預設的軌道呢！」

李清笑道：「不會，**這個商貿司必須依附於定州這棵大樹才有生存的空間**，我剛剛說過，選出來的司長就是我們定州的官員，這便是預埋了一根絞索在那裡，出了軌，哼哼，這根絞索可就要發揮作用了。」

「**商人逐利而生，只要有足夠的利潤，他們便會牢牢地站在我們的戰車上**，而且，以後這個商貿司下還可以設置各個行業聯合會，讓外州的商人們也能加入，加入的商人越多，商貿司的實力便越強，我們定州掌控的資源也就更多；也就是說，我們要努力地讓商貿司下的行業聯合會拿到該行業在全國的發言權、定價權，為我們以後的發展埋下伏筆。」李清淡淡地道。

路一鳴有些發呆，本來以為大帥設這個商貿司只是對定州商紳的一個補償，一種妥協，畢竟前期殺得太狠，讓豪門大商們都戰戰兢兢。

短期來說，李清以最快速度將不同的聲音用鋼刀淹沒，有效地整合了全州的力量，組織了一支強軍，但從長遠來看，大楚畢竟是一個以世門豪族把持的國家，不做出一些相應的妥協的話，對以後定州實力的擴充沒有絲毫好處，試想，別人一想到你來就是要幹掉自己的，那還不拼死抵抗才怪?!

但是路一鳴卻沒有想到這樣一個普通的部門裡，**竟然還隱藏著如此重大的戰略意圖**，簡單一點地說，就是**李清想要控制各行各業**，**從而達到控制經濟命脈的目的**，眼下雖說圖謀中原為時尚早，但早早布下棋子，到時自然水到渠成。

「清風，你的調查統計司以後在經濟情報方面要加大力度，為這些商人們提供一些賺錢的資訊，不要小看了經濟民生這一塊，這一塊足以影響一切，也足以影響我們以後的發展。」李清交代著清風。

「是，將軍，我會安排！」清風微笑著道，現在定州，所有人都喊李清大帥，只有清風一人，一直保持著「將軍」這個稱呼，這幾乎成了她一人的特權。

聽到李清的話，尚海波暗暗地皺了一下眉頭，他剛剛砍斷了清風伸向軍中的手，居然又讓清風把手伸進了經濟領域。

「秋收怎麼樣？」李清問路一鳴道。

路一鳴正在消化李清提出的大經濟戰略，一時沒有反應過來，「啊，很好，很好！」等看到幾個人都以一種奇怪地眼光看著他，這才反應過來，李清問他，自然是要具體的資料，他這一答可是不著邊際。

路一鳴不由老臉一紅，論反應敏銳，自己還真是不如清風與尚海波啊，李清一提，他二人就心知肚明了，自己卻還要反覆再三地考慮。

「今年秋收總體來說，我們定州是大豐收，根據大帥的要求，各縣的資料已報上來了，州裡正在整理中，最遲兩三天，就會有公文呈到各位的案頭。」

「整體的財政收入呢？」

「大帥，現在我們定州正大量地吸納人口，這些人進來後，我們初期的投入極大，可以說州裡負擔極重，要不是今年您帶回來一筆款子，又從復州弄來大筆銀子，還真是難以支撐，您知道，各縣農田水利，這也是一大塊，馳道修建，雖說是各縣徵集民夫，但按照州實施的新政，是要付錢的，這又是一大塊，再有就是軍餉，什麼都能欠，這一塊不能欠！」路一鳴滔滔不絕，臉又習慣性地變成了苦瓜。

李清不由大笑，「老路，一說到錢，你便哭天抹淚的，這些錢都不能省啊，人口是我們定州的一大短板，吸納人口是為了今後長期的發展，有人丁，便有足夠的兵源，有足夠的賦稅，所以說，這一塊是不能省的。其他幾項，不用我說，你們都明白這其中的道理，農田水利可是飯桌菜籃，民以食為天，輕忽不得；馳道，這是基本建設，俗語說，要想富，先修路嘛！」

室內幾人愕然，這是什麼俗語，誰都沒有聽過，李清也懶得管他們，繼續道：「兵餉更是不能欠，當兵吃糧拿餉，那是拿命換來的。老路，你也不用叫窮，我們定州肯定會一年比一年好的，頭兩年肯定會難一些，但再難，還能比我們在崇縣那時難嗎？」

這幾人都是從崇縣出來的，聽到李清這話，倒是都笑了起來，那時倒真是吃了上頓愁下頓，家無隔夜糧啊！

「大帥說得是。」

「不要老想著節流，要更多地想到開源，上次我說的匠作營的事怎麼樣了，有眉目了麼？」

匠作營屬於軍事編制，尚海波道：「已經做出來了，還在尋找銷售網路，我們定州以前一窮二白，這些方面很是欠缺。」

「可以找李家，他們的商業網絡很成熟，不要怕分一點利潤給他們，只要我們拿大頭就可以，給他們一點無妨，**有錢大家賺才是正道**，想一分錢也不讓利給人，那最終你會一分錢也賺不到。那叫因小利而失大利，智者不為。」

尚海波點點頭，「是，大帥，回頭我就去聯絡。」心裡卻在說，和李家合作當然無妨，以後連李家都會落到大帥手中，肥水不落外人田嘛！

「崔義誠那邊的鹽利如何？」

崔義誠起初是投靠了清風的統計調查司，後來李清將他調出來，專門負責官鹽私鹽買賣。

「獲利極豐！」路一鳴道：「特別是私鹽，幾乎可以稱作是暴利，只是大帥，我們偷偷地販私鹽，這說起來總是讓我感到彆扭！而且崔義誠在販私鹽的時候，還往裡面摻沙子，這簡直就是奸商嘛！」

李清笑笑，「不要忘了，你才是最大的奸商，他現在是你的手下，放心吧，等拿下了復州，我們就要打擊私鹽了，不過眼下也只能這樣了。」

說起了復州，尚海波忽然道：「大帥，復州過山風進展順利，所到之處，驅逐原復州官吏，打垮了原來的官員體系，而姜黑牛緊隨其後，收復過山風佔領的各縣之後，便大量地安插暗中投靠我們的當地人，現在已逐漸掌握了這些地方的行政大權，向顯鶴正在逐漸被架空，在這方面，清風司長的統計調查司做得很出色，收買了大批的當地士紳，低級官吏，為以後的平穩過渡起到了積極的作用。」

清風坐在椅子上，向尚海波微一欠身，「尚先生謬獎，這只是清風的本分而已，都是為了定州。」

李清詫異地看了一眼尚海波，**驚訝他居然表揚起清風來了**，李清知道，自從尚海波擺明態度反對清風為自己的正妻之後，兩人的關係已漸行漸遠，近期更有針鋒相對的苗頭，**尚海波今天是怎麼啦？只怕還有後文。**

「不過，」尚海波接著道：「這些官員的履歷、關係現在都還在統計調查司手中，我認為，既然他們已投靠定州，便已可算是定州的官員了，清風司長應及早將這些人移交給路大人，以便路大人對這些人有一個統籌的安排，以利於將來對復州的統治啊！」

果然來了，**重頭戲在這裡呢**！李清的頭不禁又疼了起來。

果然，清風本來微笑的臉龐立時便板了起來，柳眉緊皺，看著尚海波道：「移交那是自然的，可是現在剛剛有了一點眉目，那些地方尚未穩定，如此匆忙之間，出了問題怎麼辦？」

「能出什麼問題？如今復州最強有力的刀把子在我們手中，清風司長不想移交，難不成有什麼別的想法？」尚海波慢悠悠地道。

清風大怒，一雙柳眉豎了起來，「尚先生這是什麼意思？」

廳內氣氛頓時有些緊張起來，路一鳴看看這個，再看看那個，頭一扭，去欣賞字畫了。

清風與尚海波怒目相對，李清的臉沉了下來，變得鐵青，左膀右臂居然當著他的面幹起來了，砰的一聲，一掌拍在桌上，霍地站起來，大步走了出去。

回到臥室，餘怒未消，端起桌上的水杯，一飲而盡，砰地一聲將杯子砸在牆壁上，發出巨大的聲響，把門外的親衛嚇了一跳，一步跳了進來：「大帥，什麼事？」

李清搖搖頭，「沒事，你出去吧！」

李清輕輕地敲著自己的額角，這兩人之間的矛盾讓他十分糾結，尚海波的意思他懂，如果清風不是與自己有那麼一層特殊的關係，他決不會反應如此激烈，尚海波肯定是擔心清風的權力過大；而清風自從京城回來後，對於權力明顯熱衷起來，現在是四處伸手，這個苗頭必須儘早掐掉，否則越拖問題越大。

肩上一雙玉手緩緩地替他揉捏起來，李清閉上眼，任由清風替他按摩，半晌道：「清風，過幾天便跟老路將復州的事情移交一下吧，以後凡是打下一地，你便將該地的文官系統交給老路。」

清風的手微微一僵，但馬上就恢復了正常，「是，將軍，我知道了！」

李清握住清風的手，「清風，我知道你擔心什麼，也知道你想做什麼，**我允許你擁有一定的權力以保護自己，但並不是沒有節制的，你只要知道，你是我的女人，只要我在，便沒有人可以動你，但你絕對不能越線。**」

「是，將軍！」清風低下頭。

「尚先生我很敬重，你對他要尊敬一些！」李清接著道。

這一次清風沒有回應。

霽月坐在窗臺前，用心地一針一線地納著鞋底，神情專注，眼角眉梢盡是笑意，窗臺的一側，擺放著一隻已納好的千層底，密密麻麻的針腳排列得整整齊齊，宛如一列列士兵，展示著霽月的心意。

清風走進房內，霽月毫無察覺，看見妹妹如此用心，清風的心有如被針尖刺中，微微一縮，感到一陣刺痛。

「雲容！」她輕聲叫道。

「啊！」霽月吃了一驚，手一滑，針尖不小心扎到指頭，殷紅的鮮血立時便滴落到雪白的千層底上。

「雲容，沒事吧？」清風搶上一步，拉住霽月的手，想要看看她手指上的針傷，霽月的手微微一縮，避開了清風伸過來的手，將手指含進嘴裡，吮吸了幾下，「姐姐，你來了！」

清風嘆了口氣，看著妹妹那平靜的面容，心裡一陣難過，姐妹兩人對視片刻，竟是無話可說。

半晌，清風將窗臺上那隻納好的千層底拿過來，道：「又是為他納的嗎？」

霽月別開頭去，看著窗外飄飛的落葉，眼中多了一層朦朧，抿住嘴脣，卻因太過用力讓其失去原有的紅暈，顯得很蒼白。

清風走到霽月身後，愛憐地將她摟到懷裡，輕輕撫摸著妹妹披散的長髮，呢喃道：「雲容，我知道你恨我，我明明知道你很早就喜歡將軍了，可是我卻竭力阻止你，最後我反而投入了將軍的懷抱，將你隔在崇縣，不讓你來定州，就是怕你再見到將軍，可是雲容，你知道姐姐的苦心麼？」

霽月的肩頭微微顫動，卻仍是倔強地昂著頭，不讓眼眶裡的眼淚流出來。

清風轉到霽月面前，捧起霽月精緻的臉龐，「雲容，你知道姐姐的苦心麼？

在安骨，當姐姐失去清白的時候，那時的我真想立時死去，但我不能死，我還要照顧你，你知道嗎？那時你即將被當作禮物，被完顏不魯送到另一個部落去換取兵甲，我如果死了，那些野獸說不定就會立即來侮辱你。雖然我知道我保不了你幾天，但哪怕只有一天，姐姐也要去做。姐姐每天祈求上蒼，祈求滿天神佛，祈求天崩地裂，祈求洪水猛獸，能讓我與這些蠻子一起下地獄。讓你能夠逃脫這一劫難。」

霽月眼眶中的淚水終於滑落，眼中堅冰一寸寸地融解，想到當初在安骨部落時朝不保夕，每天都在恐懼中掙扎的日子，身體不由自主地顫抖起來，雙手環抱清風盈盈一握的細腰。

「上蒼顯靈了，神佛顯靈了！」清風的語氣忽地亢奮起來，臉上浮現出不正常的潮紅，「將軍帶兵來了，他打垮了蠻子，親自斬殺了那頭惡魔。霽月，你得救了，你保住了清白，那時，姐姐又想到了死。可是，當我看到你那孱弱的身子，驚恐的眼神，我又不敢死了，我不知道我如果死了，你怎麼樣才能活下去，就這樣，我們到了崇縣。

「我知道了將軍的身世，知道他是世家子，我驚恐地發現你愛上了他，雲容，可是當時的我們是什麼身分？是的，你是清白的，但除了我，誰會相信呢？

一個被解救的奴隸，卻妄想攀上高貴的將軍，高貴的侯門少爺，如果被人知道，我們在崇縣將無立足之地。」

「我錯了，我不知道將軍有著那樣寬闊的胸襟，有那樣仁慈的心靈，霽月，如果我知道的話，我一定不會阻止你，我會盡我的力量成全你。」

「當我明白這一切的時候，一切都晚了，將軍說他喜歡我，而我在與將軍相處的那段日子裡，也無可救藥地愛上了他。我拒絕過，但我無法改變，我知道我對不起你，我還想著我們姐妹倆都可以依靠將軍，因為將軍值得我們去依靠。」

「但是，接下來的一切讓我如夢初醒，除了將軍，其他人都認為我們是不潔的女人，是會害了將軍前程的女人，這些人都是將軍的心腹，他們不遺餘力地阻止將軍愛我，娶我。」

「將軍的堅持讓我看了希望，我夢想家族能重新接納我們，那樣，我就可以風風光光地嫁入李家，但是，無情的現實粉碎了我的夢想，我們那位飽讀詩書，被稱為士林領袖，受世人尊崇的爺爺，從頭到尾都沒有看過我一眼。」

清風痛哭失聲，霽月的心理防線徹底被擊碎，緊緊地抱著清風，將頭埋在她的胸前，也不禁號啕大哭。

清風止住哭聲，「從那時起，我們就再也不姓林了！我們沒有了家，沒有了親人，就只剩下我們姐妹二人，從那一刻，我便下定決心，總有一天，我要光明正大地重新走進那扇大門，大聲地對他們說，我絕不再姓林，**我要讓他們後悔，難道他們的名聲比血緣親情更重，比我們姐妹的性命更重要嗎？**他們這是要逼死我們啊！」

「我也曾想過安靜地做將軍的女人，可是，當我掌管統計調查司後，我手裡握有的權力使尚先生開始疑忌我，開始攻擊我，力圖想把我拉下馬來。我很害怕，坐到這個位置後，我便再無退路，統計調查司是我一手建立的，從上到下，無一不是我的心血，除非我死，否則誰都不能從我手上奪走它。**我要活著，活得比誰都風光，比誰都得意**，我要讓那些人看看，我是怎樣的一個人！」

清風激動地說道：「雲容，**你以為將軍的女人是這麼好做的嗎？**將軍未來的夫人是大楚鼎鼎大名的傾城公主，她能容得下我們姐妹嗎？姐姐現在已是欲退不得，舉步維艱，如果你再跟了將軍，那尚海波會怎樣想？他會變本加厲地對付我們。**我不能讓你捲進這場爭鬥，希望你能一輩子平平安安**，雲容，原諒我。」

「姐姐！」霽月動情地喊了聲。

清風拿起霽月納了一半的千層底，伸手拉斷絲線，用力扔到窗外，「雲容，相信我，姐姐一切都是為了你好。」

霽月慢慢平靜下來，看著清風，「姐姐，想必你已有了人選，能告訴妹妹麼？」

清風眼中露出喜色，「那人現在名聲不顯，但是用不了多久，他就會成為定州有數的大將，將軍所倚重的人物；而且，他的出身同樣不好，不會嫌棄你，只怕他做夢都想不到能娶到你這樣知書識理，賢慧溫柔的妻子，而且，你尚是完璧，當他發覺這一點後，他會更加地疼你，愛你。」

「更重要的是，他在定州不屬於任何一系，和姐姐一樣，孤軍奮戰，與我結盟，是他求之不得的事，**兩隻孤狼如果能成為朋友，力量將會變得更強大**。等到這一切變成現實，尚海波和傾城公主會發現，為了將軍的大業，為了他們自己的榮華富貴，只能容忍我們，與我們妥協。只有到那個時候，我們才會真正地安全，才能風風光光地重新站到林家大門前。」

霽月看著清風，忽地笑了起來，笑聲中，淚水一點一滴地滑落下來，看著姐姐的眼光慢慢地變得陌生。

「姐姐，你忘了，妹妹雖然不懂世事，也是從小熟讀史書，**你當妹妹是什麼，是你爭權奪利的工具嗎？**你看重的是那位將軍未來的實力，看重的是他將來能給你的幫助，能成為你對抗尚海波和傾城公主的有力武器，但是，**你想過妹妹**

的幸福嗎？你想過妹妹會開心嗎？你問過妹妹甘心情願嗎？」

「雲容！」清風厲聲道：「姐姐做的這一切，難道不是為了你嗎？是的，我承認，我是有這個想法，但是，姐姐也是為了你的未來著想，不要再去想將軍了，做將軍的女人，是你不能承受之重，我已經走上了這條不歸路，無法回頭，只能繼續走下去，也許有一天姐姐會粉身碎骨，死無葬身之地，而你，還有機會選擇。」

霽月慢慢地站了起來，「我不願意，絕不！」接著，頭也不回地向屋外走去。

屋內，清風頹然坐下，雙手捂臉，無言地抽泣起來。

霽月義無反顧地搬出了統計調查司，收拾衣物的時候，甚至沒有看一眼眉目間盡是哀傷的姐姐一眼。

「雲容！」霽月將出門的時候，清風目光露出一絲哀求，「我就只有你這麼一個親人了，連你也要棄我而去麼？」

霽月腳步微微一頓，身體僵硬，半晌才道：「姐，你好自為之吧！」拎著自己的小包裹，急步離去。

看到霽月的背影消失在自己的視野裡，清風喚了聲：「鍾靜！」

「小姐！」牆角處人影一閃，鍾靜出現在清風的面前。

「跟著霽月小姐，看她去哪裡，在哪裡安身，然後派人好好保護她，不許出一點岔子。」

「是，小姐！不過，霽月小姐要是出了定州城呢？」

清風想了想，道：「霽月如果出了定州城的話，那她就只有一個地方可去，就是崇縣，我們姐妹倆原先住過的地方。看著她安頓好之後，知會那裡的縣令，嗯，他是叫揭偉吧，我妹妹要是在他那裡出了一點漏子，那他就在我趕到之前自己先抹了脖子吧！」

「是，小姐，我馬上就去。」鍾靜行了一禮，急步追趕霽月而去。

眼前再無一人，清風兩腿一軟，險些摔倒在地，伸手扶住門框，無力地靠著。半晌，清風纖腰一挺，擦去眼角的淚，重新站得筆直，臉色慢慢恢復平靜。當她走出小院時，先前的無力柔弱已是無影無蹤，旁人看到的又是那個不苟言笑，兩眼鋒利似刀的統計調查司司長。

夜已深，清風埋首在堆積如山的案牘之中，仔細閱讀著從各地彙聚來的情報，希望能從這些風牛馬不相及的東西中找出對定州有用的東西來。

清風側耳傾聽外面隱隱傳來的更鼓聲，已是三更了，伸手端起案上的茶杯，喚道：「來人！」

一名護衛應聲入門，「司長有何吩咐？」

清風指指茶杯道：「換杯熱的來，濃一點！」接著從卷宗中隨意抽出一份，細細地看了，臉上露出怒意。

當護衛端著新沖的熱茶進門時，恰巧清風猛的一拍案桌，怒罵道：「混帳！」護衛嚇了一跳，手一抖，滾燙的熱茶灑在手上，不由疼得齜牙裂嘴，手一鬆，茶杯落在地上，摔得四分五裂。

「司長恕罪！」護衛臉色大變，立馬單膝著地，跪了下來。

「來人！」清風大叫，跪著的護衛已是臉無人色。

外面湧進幾人，躬身道：「司長！」

「去看看肖永雄那個混帳還在不在，在的話讓他滾過來！」清風怒叱道。

聽到司長不是衝著自己，護衛這才緩過一口氣來，臉上稍微有了點顏色。

清風轉過頭，對著跪著的護衛道：「你跪著幹什麼？去隔壁看看大帥睡了沒有？如果沒睡，就告訴唐虎或者是呂大兵，我馬上過來，有要緊事稟告！」

「是，司長！」護衛立即爬起來，一溜煙地去了。

肖永雄是情報統計分析署的署長，是最早跟著清風建立起統計調查司的人，在統計調查司剛剛成立時，讀書人十分稀缺，是以中過秀才的肖永雄便得到清風的重點培養，隨著統計調查司的壯大，肖永雄也水漲船高，成了情報分析署的署長。

這個部門在統計調查司內十分重要，因為外情署和內情署獲得的情報首先便是彙聚在他這裡，然後經過分析署的篩選，覺得有價值的情報才會送到清風的案頭。

隨著統計調查司的網路越鋪越大，肖永雄能力的不足慢慢顯現了出來，讓清風日漸不滿。

一陣急促的腳步聲響，肖永雄急匆匆地奔來，雖已三更時分，他還沒有休息，嚴重的睡眠不足讓他的眼袋浮腫，加上常年悶在室內不見陽光，臉色顯得極為蒼白。

聽到護衛的轉述，他立時意識到肯定又是哪裡出了問題，不由頭上冒著冷汗，一路趕過來，看到清風鐵青的臉孔，更覺得不妙。

本想怒責他的清風看到肖永雄的模樣，一腔怒火又稍稍平復下來，肖永雄很忠心，也很努力，但能力上的缺陷不是努力便能彌補的，如果能找到合適的人選代替他的話，是該給他挪個地方了。

她將手裡的情報遞給肖永雄，淡淡地道：「這份情報昨天就到了，為什麼沒有及時送來給我，反而壓在這麼一大堆莫名其妙的東西中，要不是我無意中抽到了它，豈不是明天我也看不到？」

肖永雄掃了一眼，這是一份有關室韋部落的情報，室韋人隔著定州十萬八千里，能有什麼重要的事，當時自己順手便將它放到一邊，沒有作為重點報告，現在看來是錯了。但這份情報究竟是哪裡引起司長的重視啊，上面只說到一個叫茗煙的女子在那裡的一些近況啊！

見肖永雄仍是一臉迷糊的表情，清風忍不住在心裡嘆了口氣，這份情報不遠萬里，輾轉數月才到達定州，如果只是為了描述一個普通女子的近況，難道統計調查司的情報人員發瘋了嗎？雖然肖永雄不知道有關茗煙的西渡計畫，但單憑這份情報，就應該從中揣摩一二，應當發現其中的不一般，可是他到現在還莫名所以。

「以後有關室韋人的情報，一旦到達，立即送到我這裡來！」清風道：「你去吧，三更了，早點去休息。」

「司長還在操勞，我哪裡敢偷懶，不將今天的分析做完，永雄不敢休息。」

肖永雄鞠了一躬，匆匆而去。

去李清那邊的衛兵趕了回來，「司長，大帥剛剛從啟年師返回，現在正在等您。」

清風拿起那份情報，道：「走，去大帥府！」

清風來到大帥府時，李清剛剛洗了個澡，換上便衣。

今天他在啟年師泡了一天，上午分別為中級軍官和低層軍官講了兩堂課，從基本的作戰技巧到一般的戰術變化，從臨場的判斷應變到危急時刻的果斷決策，整整講了一個上午。

到了下午，在王啟年等一眾軍官的陪同下，看了步卒陣形操練，步騎配合作戰等，弄得一身臭汗和沙子，回來後好好洗滌一番，這才感到舒服了些。

「什麼事啊，這麼急？」李清問。他知道清風這麼著急，一定是極重要的事情。

「大帥請看！」清風將捏在手裡的情報遞給李清，李清將情報細細地看了一遍，驚訝地道：「茗煙進展這麼快？」

「將軍，我們為茗煙虛構的身分和仿造的那些信物天衣無縫，有了這些作敲門磚，她極易引起室韋有心人的重視。說到底，室韋的有識之士為什麼一直想打進草原，擊敗蠻族，還不是覬覦中原的富庶，他們也想趁著中原不穩之際來分一杯羹，可惜被巴雅爾擋得牢牢的，再加上老王突然故去，這才讓他們消停了一陣子，如今撿到茗煙這個寶貝，還不牢牢地抱在懷裡！」

李清沉吟道：「茗煙進展如此之快，大大出乎我的意料，看來我們這邊的動作有些慢啊！不能光明正大地擁有復州，我們便不能大規模地給茗煙以支持，室韋人那邊也不能儘快地形成合力，進攻蔥嶺關。」

「可是復州那邊只能接部就班，一步一步來，欲速則不達，如果我們動作太大太明顯，只怕會引起人注意，萬一有人插進一腳來，反而不美了。」清風憂慮地道。

「你說得不錯，只怕現在已經有人在注意此事了，我們定州軍去打一股土匪，居然數次擊敗了他們卻不消滅他們，反而讓這股匪徒四處流竄，到處打劫，將復州攪得稀亂，這不符合我們定州軍的戰力！」李清道。

「清風，你去復州坐鎮，直接指揮過山風與姜黑牛，如果能不動聲色地拿下最好，一旦發現有外來勢力插足，立即以迅雷不及掩耳之勢給我拿下復州，形成既定事實，當然，如何做就由你來斟酌了。」

清風眼中閃過一絲喜色，「可是，我這次過去直接指揮兩位將軍，我怕尚先生又會生氣啊。」

李清斷然道：「事急從權，復州之事本就是你在操作，這件事我會跟尚先生打個招呼，何況只是讓你臨時協調一下兩軍的動作，沒有什麼大不了的。」

「清風知道了！」清風瞟了一眼清風，臉上浮現出一股嫵媚。

李清不由食指大動，走上一步將她擁進懷裡，低聲道：「今天就歇在這裡，別回去了吧！」

清風將頭靠在李清的胸前，低低地嗯了一聲。

復州，淮安，大帥府。

絲竹悠揚，歌聲纏綿，復州頭牌「千金一笑樓」的丁鈴正載歌載舞，偌大的廳內，觥籌交錯，瀰漫著一股糜糜氣息。

向顯鶴正在大宴復州高官顯貴，今天流竄到復州安陸的賊匪，再一次被定州軍追上並大敗，被迫遁入深山，捷報傳來，向顯鶴大喜過望，大擺宴席，慶賀復州指日可平。

淮安府有名號的樓子裡的紅牌姑娘們都被叫了來，大廳內鶯聲燕語，不論是文官武將，都是依紅偎翠，在軟言溫語之中滿臉紅光，百忙中還不忘上下其手，摸乳掐臀，在姑娘們欲拒還迎之中忘乎所以，飄飄然不知身處何方了。

一典舞罷，臉上微現汗漬的丁鈴坐到向顯鶴身邊，笑得兩眼只剩一條細縫的向顯鶴一把摟過丁鈴纖細的小蠻腰，將胖嘟嘟的臉湊了上去，在對方的粉臉上親了一口。

丁鈴嗔怪地在那身肥肉上用力一推，「大帥，奴家都累死了，水都還沒喝一口呢！」

向顯鶴樂得哈哈大笑，端起酒杯，湊到丁鈴的櫻桃小口邊，丁鈴媚眼橫飛，輕啟朱脣，喝光了杯中酒，在杯沿上留下一圈鮮紅的脣印，向顯鶴舉起酒杯，伸出肥嘟嘟舌頭，輕輕一舔。

「大帥！」丁鈴粉臉更顯緋紅，「今日奴家可是使出了渾身解數，大帥得重重賞我。」

「賞，賞，重賞！」在懷裡扭來扭去的軟玉溫香讓向顯鶴意亂情迷，忙不迭地說：「我什麼時候虧待了我的小寶貝啦？」

丁鈴吃吃笑著，端起一杯酒，湊到向顯鶴的嘴邊，殷勤地伺候著。

這些日子以來，復州大亂，無數的豪紳鹽商頃刻間傾家蕩產，連累千金一笑樓的生意也一落千丈，想要維持第一青樓的牌子，開銷也不小，她已感到有些吃不消了，時局再不改觀，她就得吃老本了。

坐在向顯鶴身邊的紀思塵紀師爺懷裡，也坐著一個姑娘，不過他卻顯得有些心不在焉。今天收到清風的口信，要求謀奪復州的步伐將要加快，復州變天在際，看著廳裡醉生夢死的高官顯貴猶自做著美夢，心裡不由冷笑，同時又對自己的前程有一種莫名的擔憂。

他必須要緊緊抱著清風這條大腿，只要能得到她的賞識，自己還怕不能飛黃騰達麼？向大帥已是秋後的螞蚱，蹦不了幾天了，**自己另擇高枝，只能算是識時務**，向大帥與定州李清比起來，可說是雲泥之別，跟著向大帥，自己一輩子也就這樣了，但轉投定州，說不定將來的成就不可限量。

門外匆匆奔來一名親兵，俯身在向顯鶴的耳邊低低說了幾句。

「什麼？」向顯鶴的臉上現出驚容，「鍾子期？這條青狼怎麼會到到這裡來？哼哼，寧王當真是不甘寂寞啊，居然搞事搞到我這裡來了。」

第十章
最毒婦人心

「青竹蛇兒口，黃蜂尾上針，兩者皆不毒，最毒婦人心！」許思宇眼裡冒火看著清風，這女人不但想要奪淮安，竟然還要嫁禍給寧王，自己與鍾子期出現在攻城的隊伍中，當真是黃泥巴掉在褲檔裡，不是屎也是屎了。

紀思塵心臟猛的一跳，**鍾子期，寧王的心腹，負責寧王所有的暗黑事務，在這行當中被叫做青狼**，當年寧王與當今天啟皇帝爭奪皇位失敗後，便退居藩地，開始幾年還算安靜，非常低調地在藩地默默地過活。

隨著時局的變化，寧王逐漸活躍起來，作為寧王心腹的鍾子期也開始廣為人知。在統計調查司列舉的需要重點關注的人員名單中，鍾子期高居前三，僅僅排名在朝廷職方司袁方、李氏暗影李宗華之後。

「走，去見見青狼。」向顯鶴站了起來，轉身對紀思塵道：「紀師爺，你陪我一起去，看看這鍾子期想幹什麼！」

紀思塵正中下懷，眼下復州亂象，這鍾子期不期而至，絕非什麼好事，能摸到對方的底牌，對於定州接下來的動作肯定大有助益。

向顯鶴伸手在丁鈴的身上捏了一把，淫笑道：「小寶貝先自己喝著，待會兒大帥再好好地收拾你。」

鍾子期仍是一副不羈的模樣，滿不在乎地在向顯鶴書房中欣賞著對方收藏的名人字畫、古玩珍寶，許思宇正襟危坐，骨節突出的手抱在胸前，一臉的鄭重神色。

門外傳來腳步聲，許思宇霍地站了起來，鍾子期微笑抱拳向一臉陰沉的向顯鶴作了一揖，笑道：「鍾子期見過向大帥，大帥安好！」

向顯鶴哼了一聲，逕自走到書案前坐下，紀思塵向兩人微微欠身為禮，站到向顯鶴旁邊。

「鍾子期，你好大的膽子，居然敢到我復州來，你是怕我的刀不利嗎？」向顯鶴冷笑道。

他們向氏家族是當今外戚，天啟的皇后便是出自向家，與曾與天啟爭奪皇位的寧王自是尿不到一個壺裡。

鍾子期瀟然一笑，道：「向大帥的刀自然是利的，只是不知道最後會砍到誰的身上，鍾某此來，可是救你來的，想不到向大帥居然一見面便惡語相向，真是讓鍾某失望啊！」

許思塵心中一跳，果然如此。

向顯鶴哈哈大笑，「鍾子期，你當向某是三歲小孩，可以隨意恫嚇麼？不錯，復州現在的確有些小亂子，但轉眼之間便可平定，向某安枕高臥，何來性命之憂？你大言相駭，當真是不知死字怎麼寫！」

鍾子期放聲大笑，「當然當然，的確是小亂子，定州軍軍威赫赫，所到之處，流賊土崩瓦解，只是奇怪的很哪，那匪首半天雲與定州軍屢戰屢敗，卻屢戰屢強，從初期的千餘人馬，到現在上萬人眾，愈戰愈強，禍害的地方越來越多，定州軍追著打，將半天雲趕得雞飛狗跳，為什麼沒有讓這個流賊傷筋動骨啊？到現在還活蹦亂跳的。」

紀思塵微笑道：「流匪作亂，所到之處裹脅民眾，那匪首半天雲的精銳已被定州軍剿得所剩無幾，剩餘的殘匪，即便還有萬餘人，又成得了什麼氣候，鍾先生還不知道吧，就在今天，定州軍再次大捷，半天雲元氣大傷，已被迫遁入深山了。」

鍾子期轉過頭來，「這位是？」

紀思塵一拱手，「區區紀思塵，在向大帥這裡參謀知事，賤名不足掛齒。」

鍾子期微微一笑，「正是因為此事，鍾某才趕到這裡來啊，向大帥，今早我卻看到了一宗奇事，不知向大帥要不要聽啊？」

向顯鶴冷笑道：「有屁快放，老子還要喝酒去呢！」

「鍾某今天看到兩支軍隊交錯而過，兩支隊伍之間相距不過十餘里，當真是雞犬之聲相聞，初時還以為是大帥的兵馬調動，再細細察看，居然一支是來為向大帥剿匪的定州軍，另一支嘛，哈哈哈，卻是向大帥口中的流匪了。鍾某也算是見過世面之人，怎麼看也不覺得那支流匪像是殘兵敗將啊，兩軍隔著區區十餘里路，居然井水不犯河水，真是奇哉怪也！」

鍾子期悠然道，一邊的許思宇臉上露出冷笑。

向顯鶴臉色大變，「你這是什麼意思？」

「向大帥不請我坐下喝上一杯茶麼？」鍾子期笑道。

向顯鶴沉默半晌，道：「來人，給兩位先生看座，上茶。」

慢悠悠地品著茶，鍾子期看著向顯鶴越來越不耐的神色，知道火候已到，便侃侃說道：「子期起初也覺得甚是奇怪，不由細細地想起定州軍進入復州後的所作所為，這才恍然大悟，大帥您可明白了？」

向顯鶴哼了一聲，「什麼明白了？」

鍾子期搖搖頭，眼前這人，人如其形，當真蠢材一個，也不知向氏一族是看上了他哪一點，居然讓他出任復州大帥一職，除了貪財弄錢有點小手段之外，純粹便是一飯桶。

「**定州軍在縱匪啊。**」

「縱匪？他們圖什麼，軍費本帥一次給他們補齊，打得越久，他們便撈得越少，這許多日子以來，也不見定州軍向我伸手討要軍費。」向顯鶴道。

鍾子期哭笑不得，「大帥，**他們哪裡是圖錢，他們圖的是你的復州啊！**」

向顯鶴大驚，霍地站起，「此話怎講？」

「大帥細細思量，過山風所過之處，於民眾秋毫無犯，卻將當地官吏殺得七零八落，大家豪族掠奪得一乾二淨，緊接著定州軍將他們打跑，但他們極快地便恢復了當地的官吏系統，大帥，這些官員不是您派去的吧？」

向顯鶴搖頭，「姜參將說，為了以最快的速度恢復當地的安寧，所以定州軍便臨時從當地選拔出了一批官員，等匪患過後再由我來定奪他們的去留。這有什麼干係，這些官吏還不是我復州人，又不是從定州過來的？」

「大帥想想，定州軍人生地不熟，為什麼打下一地，很快地便能找到這麼多的士人出任官吏，這分明是他們早有勾搭啊！我敢說，這些地方現在已完全落入了定州手中，只有大帥還蒙在鼓裡啊！」鍾子期道。

向顯鶴臉上變色，懷疑地道：「只怕這是你的惡意揣測吧？」

鍾子期笑道：「我有一策，可以讓大帥馬上判明定州是不是想要染指復州？」

向顯鶴臉色變幻，半晌才道：「你講。」

「大帥通知定州軍，您要去海陵，去灣口鹽場視察，我敢保證，您的隊伍一出淮安，半天雲那賊匪便會全軍出動，出現在海陵，而定州軍，此時肯定又跟在他們屁股後面百多里的地方，做出一副追趕模樣，讓大帥去哪裡不得，他們這是利用流匪將大帥圈禁在淮安啊！」

鍾子期嘆了一口氣，「我甚至懷疑半天雲那流匪根本就是定州軍裡的人！」

向顯鶴沉默片刻，道：「紀師爺，通知向鋒、向輝他們，我們明天去海陵。」

清風回到大帥府隔壁統計調查司衙門時，天色已微放光亮。

伸手揉著有些酸疼的腰，想起昨夜的荒唐，臉色不由微微發紅，真不知道大帥從哪裡知道這麼多新鮮花樣，讓人欲拒不能，欲迎還休，幾度巫山雲雨，幾次潮起潮落，一次次拋上雲霄，推上浪尖，回想起昨晚自己歇斯底里的呻吟，不禁感到臉上發燙。

外面響起輕輕的敲門聲，清風迅速收拾起自己的心情，拍拍臉頰，確認自己沒有什麼異樣之後，才淡淡地道：「進來！」

門悄無聲息地打開，鍾靜出現在清風的面前，眼圈有些微微發黑，顯然昨夜一夜沒有休息。

「小姐，有關霽月小姐的事都安排好了，她回了崇縣，我在暗地裡留下幾名護衛，另外也知會了縣令揭偉，將小姐的話傳給她了。」

清風點點頭，「辛苦你了，一路上沒出什麼意外吧？」

「沒有，只是霽月小姐在走的時候，將一個包袱交給了大帥府的一名親衛，說是送給大帥的。」鍾靜道。

清風一驚，「知道是什麼嗎？」

「那名親衛當場打開看了，是十幾雙鞋子。」鍾靜瞅了眼清風，見她身子一顫，趕緊低下頭去。

「那名親衛認識霽月麼？」

鍾靜搖搖頭，「那名親衛不是從崇縣出來的，不認識霽月小姐，我聽見他對霽月說，東西只能交給唐校尉或者呂將軍。」

「你馬上去大帥府，將那些鞋子拿回來。」

鍾靜應聲，正準備離去，清風忽地又叫道：「且慢，欲蓋彌彰，反而引起別人的注意，算了，反正給將軍送東西的人很多，也不差霽月一個。鍾靜，今天你還不能休息，我們馬上要啟程去復州，將軍有新的任務給我們了。」

鍾靜目光一閃，「小姐，大帥是要你去復州坐鎮？」

清風點點頭，道：「只怕尚海波會氣得夠嗆，我們收拾一下，馬上走吧！」

復州，紀思塵如同熱鍋上的螞蟻，在屋裡轉來轉去。

如果明天向顯鶴真的出發去海陵的話，那過山風肯定會兵逼海陵，將他嚇回來，可如果這樣一來，那定州的計畫必然曝光，向顯鶴也會明白是怎麼一回事了。該死的青狼，你家主子隔著復州十萬八千里，跑到這裡搗什麼亂？紀思塵恨不得立時將那個總是笑瞇瞇的鍾子期斬成肉醬，但他也知道，莫說自己真動手，便是在他們面前稍微露出一點殺意，那個許思宇也必然會察覺，這個傢伙也不知道殺了多少人，才使自己練成了如此的殺氣，讓人不敢與之對視。

怎麼辦呢？將這個消息傳給過山風，讓向顯鶴去海陵，但如此一來，海陵的一切也都暴露了，鄧鵬已將水師重新整編，向顯鶴的心腹都裝了麻袋沉到了江裡，已經有一艘五千料大船到了鄧鵬的船隊，向顯鶴一到海陵，還是將暴露定州的計畫。

沒了主意的紀思塵正急得團團亂轉的時候，**救星從天而降，清風出現在他的面前。**

「司長！」如同看到了主心骨，紀思塵將清風請到內廳後，馬上一五一十地將晚上發生的一切原原本本地告訴了清風。

「鍾靜，你馬上派人分頭聯絡過山風將軍與姜黑牛將軍，告訴他們，復州之事從今天起由我統籌，關於向顯鶴要去海陵一探虛實的事，哼哼，既然向顯鶴一心要早點死，我們便成全他吧，告訴兩位將軍，我的計畫是這樣的……」

紀思塵一臉佩服地看著清風，「司長，您真是天縱之才，我苦思了一晚上都不得解的問題，您在這麼短的時間內便得出了解決方案，而且一箭雙鵰，不僅解決了眼前的難題，更是一勞永逸地解決了以後的問題。」

「呵呵呵！」清風笑道：「紀先生，大帥曾告訴我，所謂的屁股決定腦袋，如果你有一天能坐到我的位置上，掌握著我所擁有的資源時，你也會很快得出解決辦法的。」

紀思塵臉上變色，連連道：「不敢。」

「何必如此遑恐，人如果沒有一點野心，要麼是沒有才能只能安於現狀，要麼便是不思進取固步自封，你如果沒有一點點野心，也不會捨了向顯鶴而投奔我們定州，我告訴你，你的選擇是正確的，你只要認真做事，立下功勳，我和大帥豈會虧待你！」**清風不怕紀思塵有野心，只擔心他的才具不足。**

清風閉眼靠在椅背上，今天騎了一天的馬，身子有些弱的她已有些禁受不住，也多虧了從京城起便跟著鍾靜學了一些吐納之術，現在她的身體已比前些日子強了不少，否則還真是受不了。

看到清風有些疲乏，紀思塵道：「司長先休息吧，既然已經安排妥當，我們便只等著最後收網了。」

清風道：「今天還有很多事啊，對了，那鍾子期住的地方，你知道嗎？」

紀思塵道：「我已經派人摸清了，本想讓人除了他，但一想不妥，那個許思宇武功高強，萬一事有不諧，反而露出了馬腳。」

「你做得很好！」清風道：「知道他住的地方就好，如果你真的動手，那就糟了，據我所知，那許思宇可不是一般人能對付的。」

說話間，鍾靜走了進來，清風道：「那位鼎鼎大名的同行青狼到了復州，我們不去見見豈不是太失禮了，你去安排人手吧！紀先生，你把地址給鍾靜。」

清水巷一幢普通的民居裡，許思宇與鍾子期相對而座，二人正在對酌小飲。

「老鍾，這向顯鶴如此昏饋，治下殘暴，我們為什麼要巴巴地跑來幫他？」

鍾子期丟了一顆花生米到嘴裡，道：「**我們不是在幫他，是在幫我們自己。**」

「幫我們自己？」許思宇不解地問：「我們隔著這裡十萬八千里，王爺根本無力控制這地方，怎麼是幫我們呢？倒是李清，我看著倒對眼，我們在京城就救了他一命，說起來，與向顯鶴比，李清更算是我們的朋友。」

「朋友？」鍾子期哈的一聲笑，「思宇，**我們沒有朋友，在京城，我救李清**

是因為他還有用，同理，我救向顯鶴，同樣是因他還有用。」

「怎麼說？」許思宇喝了一口酒。

「王爺謀奪的是天下，如果定州大亂，蠻子進寇中原，那即便王爺得了天下，面對的也是蠻子這個強敵和遍地荒涼，蠻子從來只懂得掠奪而不知道建設，所以李清不能死。現在，**李清想要謀奪復州，這就超出了我們的底線，王爺需要的是一個鎮守邊疆的猛將，而不是一頭虎視中原的雄獅**，如果讓李清得了復州，以李清的才具，定州兵的勇悍，加上復州的財力，真有可能平定草原，那時的李清挾平定蠻族之威，坐擁定復二州，再加上草原上源源不絕的戰馬供應，你說，他會甘心做一位邊疆將領麼？恐怕即便他甘心，李氏家族也不甘心吧？」

許思宇搖頭，「以李清的能力，我們保得住向顯鶴一時，保不住他一世，我們在這裡基本沒有什麼底蘊，除了給李清上點眼藥，還能做什麼？如果有一支勁旅，倒還能較量一番。」

「盡人事，聽天命而已！」鍾子期苦笑道：「李清謀奪復州圖謀已久，只看現在復州的情勢便可明瞭，向顯鶴昏庸，**引狼入室，最後被狼一口吞掉**，也是意料之中的事。」

「明天向顯鶴便要出發去海陵，我們是離開呢，還是跟著去看看熱鬧？」

鍾子期哈哈笑道：「有什麼熱鬧可看，李清要是知道事情敗落，真要不顧臉面，不顧天下悠悠之口，來一個霸王硬上弓的話，復州便要大亂，我們還是及早抽身的好。」

許思宇忽地豎起手掌，制止了鍾子期繼續說話，示意他安靜，鍾子期一愣，正想詢問，從外面小院裡傳來一陣細碎的腳步聲，兩人頓時一臉緊張之色。

兩人在外面都放了暗哨明崗的，但有人摸了進來，外面卻沒有傳來一點消息，那只能說明來人是行家高手。

許思宇的手摸上了桌邊的鋼刀，鍾子期伸手按住了他抽刀的手，搖搖頭，示意他不要妄動。

門篤篤地被敲了幾下，一個溫柔的聲音響了起來：

「鍾先生，許先生，定州清風來訪，請問，我可以進來嗎？」

清風，統計調查司，來得好快！鍾許二人對視一眼，臉上都是浮出一絲苦笑，原來統計調查司在向顯鶴那裡早就布好了眼線，自己一露面，對方馬上就知道了。

許思宇指指鍾子期，再指指後窗，然後輕輕拿起鋼刀，站了起來，示意自己向外衝，鍾子期則從後門走。鍾子期搖搖頭，沒用的，清風既然堂而皇之的來叫門，那就是吃定了自己兩人，如果妄動，反倒糊裡糊塗地送了性命。

「門沒有拴，清風司長請便。」

門吱呀呀地被推開，一名全身勁裝的女子，手提著一把刀，率先出現在兩人的視野中，緊接著，清風巧笑嫣然，大大方方地走了進來。

隨著清風進來的，卻是數名黑衣勁裝的漢子，每人手裡拿著一把強弩，許思宇不由倒抽一口涼氣，剛剛自己真要是硬衝的話，只怕猝不及防之下，身上便要添幾個血洞了。

清風笑道：「許先生，能不能麻煩你讓個地方呢？」

許思宇冷冷地道：「桌上還有兩個空位，為什麼你不坐，偏要我讓？」

清風笑道：「許先生武功高強，清風卻是手無縛雞之力，便這樣坐在許先生身旁，萬一許先生突然發難，把我捉了作人質，那清風今天可是偷雞不著蝕把米了。」

一邊的鍾靜立時向前踏了一步，哼了聲。

鍾子期搖搖頭，這女子倒真是小心到了極點，一點鑽空子的機會都不肯給自己，許思宇站了起來，一名黑衣漢子立即便迎上來，手一抖，卻是多了一副鐐銬。

許思宇大怒，寒聲道：「你當我們是囚犯麼？」伸手握住刀把，怒目而視。

鍾靜冷笑，「難道不是？」

「許先生，你還是少安勿躁的好，真要衝突起來，你也許能活著衝出去，但鍾先生鐵定是死人一個。」清風道。

隨著清風的話音落地，屋裡的幾個黑衣漢子手中的弩弓已是舉了起來，而窗戶外面，已是一排弩機響動聲，顯然外面也早已埋伏好了人手。

「清風司長，其實你只要屋裡這幾把弩弓就已夠了，這位小姐我雖不知功夫如何，但一看這氣勢，已足以擋住思宇了，又何必這麼大張旗鼓，倒是讓我受寵若驚了。」

「對付鍾先生，一定要打起十二萬分的小心，我可不想為山九仞功虧一簣，能活捉青狼的機會太少了，我的運氣不錯。」

清風笑著走了過來，坐到鍾子期的對面。此時許思宇已無奈地戴上了鐐銬，一肚子的怒火坐在屋角的一個小板凳上，隔他四五步遠，兩名黑衣漢子緊緊地盯著他。

興許是得了鍾靜的叮囑，知道面前的這個傢伙功夫極高，兩名漢子有些緊張，手裡的弩機一直對著許思宇，這讓許思宇很擔心，要是這兩個傢伙一不小心勾動扳機，這麼近的距離，自己就要死翹翹了，當下也是兩眼眨也不眨，看著那兩張弩機，一時之間，倒沒有心思去聽清風與鍾子期二人說些什麼。

「我有些不明白，所以特地過來請教鍾先生，希望鍾先生能為我解惑！」

清風示意一名手下換了一副乾淨碗筷，親手為鍾子期倒上酒，再替自己滿上，鍾靜警惕地站在一側。

舉杯示意，清風小飲一口，再夾了一箸菜慢慢地咀嚼。

鍾子期非常欣賞地看著清風，作為諜探這個行當的老人、高手，對於新近崛起的統計調查司和行內稱之為「白狐」的清風他一直抱著好奇，**這個行業女人並不少，但能成為這個行業翹楚，甚至是首腦的，到目前為止還只有清風一個。**

職方司的袁方，暗影的李宗華，他和他們有多次交鋒，而和清風，還沒有任何交集，但想不到甫一交手，居然是以自己被生擒活捉而告終。

此時，如此近距離地與清風面對面，看著這個在行內有些傳奇的女人，鍾子期只能大嘆她的崛起果非幸致，盛名之下果然相符。

「路不平有人鏟，事不平有人管！」鍾子期笑道：「定州如此欺負人，我看不過去了，便想管上一管。」

清風正喝了一口酒到嘴裡，聞聽此言，噗的一聲全噴了出來，嬌笑不已，一邊不停地拍著胸脯，一邊斷斷續續地道：「鍾先生，你可真會講笑話，這話要是一個江湖大俠說出來，我一定會大力地為他鼓掌叫好，但由你說出來，我怎麼覺得，呃，是覺得想吐呢！」

鍾子期面不改色，神色凜然地道：「有時候明知是謊話，我也能說得大義凜然，可能是習慣了，這是個好習慣，清風司長，看來你還沒有達到我這個高度啊，需要努力。」

一旁的鍾靜頓時被這句話逗笑，緊繃的神經慢慢地放鬆下來。

清風舉起酒杯，「鍾先生，我敬你，你真是厲害，就這兩句話，已讓我最得力的手下放鬆了對你的警惕，說不定此時她心裡還認為你這個人很不錯呢！」

清風瞄了一眼鍾靜，鍾靜悚然而驚，不免有些羞愧，手緊緊地握住刀把，又羞又惱地盯著鍾子期。

清風與鍾子期兩人碰了一下，一飲而盡。

清風道：「鍾靜，你要記得，如果以後你有機會碰上鍾先生的話，千萬不要與他說任何話，直接把他一刀兩斷，否則，最後吃虧的一定是你。」

鍾靜用力地點頭，「我記得了，小姐！」

鍾子期苦笑道：「不用這麼狠吧，清風司長，我們往日無怨，近日無仇，何出此言。」

「往日無怨的確是，但近日無仇嘛？鍾先生，你的確和你所說的那樣，謊話也能說得挺大義凜然的，既然鍾先生不肯說，那我便來猜上一猜可好？」

「寧王想要造反了？」清風第一句話便讓鍾子期凜然色變。

「南方三州的叛亂是你們在背後支持的吧！」

清風第二句話說完，鍾子期目光開始閃爍起來。

清風大笑不已，「果然如此，我一猜就中，怪不得你巴巴地跑到這裡來搗亂，鍾先生，你就這麼有把握寧王造反能成功？」

鍾子期臉上已完全沒有了先前的輕佻，兩手交叉放在桌前，慢慢地道：「謀事在人，成事在天，更何況寧王父子英明神武，豈是天啟那個糊塗蟲能比的！」

清風搖頭，「鍾子期，所以你就跑到復州來壞我們的事，你怕將來寧王謀反成功後，又要面對我家大帥這頭出山猛虎，你想限制我家大帥的力量，將我家大帥困在定州，是也不是？」

「清風司長聰明之極，如果李大帥與蠻族打個兩敗俱傷，我覺得更妙！」鍾子期神色不變。

「那你怎麼不跑到草原上去為巴雅爾參謀一番啊，以你的才能，那巴雅爾必然倒履相迎。」清風將酒杯往桌上重重一頓。

「大丈夫做事，有所為，有所不為！」鍾子期凜然道。

清風歪著頭盯了他好一會兒，「鍾先生，看來我的道行的確還不行，我還真是無法分辨你這話的真假！」

「當然是真的！不然我們也不會在洛陽救李清那小子一命了，現在倒好，輪到我們被逼到牆角了！早知今日，便讓那小子在洛陽被八牛弩射死算了！」一邊的許思宇憤憤地道。

「你說什麼？」

清風震驚地轉頭看向許思宇。鍾靜也張大了嘴巴，當天，她也在場。

「李將軍，你欠了我一個人情！」鍾子期緩緩地道。

「果然是你們！」清風盯著鍾子期，相信他說的是真話，卻仍有些不解地問道：「那時我們素不相識，也沒有任何利益交葛，你為什麼要去救我們？突發善心？」

「還是上面那句話，原因我想我已經解釋過了。再說嘛，當時李大帥大敗御林軍，我靠著這個在洛陽贏了一大筆銀子，當時我窮得快成叫花子了，被青樓的姑娘們趕了出來，連下注的錢都是借的。李大帥幫我贏了錢，呵呵呵，一萬多兩銀子，我去救他一命，倒也值當嘛。」

清風點點頭，「我明白了！鍾先生，你在洛陽的這件事得到了回報，**今天因為這件事，你撿回了一條命，我不會殺你了，你的生死將由大帥來決定！**」

鍾子期震驚地看著清風：「一開始你準備殺我們？」

清風嬌笑道：「你以為呢？青狼都逮住了，我還會輕易放過麼，防患於未然，自然是一刀殺了乾淨，可是想不到你居然是大帥的救命恩人，也是我的救命恩人，說起來，你還救了我們定州不少人呢，我不敢自作主張，只能讓大帥來處理這件事。」

鍾子期臉色有些發白，**他發現他低估了眼前這個女人的心狠手辣**，今天她來居然是來殺自己的。

「不過呢鍾先生，你既然到了我們統計調查司手中，我又還要管你幾天飯，這伙食錢還是要交的，將這兩位先生送到過山風那裡去。」清風命令道。

「你這是什麼意思？」許思宇大聲道：「忘恩負義麼？讓那個土匪一刀砍了我們？」

清風笑道：「兩位多慮了，我只是想讓過山風在進攻淮安府的時候，兩位騎著高頭大馬出現在他的身邊，與他一齊指點江山，不知到時候向大帥看到這一幕會作何感想啊！他一定會痛罵寧王，痛罵你這頭青狼的。」

「青竹蛇兒口，黃蜂尾上針，兩者皆不毒，最毒婦人心！」鍾子期低低地吟道。倒背著雙手，施施然地走了出去。

許思宇眼裡冒火，看著清風，這女人不但想要奪淮安，竟然還要嫁禍給寧王，自己與鍾子期出現在攻城的隊伍中，當真是黃泥巴掉在褲檔裡，不是屎也是屎了。

朝陽初升之際，向顯鶴帶著他重新組建的親衛營，在向鋒、向輝的衛護下，向海陵出發。

他的心情很糟，臉色陰沉，幾乎一夜沒睡，連丁鈴的曲意承歡也索然無味，讓丁鈴大為不滿，向顯鶴少不得又出了一點血來安慰。

除了親衛營，他還帶上了一營新兵，這是復州軍大部被過山風摧毀後重新招募的，雖然穿著最好的盔甲，拿著最好的武器，但即便是不大懂軍事的向顯鶴也知道，他們的戰鬥力較之以前的復州軍還要差，碰到敵人最好的結果，便是充當炮灰掩護自己跑路。

如果真如那鍾子期所說，向顯鶴不由打了一個寒顫，單是一個流賊半天雲便打垮了他的軍隊，如果再加上姜黑牛那五千定州軍，只怕吃了自己連骨頭也不會吐出來，心裡不由害怕起來，勒住了馬。

「大帥！」向鋒策馬走到向顯鶴身邊。

「向鋒，你說那鍾子期的說法可信麼？李清真的刻意想要奪我復州？」

向鋒搖搖頭：「末將不知道，大帥，不管是真是假，您總得弄清楚，事實如何，到了海陵不就一清二楚了麼？」

「可如果真是那樣，那半天雲與姜黑牛是一夥的，我們不就慘了麼？」看了看周圍的士兵，向顯鶴憂心地道。

向鋒沉默，自己士兵的戰鬥力他當然是清楚的。

一旁的紀思塵插話道：「大帥，無妨，如果真的事有不諧，我們可以躲到水師去，到時揚帆出海，那姜黑牛和半天雲能奈我何？咱們從海上繞路去京裡找皇帝陛下告狀，讓那李清吃不了兜著走。」

聽了這話，向顯鶴的眉頭稍微舒展開了些，對啊，實在不行，我上船跑，你一幫旱鴨子，能把我怎樣？

「走！」浩浩蕩蕩地隊伍開始向海陵進發。

紀思塵心裡冷笑，向顯鶴是註定不可能到達海陵的。

中午，隊伍稍事休整，正當向顯鶴跨上馬，準備出發時，淮安方向傳來急驟的馬蹄聲，紀思塵心裡一喜，來了。

向顯鶴也是一呆，因為他看到馬上的騎士是自己的心腹手下，**難不成真讓那鍾子期說對了，流賊已向海陵逼近了？**

「大帥，大帥，快停下來！」騎士聲嘶力竭地大叫著，飛奔過來，滾鞍下馬，一把拉住向顯鶴的馬頭，「大帥，不好了！」

「什麼事，快講！」向顯鶴厲聲道，聲音有些發顫。

「大帥，定州姜參將在慶城與流賊半天雲決戰大敗，五千定州軍被打死打傷無數，姜參將帶著千多殘餘兵力正在向淮安撤退，而流賊緊追不捨，姜參將讓人飛馬回來報信，請大帥組織軍隊準備城防作戰，以防止半天雲趁勢攻奪淮安，他已派人回定州，請李大帥發援兵，大帥，趕緊回淮安吧。」信使臉色發白，從得到姜黑牛的信開始，他是一路狂奔，總算是追上了大帥。

向顯鶴臉色刷地變了，這一次為了試探定州是何意，也是為了最大程度保證自己的安全，自己幾乎帶走了所有的淮安兵力，恰在此時，半天雲大敗姜黑牛，竟然直攻淮安了，如果自己不能及時趕回去，那淮安危矣。

「鍾子期誤我！」向顯鶴大叫，「撤兵，撤兵，回淮安！」

紀思塵一邊跟著向顯鶴向回趕，一邊大聲道：「大帥，怎麼這麼巧，我們剛出淮安，對方就知道了，**是不是早有預謀，就等著我們將軍隊調出淮安，來一招調虎離山？」**

向顯鶴一呆，「你是說那鍾子期在害我？」

「現在管不了那麼多了，大帥，趕緊回去，只要我們搶在半天雲之前回到淮安，以淮安城的堅固，我們至少可以等到定州發兵來援。」紀思塵道。

向顯鶴連連點頭：「來人啊，快快傳令給姜參將，讓他一定要將半天雲擋住半天，讓我們有時間趕回淮安。」

落日時分，向顯鶴率領著他的親衛營終於趕回到淮安，看到高大的城牆時，眾人都是長吁了一口氣，淮安還是安全的，總算是及時趕回來了。

此時，新招的士兵在一路狂奔中，十成中倒有三四成掉了隊，七零八落的隊伍急如星火地跑進了淮安城，還沒有來得及喘上一口氣，遠處塵煙滾滾，已有大批人馬逼近。

「關城門！」向顯鶴大叫。

「慢，大帥，看那旗幟，是姜參將。」紀思塵喊道。

站在城樓上，眾人向遠處看去，果然是定州姜黑牛的軍旗，只是當時威風凜凜的五千定州軍，現在只剩千餘人，一個個丟盔棄甲，狼狽不堪地狂奔而來。在他們身後數里地外，更大的一股部隊正滾滾逼來。

「快，準備好，等姜參將部眾一進城，馬上關城門！準備城防作戰！」向鋒大聲吩咐，他知道這個時候向大帥已是幫不上半分忙了，除了發抖。

「請大帥到城樓裡觀戰！」

姜黑牛帶著千餘人連滾帶爬地進了城門之後，厚實的城門轟隆隆地關上，城上一片忙碌，八牛弩等武器被從武庫裡推出來，上弦，搭箭，一片忙亂。

姜黑牛滿身血跡，汗流滿面地走進了城樓，他手下的千名殘兵奔進城後，便癱倒在地上，張大嘴大口大口的呼吸，顯然剛才的狂奔已耗盡了他們的體力。

「姜參將，怎麼會這樣啊？」向顯鶴渾身肥肉都在顫抖，看到姜黑牛，一迭聲地問道：「不是一直壓著那賊匪在打麼，怎麼忽然之間就大敗了呢？」

姜黑牛沒好氣地白了他一眼，「向大帥，我得到情報，說大帥率領萬餘人馬出了淮安，要去海陵，而那半天雲不知從哪裡得到消息，正準備來奪淮安，我大驚之下，便率我的健銳營飛奔回淮安救援，哪裡知道半天雲那賊子溜滑得很，在慶城打了老子一個伏擊，老子五千人馬猝不及防，一下子便去了近一半，後來為了阻擋那半天雲，等大帥趕回淮安，我又去了千多人馬，現在只剩下了這千多人，李大帥非得砍了我的腦袋不可！」

姜黑牛一臉的憤怒，狠狠地用腳踢著牆壁。

「我說向大帥，沒事你跑到海陵幹什麼，你去海陵便也罷了，好歹你也在淮安留下幾千人馬啊，居然將淮安的大部分兵力都帶走了，這不是……」姜黑牛喘著粗氣，將馬鞭狠狠地摔在地上。

向顯鶴臉色訕訕，他總不能說因為我懷疑你們，才帶上這麼多人去海陵的！但現在看到姜黑牛的慘狀，看到城牆下那千餘傷痕累累的殘兵，不禁道：

「姜參將，你放心，我一定會為你在李大帥面前分說，你損失的兵馬，我會付你們銀子，大筆的銀子，但現在，我們還要同舟共濟，守住淮安啊。」

聽他這麼說，姜黑牛臉色稍霽，點頭道：「那是自然，我已派人飛報李大帥，只要我們堅持幾天，定州便可以派來援兵了。」

聽到姜黑牛如是說，向顯鶴放下心來，他相信自己這淮安堅持個幾天還是沒問題的，姜黑牛遲疑了一下，道：「大帥，有句話不知道當講不當講？」

「姜參將為何如此客氣，但講無妨。」

「好，那我就直說了，向鋒、向輝二位將軍雖然是很不錯的將領，但畢竟沒有打過大仗，這守城之事，是萬萬出不得意外的，所以……」

向顯鶴聽明白了，姜黑牛這是伸手要城防戰的指揮權，沉吟了一下，也覺得如此最好，姜黑牛是沙場老將，打慣了大仗的，自己麾下的將軍卻沒有這分履歷，讓姜黑牛指揮作戰，能最大程度地讓淮安的安全得到保障。

「沒問題，淮安的城防便交給姜將軍來指揮了，姜將軍，我這可是將身家性命都託付給你了。」

姜黑牛後退一步，向向顯鶴深深一揖，「大帥信任，黑牛感激不盡，定當不負所託。讓這些流賊在淮安城下碰得頭碰血流，哼哼，撫遠血戰之時，蠻子何等厲害，還不是被我們打得狼狽不堪，區區流賊，安能與蠻子相提並論。」

雖然吃了敗仗，但姜黑牛看來卻不以為意，仍是豪情萬狀。

向顯鶴不好打擊對方的士氣，委婉地問道：「姜參將，你估計李大帥的援軍啥時能到？」

姜黑牛沉吟了一下，「少則十來天，多則個把月。」

「要這麼久？」向顯鶴臉上變色。

外面城牆上傳來一陣陣的驚呼，「流匪來了！」

姜黑牛陪著向顯鶴走出城樓，站在城牆上，看著滾滾而來的流匪，怕不有數萬之眾，看到賊兵聲勢如此浩大，眾人無不倒吸一口涼氣。

尤其是向顯鶴，看到逼近城下的流匪，害怕之餘更是氣苦，因為這裡面的很多人穿的鎧甲還是他為復州軍裝備的，現在都武裝流匪了。

片刻之後，流匪已是到了距城二千步外，紮住了陣腳，一批裝備精良的士卒簇擁著幾人向淮安城而來。

「大帥，那不是鍾子期麼？」紀思塵忽地指著對面驚叫起來，眼中充滿了不可思議之色。

請續看《馬踏天下》5 帝國崛起

馬踏天下 卷4 英雄無名

作者：槍手一號
發行人：陳曉林
出版所：風雲時代出版股份有限公司
地址：10576台北市民生東路五段178號7樓之3
電話：(02) 2756-0949
傳真：(02) 2765-3799
執行主編：朱墨菲
美術設計：吳宗潔
行銷企劃：林安莉
業務總監：張瑋鳳

初版日期：2020年10月
版權授權：閱文集團
ISBN：978-986-352-855-5

風雲書網：http://www.eastbooks.com.tw
官方部落格：http://eastbooks.pixnet.net/blog
Facebook：http://www.facebook.com/h7560949
E-mail：h7560949@ms15.hinet.net
劃撥帳號：12043291
戶名：風雲時代出版股份有限公司

風雲發行所：33373桃園市龜山區公西村2鄰復興街304巷96號
電話：(03) 318-1378
傳真：(03) 318-1378
法律顧問：永然法律事務所 李永然律師
北辰著作權事務所 蕭雄淋律師

行政院新聞局局版台業字第3595號 營利事業統一編號22759935

定價：270元

國家圖書館出版品預行編目資料

馬踏天下 / 槍手一號著. -- 初版. -- 臺北市：
風雲時代, 2020.07-2020.08 冊； 公分

ISBN 978-986-352-855-5（第4冊：平裝）--

857.7 109007434